诗词抒写山河颂

严振援◎著

知识产权出版社
全国百佳图书出版单位

图书在版编目（CIP）数据

诗词抒写　山河颂/严振援著. —北京：知识产权出版社，2019.1（2019.7 重印）
ISBN 978-7-5130-5972-5

Ⅰ.①诗…　Ⅱ.①严…　Ⅲ.①诗词—作品集—中国—当代　Ⅳ.①I227

中国版本图书馆 CIP 数据核字（2018）第 265046 号

内容提要

本书以诗词形式抒写作者所见所感，赞颂祖国的绿水青山、名人古迹及新时代日新月异的发展变化。在赞美祖国美好河山的字里行间传达出作者继承发扬古体诗词的优良文化传统，促进古体诗词更好更快地传播发展这一美好愿景，同时倡导了正确的人生观、价值观。

责任编辑：韩婷婷　　**责任校对**：潘凤越
封面设计：臧　磊　　**责任印制**：孙婷婷

诗词抒写　山河颂

严振援　著

出版发行：知识产权出版社有限责任公司　　**网　　址**：http://www.ipph.cn
社　　址：北京市海淀区气象路 50 号院　　**邮　　编**：100081
责编电话：010-82000860 转 8359　　**责编邮箱**：176245578@qq.com
发行电话：010-82000860 转 8101/8102　　**发行传真**：010-82000893/82005070/82000270
印　　刷：北京九州迅驰传媒文化有限公司　　**经　　销**：各大网上书店、新华书店及相关专业书店
开　　本：720mm×1000mm　1/16　　**印　　张**：18.75
版　　次：2019 年 1 月第 1 版　　**印　　次**：2019 年 7 月第 2 次印刷
字　　数：330 千字　　**定　　价**：59.00 元
ISBN 978-7-5130-5972-5

真挚的敬畏

永久的馨香

[illegible]

前　言

中国文化历史悠久，博大精深。而诗词，以其言简意赅的辞藻及朗朗上口的韵味成为我国广为流传的文学表现形式之一，至今具有旺盛的生命力，仍吸引着无数虔诚的追随者，去继往开来、放飞思想、抒发感情。遥想各朝文人墨客，抛开世旅尘俗，一壶残酒，泛舟伴水，意气风发，歌风弄月，豪情万丈，留下千古名句，熠熠生辉，羡煞我辈多少人！令人陶醉的绿水青山、令人惊叹的发展成就，皆欲以泼墨颂之。

本书作者出生于20世纪50年代初，是古诗词业余爱好者，研习古诗词已有多年。自幼生活在农村，经历过文化大革命，感受过改革开放带来的时代变迁，看着祖国日益繁荣昌盛，如此激情燃烧的岁月，很难不感慨万千！作者心怀对古人诗词的喜爱和敬仰，去游历祖国的千山万水，描景歌物，写人颂情，寄风骚于诗词，表心中之向往。书中的格律诗和词分别依照“平水韵”及“词林正韵”而创作。创作始于20世纪六七十年代，风格多以通俗、流畅、易懂为主，至今已有2458首，经多次提炼修正，编纂成书，还望各位读者雅正。*

---

* 为了便于读者更好地理解作者诗词的情境、意境，若有需要，可以通过电子邮件向作者免费领取《山河颂》全篇注解。作者电子邮箱：1376707257@ qq. com。

莺啼序·颂往歌来

沧桑古今巨变，看惊天动地。过唐宋、元又明清，暮雨朝雾天意。望秋雁、遥遥别去，烽烟幕落丰碑事。赋诗词、精篇连连，代代兼议。

玉宇琼楼，秀阁雅殿，赞山河换美。曙光耀、娇艳苍穹，万千情绪嘉喜。碧波中、扬帆击浪，拨琴瑟、歌谣聆耳。月宫前，思鹊悬桥，久怀情义。

花红草绿，蜂蝶齐欢，鸟声口口利。恋澈水、浅池浮石，洞窟溪鱼，白帐银帘，断崖泉丽。梅兰竹菊，春秋冬夏，朝阳霞色风云颂，惜分秒、莫道时间贵。挥毫折纸，扬眉走笔初歌，墨干再续优贵。

承前启后，继往开来，博学文杰畏。写四海、茫茫无际，峡谷峰峦，虎跃龙腾，八仙常会。泱泱世界，辉煌龙国，宏图新境民族梦，久思题、该让人间说。滔滔江绕尘寰，处处蓬莱，画迷心醉。

目　录

一・山西省

五言律诗

壶口瀑布… 1
翠枫山… 1
藏山… 1
娘子关… 1
太行山大峡谷… 1

七言律诗

五老峰… 1
五台山… 1
棉山… 2
乔家大院… 2
芦芽山… 2
禹王洞… 2
冠山… 2
北武当山… 2
乌金山国家森林公园… 2
九女仙湖… 2

五言绝句

登鹳雀楼… 2
平遥古城… 2
悬空寺… 2
恒山云… 2
恒山十八景… 3

七言绝句

王官谷… 4
云岗石窟… 4
永乐宫… 4
平型关… 4
恒山… 4
恒山松… 4
桃花洞… 4

词

南乡子・燕门关… 4

二・河北省

五言律诗

天下第一关… 5
七步沟景区… 5
天河山… 5
野三坡风景名胜区… 5

七言律诗

鸽子窝… 5
苍岩山… 5
崆山白云洞… 5
邢台大峡谷… 6
九龙峡… 6
白洋淀… 6
坝上草原… 6

五言绝句

秦皇岛… 6
老龙头… 6

七言绝句

老虎石… 6
怪楼… 6
乐岛海洋公园… 6
南戴河… 6
平山温泉… 6
古莲花池… 6

词

浪淘沙・游北戴河… 7

承德市…7

五言律诗

承德外八庙…7
水下长城…7
双塔山…7
九龙松…7
喇嘛山风景区…7

七言律诗

承德避暑山庄…7
磬锤峰国家森林公园…7
金山岭长城…7
滴水崖…8
唐家湾…8

五言绝句

佛珠洞…8
燕山大峡谷…8

七言绝句

承德魁星楼…8
天桥山…8
七星湖…8

词

鹊桥仙·木兰围场…8
洞仙歌·白云古洞…8

三·江西省

五言律诗

双溪游…9
麻姑山…9
蒙山…9
龙虎山风景名胜区…9
三百山国家森林公园…9
神农源风景名胜区…9
明月山国家森林公园…9
江西五府山国家森林公园…9

七言律诗

观音岩…10
神仙谷冲浪漂流…10
鄱阳湖…10
云居山…10
酉江溶洞…10
凤游山…10
孽龙洞…10
仙女湖…10
江西庐山地质公园…10
龟峰风景名胜区…10
上饶灵山风景名胜区…11
江西灵岩洞国家森林公园…11
江西军峰山国家森林公园…11

五言绝句

天崖山…11
棠浦秋光…11
双峰霁雪…11
鹤岭晴岚…11
丹井寒泉…11
龙岗晚翠…11

七言绝句

谌母高峰…11
桃源春色…11
浔阳楼…11
通天岩风景区…11
井冈山风景旅游区…12
滕王阁…12

词

天仙子·绣谷飞云…12
念奴娇·三清山风景名胜区…12
破阵子·九岭山国家森林公园…12

四·广西省

五言律诗

象鼻山…13
桂林山水甲天下…13
遇龙河…13
白云山…13
三娘湾…13
德天瀑布…13

七言律诗

资江…13
桂林尧山…14
青秀山风景区…14

龙潭公园… 14
北海银滩… 14
贵港东湖公园… 14
百魔洞… 14
莲花山景区… 14
五言绝句
五排河… 14
桂湖… 14
木龙湖… 14
猫儿山… 14
芦笛岩… 14
七言绝句
独秀峰… 15
漓江… 15
宝鼎瀑布… 15
榕湖… 15
杉湖… 15
龙脊梯田… 15
澄碧湖… 15
词
六州歌头・八角寨峰雾… 15
广西崇左市宁明县… 15
五言律诗
独木成林… 15
七言律诗
花山岩画… 16
五言绝句
花山温泉度假村… 16
七言绝句
陇瑞自然保护区… 16

五・贵州省

五言律诗
颂台酒… 17
金鼎山… 17
七言律诗
遵义会议会址… 17
国酒文化城… 17
插旗山… 17
五言绝句
鹏彦酒业… 17
四渡赤水… 17
天门洞… 18
夜郎镇… 18
七言绝句
茅台酒… 18
乌江渡… 18
海龙屯… 18
怀阳溶洞… 18
词
采桑子・玉屏山… 18
太常引・日照峰… 18
西江月・娄山关… 18
鹊桥仙・播雅天池… 18
贵阳… 18
五言律诗
贵阳花溪国家城市湿地公园… 18
暗流河… 19
甲秀楼… 19
青岩古镇… 19
贵阳森林公园… 19
河滨公园… 19
泉湖公园… 19
七言律诗
红枫湖风景名胜区… 19
阿哈湖国家湿地公园… 19
香纸沟风景名胜区… 19
桃源河… 19
南江大峡谷… 19
贵阳情人谷… 20
十里画廊… 20
五言绝句
茶马古道… 20
蜈蚣桥… 20
七言绝句
百花湖风景名胜区… 20
贵阳文昌阁… 20
词
长相思・相思河… 20
念奴娇・天河潭… 20

六·云南省

五言律诗

云南… 21
九乡溶洞… 21
西双版纳… 21
玉龙雪山… 21
抚仙湖… 21
瑞丽江–大盈江… 21
会泽大海草山… 21
泸西阿庐古洞… 21
丙中洛镇… 22

七言律诗

石林… 22
大观楼… 22
丽江… 22
苍山洱海… 22
大理古城… 22
泸沽湖… 22
罗平九龙瀑布群… 22

五言绝句

红河… 22
玉溪阳宗海… 22
普洱茶… 23
南诏风情岛… 23

七言绝句

昆明… 23
滇池… 23
翠湖… 23
大理… 23
云南省博物馆… 23
腾冲地热火山… 23
香格里拉… 23
昆明西山风景区… 23

词

南乡子·大叠水瀑布… 23
蝶恋花·勐仑植物园… 23

罗平县… 24

五言律诗

玉带湖… 24
曲水金花… 24

七言律诗

多依河景区… 24
罗平九龙瀑布群… 24
板桥金鸡山… 24

七·四川省

五言律诗

宽窄巷子… 25
天台夕晖… 25
仙海… 25
白鹿镇… 25
朝阳湖… 25
桃花故里… 25
窦圌山… 25
寻龙山… 25
曾家山… 26
明月峡… 26
嘉定坊… 26
罗城古镇… 26
西山… 26
凌云山… 26
升钟湖… 26
賨人谷… 26
九寨沟… 26
达古冰山… 26
毕棚沟… 26
海螺沟… 27
跑马山… 27

七言律诗

青城山… 27
望江楼… 27
丹景山… 27
龙潭溶洞… 27
方山… 27
罨画池… 27
石象湖… 27
越王楼… 27
九皇山… 28
黄荆老林… 28
剑门关风景区… 28
翠云廊… 28
七里峡… 28
峨眉山… 28
黑竹沟… 28
金口大峡谷… 28
嘉州绿心公园… 28
蜀南竹海… 28
兴文石海洞乡… 28
红岩山… 29

阆中古城… 29
太蓬山… 29
八台山… 29
龙潭河… 29
巴山大峡谷… 29
碧峰峡… 29
蒙顶山… 29
黄龙… 29
四姑娘山… 29
稻城亚丁… 30
木格措… 30

五言绝句

成都… 30
文殊朝钟… 30

七言绝句

锦里… 30
都江堰… 30
西岭晴雪… 30
花舞人间… 30
张坝桂圆林… 30
玉蟾山… 30
香山鹭岛… 30
天罍山… 30
中国死海… 30
乐山大佛… 30
措普沟… 31
海子山… 31
泸定桥… 31
丹巴美人谷… 31
新都桥… 31

词

青玉案·三圣花香… 31
摸鱼儿·杜甫草堂… 31

四川广元市汤山女皇温泉度假区… 31

五言律诗

女皇温泉酒店门场… 31
餐厅… 31

七言律诗

接待大厅… 32
紫兰湖·菖溪河乡村生态旅游景区… 32

五言绝句

露天茶楼… 32
风情龙潭… 32
汤苑别墅… 32

七言绝句

日月当空池… 32
神农溪谷药疗池群… 32
佛法无边池… 32
五福池… 32

词

长相思·风情龙潭… 32

八·江苏省

苏州市… 33

五言律诗

拙政园… 33
沧浪亭… 33
嘉荫堂… 33
山塘街… 33

七言律诗

登虎丘山… 33
寒山寺… 33
退思园… 33
唐寅园… 34

五言绝句

盘门古景… 34
苏州博物馆… 34
明清街… 34

七言绝句

游狮子园… 34
报恩寺… 34
大报恩寺… 34
同里古镇… 34
崇本堂… 34
走三桥… 34

词

西江月·狮子林… 34
鹊桥仙·耕乐堂… 34
水龙吟·游留园… 35
石州慢·姑苏护城河… 35

吴江市… 35

五言律诗

汾湖高新技术产业开发区… 35
黎里镇… 35

五言绝句

慈云塔… 35

七言绝句

汾湖… 35

禊湖道院… 35

泰州市… 35

五言律诗

凤城河景区… 35

泰山公园… 36

七言律诗

祥泰之州… 36

溱湖湿地公园… 36

泰州乔园… 36

五言绝句

溱潼古镇… 36

溱湖八景… 36

七言绝句

板桥廉民… 37

泰州江桥… 37

泰州老街… 37

雕花楼… 37

高邮市… 37

五言律诗

高邮赞… 37

镇国寺塔… 37

盂城驿… 37

神居山… 37

七言律诗

文游台… 38

西湖雪浪… 38

五言绝句

邮趣… 38

当铺… 38

平津堰… 38

神山爽气… 38

七言绝句

耿庙神灯… 38

甓社珠光… 38

邗沟烟柳… 38

玉女丹泉… 38

露筋晓月… 38

无锡市… 39

五言律诗

惠山古镇… 39

崇安寺… 39

七言律诗

游鼋头渚——太湖一滨… 39

游鼋头渚——登仙岛… 39

蠡园… 39

灵山大佛… 39

五言绝句

三国城… 39

唐城… 39

水浒城… 39

七言绝句

南禅寺… 39

荡口古镇… 40

词

虞美人·游梅园… 40

宜兴市… 40

五言律诗

游竹海——独醉眺越台… 40

氿滨华堤… 40

张公洞… 40

七言律诗

游宜园——门场·如此多娇… 40

游宜园——滨湖景廊… 40

游森林公园——阳羡门… 40

游竹海——苏南第一峰… 40

大觉寺… 41

陶祖圣境… 41

五言绝句

游森林公园——登文峰塔… 41

游森林公园·射虎亭记周处除三害… 41

游竹海——镜湖… 41

东氿浪埠… 41

玉女潭（一）玉阳洞天… 41

玉女潭（二）玉潭凝碧… 41

七言绝句

游宜园——玉龙喜珠… 41

游森林公园——舟游砚池… 41

游森林公园——草坪花香… 41

游竹海——九龙池… 41

云湖雾霾… 41

灵谷洞… 42

西施洞… 42

词

浪淘沙·云溪楼——山明水秀... 42
渔家傲·游宜园——笠翁亭... 42
水调歌头·游宜园——荆溪揽胜... 42
谒金门·游森林公园——双龙隘... 42
踏莎行·游森林公园——游乐园... 42
江城子·游竹海——翡翠长廊... 42
水调歌头·团氿观浪（重阳游）... 42
永遇乐·夏游善卷洞... 43

宜兴新建... 43

五言律诗

大美新建... 43
节场... 43

七言律诗

鱼蟹乐... 43
工业园区... 43

五言绝句

幸福家园... 43
魅力城镇... 43

七言绝句

美丽乡村... 43
琴画思乡... 44

词

陌上花·新建老街... 44
诉衷情·怀抗日英雄李复... 44

常州... 44

五言律诗

天宁寺... 44
陈渡草堂... 44

七言律诗

天目湖旅游度假区... 44
中国春秋淹城旅游区... 44

五言绝句

西太湖... 44
红梅公园... 44
红梅阁... 45
文笔塔... 45
青枫公园... 45

七言绝句

舣舟亭... 45
近园... 45

词

青玉案·常州博物馆... 45
踏莎行·茅山风景名胜区... 45

扬州市... 45

五言律诗

京华城休闲旅游区... 45
茱萸湾风景区... 45
宝应湖国家湿地公园... 45
捺山地质公园... 46
红山体育公园... 46
天宁塔... 46
都会桥... 46

七言律诗

扬州瘦西湖风景区... 46
个园... 46
登月湖... 46
濯锦园... 46
清水潭旅游度假区... 46

五言绝句

汉陵苑... 46
东关街... 47

七言绝句

扬州... 47
大明寺... 47
凤凰岛生态旅游区... 47
古运河... 47
鼓楼... 47
奎光楼... 47

词

谢春池·何园... 47
鹊桥仙·纵棹园... 47

灌南县... 47

五言律诗

汤沟酒业... 47
海西公园... 47

七言律诗

二郎神文化遗迹公园... 48
灌河... 48

五言绝句

汤沟两相和... 48
引羊禅寺... 48

七言绝句

汤沟酒... 48
硕项湖... 48

词
诉衷情 · 汤沟桃花节… 48

九 · 山东省

五言律诗
蓬莱阁风景区… 49
七言律诗
威海华夏城… 49
五言绝句
龙口南山景区… 49
七言绝句
微山湖风景区… 49
词
南乡子 · 日照万平口海滨风景区… 49
青岛市… 49
五言律诗
青岛… 49
青岛栈桥… 50
崂山仰口风景游览区… 50
琅琊台风景名胜区… 50
七言律诗
滨海步行道… 50
青岛海底世界… 50
崂山风景名胜区… 50
太清宫… 50
大珠山风景区… 50
五言绝句
八大关风景区… 50
百花苑… 50
海水浴场… 51
薛家岛旅游度假区… 51
胶州艾山风景区… 51
七言绝句
小青岛公园… 51
小鱼山… 51
青岛中山公园… 51
湛山寺… 51
崂山十二景… 51
大泽山名胜风景区… 52
词
减字木兰花 · 北九水风景区… 52
浣溪沙 · 世纪公园… 52
摊破浣溪沙 · 青岛方特梦幻王国… 52
渔歌子 · 灵山岛风景区… 52
烟台市… 52
五言律诗
八仙过海景区… 52
南山旅游风景区… 52
七言律诗
蓬莱阁… 53
昆嵛山国家森林公园… 53
五言绝句
烟台… 53
长山列岛国家地质公园… 53
七言绝句
三仙山风景区… 53
天崮山旅游风景区… 53
安丘市… 53
五言律诗
青云山民俗游乐园… 53
七言律诗
五龙山旅游风景区… 53
五言绝句
青云湖休闲度假乐园… 53
庵上石坊… 54
牟山水库… 54
七言绝句
青龙湖… 54
齐长城… 54
青云山滑雪场… 54

十 · 内蒙古自治区

五言律诗
响沙湾… 55
腾格里沙漠… 55

克什克腾… 55

七言律诗

昭君墓… 55
道须沟… 55
阿尔山… 55

五言绝句

嘎仙洞… 56
五塔寺… 56
阿尔寨石窟… 56

七言绝句

白塔… 56
呼伦湖… 56
海拉尔国家森林公园… 56
怪树林… 56
成吉思汗陵… 56
额尔古纳河湿地… 56

词

六州歌头・呼伦贝尔草原… 56
鹧鸪天・哈素海… 56
浣溪沙・莫尔格勒河… 57

十一・湖南省

衡阳市… 58

五言律诗

南岳衡山… 58

七言绝句

君山银针… 58

词

虞美人・天堂湖… 58
忆秦娥・回雁峰… 58

湘西… 58

五言律诗

凤凰古城… 58
不二门… 58

七言律诗

里耶古城… 59
猛洞河… 59

五言绝句

陈斗南宅院… 59
沱江吊脚楼… 59
万名塔… 59
老司城… 59

七言绝句

神凤文化景区… 59
北门古城楼… 59
苗疆长城… 59

词

南歌子・芙蓉镇… 59
齐天乐・吕洞山… 59

长沙市… 60

五言律诗

天心阁… 60
大围山… 60

七言律诗

橘子洲风景区… 60
岳麓山… 60

五言绝句

沩山… 60
石燕湖… 60

七言绝句

岳麓书院… 60

岳阳市… 60

五言律诗

福寿山… 60
岳阳五尖山森林公园… 61

七言律诗

岳阳楼… 61

五言绝句

金鄂山公园… 61

七言绝句

洞庭湖… 61
君山岛… 61
连云山峡谷漂流… 61

张家界市… 61

五言律诗

宝峰湖… 61
张家界大峡谷… 61

七言律诗

张家界国家森林公园… 61
桑植九天洞… 61
天门山… 62

五言绝句

武陵源风景名胜区… 62
澧水源头五道水… 62
土家风情园… 62

七言绝句

天门山国家森林公园… 62

茅岩河漂流… 62
老院子… 62

词

鹊桥仙·黄龙洞… 62

十二·浙江省

嘉兴市桐乡… 63

五言绝句

乌镇… 63
西栅景区… 63
修真观… 63

七言绝句

江南木雕陈列馆… 63
文昌阁… 63

杭州市萧山… 63

五言律诗

湘湖… 63

七言律诗

湘湖旅游度假区… 63

五言绝句

跨湖夜月… 64
杨岐钟声… 64
横塘棹歌… 64
湖心云影… 64

七言绝句

览亭眺远… 64
先照晨曦… 64

杭州市… 64

五言律诗

钱塘江大桥… 64
钱江隧道… 64

七言律诗

钱塘潮… 64
西溪… 64
瑶琳仙境… 65

七言绝句

钱塘江… 65

词

水调歌头·钱塘江… 65

西湖… 65

五言律诗

断桥残雪… 65
西溪国家湿地公园… 65

七言律诗

苏堤春晓… 65
千岛湖… 65
舟游西湖… 66

五言绝句

雷峰夕照… 66
南屏晚钟… 66
双峰插云… 66
湖畔山村… 66

七言绝句

西湖… 66
平湖秋月… 66
曲院风荷… 66
花港观鱼… 66
三潭印月… 66
柳浪闻莺… 66
西湖晨雾… 66

义乌市… 66

五言律诗

中国义乌国际商贸城… 66
滴水岩… 67

七言律诗

德胜岩… 67
华溪森林公园… 67

七言绝句

黄山八面厅… 67

浦江县… 67

五言律诗

仙华山… 67

七言律诗

鸡冠岩… 67

五言绝句

玄鹿山… 67
宝掌山… 67

七言绝句

江南第一家… 68
浦阳江… 68

词

醉花阴·神丽峡… 68

温州文成县… 68

五言律诗

红枫古道… 68
飞云湖… 68

七言律诗

百丈漈风景区… 68
峡谷景廊景区… 68

七言绝句

刘基庙… 68
天顶湖… 68
铜铃山国家森林公园… 69
铜铃山峡景区… 69
小瑶池景区… 69
铜铃寨景区… 69
原始丛林景区… 69
胜川桃溪景区… 69

词

蝶恋花·朱阳九峰… 69

十三·上海市

五言律诗

东方明珠… 70
百乐门… 70
淀山湖… 70
枫泾古镇… 70

七言律诗

世博园… 70
豫园… 70
佘山国家森林公园… 70

五言绝句

小红楼… 71
滴水湖… 71
同乐坊… 71

七言绝句

上海外滩… 71
龙华寺… 71
上海中心大厦… 71

词

点绛唇·陆家嘴中心绿地… 71
桃源忆故人·方塔园… 71

十四·河南省

五言律诗

鸡公山… 72
尧山… 72
神农山… 72
商丘古城… 72
芒砀山… 72
豫西大峡谷风景区… 72
五龙口… 72

七言律诗

嵩山… 73
云台山… 73
青天河风景名胜区… 73
黄河风景名胜区… 73
灵山寺… 73
九莲山… 73

五言绝句

王屋山… 73
小浪底… 73
铁塔… 73
龙亭公园… 73
睢县北湖… 73
南湾湖… 73
卧龙岗… 74

七言绝句

龙门石窟… 74
桃花谷… 74
重渡沟六首… 74
七十二潭景区… 74

词

永遇乐·万仙山风景名胜区… 74
踏莎行·黄帝故里… 74
忆王孙·康百万庄园… 75
虞美人·开封西湖… 75
满江红·宝天曼… 75

开封市… 75

五言律诗

山陕甘会馆… 75
延庆观… 75

七言律诗

清明上河园… 75
万岁山·大宋武侠城… 75
天波杨府… 75
禹王台… 75
开封府… 76

五言绝句
开封纪念塔… 76
七言绝句
宋都御街… 76
繁塔… 76
朱仙镇岳飞庙… 76
大相国寺… 76
包公祠… 76
词
南乡子·中国翰园碑林… 76
临江仙·大宋御河… 76

十五·宁夏回族自治区

银川市… 77
五言律诗
苏峪口… 77
水洞沟遗址… 77
七言律诗
沙湖… 77
中华回乡文化园… 77
五言绝句
西夏王陵… 77
鸣翠湖… 77
百鸟鸣翠… 77
迷宫寻鹭… 77
车水排云… 78
碧水浮莲… 78
芦花追日… 78
青纱漏月… 78
观景台… 78
听泉… 78
七言绝句
银川… 78
三关口明长城… 78
沙坡头… 78
鹤泉湖… 78
贺兰山岩画… 78
固原市… 78
五言律诗
固原古城… 78
六盘山… 78
七言律诗
六盘山国家森林公园… 79
龙潭天影… 79
五言绝句
六盘云蒸… 79
须弥佛光… 79
丹霞翠色… 79
耕读弥新… 79
朝那遗韵… 79
旧隘新曲… 79
七言绝句
震湖… 79
荷花映日… 79
古岭雁鸣… 79
古道迢迢… 79
中卫市… 80
五言律诗
腾格里沙漠湿地·金沙岛旅游区… 80
黄河宫… 80
七言律诗
寺口子风景旅游景区… 80
南华山… 80
五言绝句
高庙保安寺… 80
沙坡头旅游景区… 80
七言绝句
南长滩党项民俗村… 80
中宁石空大佛寺… 80
词
踏莎行·北长滩原生态旅游区… 80
吴忠市… 81
五言律诗
董府… 81
七言律诗
中华黄河楼… 81
五言绝句
金沙湾… 81
七言绝句
青铜峡一百零八塔… 81
黄河大峡谷… 81
词
沁园春·中华黄河坛… 81

石嘴山市… 81

五言律诗

田州古塔… 81

五言绝句

北武当生态旅游区… 82
平罗钟鼓楼… 82
马兰花大草原… 82
星海湖… 82

七言绝句

石嘴山森林公园… 82
石嘴子公园… 82
平罗玉皇阁… 82

十六·重庆市

五言律诗

洪崖洞… 83
瞿塘峡… 83
北温泉… 83
金刀峡… 83
仙女山国家森林公园… 83
小寨天坑… 83
酉阳桃花源… 83
茶山竹海国家森林公园… 83
武陵山大裂谷… 84
中国亢谷… 84

七言律诗

解放碑… 84
南温泉… 84
歌乐山… 84
巫峡… 84
小三峡… 84
万州大瀑布… 84
四面山… 84
金佛山… 84
张关水溶洞… 85
万盛石林… 85
银杏堂… 85

五言绝句

白帝城… 85
芙蓉江… 85
芙蓉洞… 85
双桂山国家森林公园… 85
大足石刻… 85
重庆南山植物园… 85
白鹤梁水下博物馆… 85

七言绝句

朝天门… 85
码头… 85
朝天门广场… 85
夫归石… 86
慈云寺… 86
朝天门缆车… 86
朝天门大桥… 86
朝天门灵石… 86
古巴渝十二景… 86

词

江城子·钓鱼城… 87
太常行·老君洞… 87
醉花阴·华岩寺… 87

十七·辽宁省

五言律诗

福陵… 88
星海公园… 88
棒棰岛… 88
发现王国主题公园… 88
仙峪湾… 88
山海广场… 88
天龙洞… 88
五女山风景区… 88
平顶山… 89
千山… 89
象牙山风景区… 89
乌兰木图山… 89
兴城海滨风景区… 89
觉华岛… 89

七言律诗

沈阳故宫… 89
清昭陵… 89
棋盘山国际风景旅游开发区… 89
辽宁沈阳国家森林公园… 89
老虎滩… 90
老帽山… 90

冰峪沟… 90
月亮湖公园… 90
楞严禅寺… 90
笔架山风景区… 90
关门山国家森林公园… 90
望天洞… 90
大雅河漂流风景区… 90
玉佛苑… 90
五龙山… 90
辽宁凤凰山国家森林公园… 91
白石水库… 91
海棠山… 91
龙湾海滨… 91
龙回头景区… 91
金沙广场… 91

五言绝句

安波温泉… 91
世界和平公园… 91
熊岳温泉… 91
本溪湖… 91
汤岗子温泉… 91
罗汉圣地… 92
蒲石河… 92
獐岛… 92
玉龙湖… 92
朝阳双塔… 92
云接寺塔… 92
兴城古城… 92

七言绝句

沈阳怪坡… 92
沈阳世博园… 92
星海广场… 92
劳动公园… 92
大连观光塔… 92
望儿山… 92
万佛堂石窟… 92
崇兴寺双塔… 93
东山城市森林公园… 93
药山风景区… 93
五龙背温泉… 93
大鹿岛… 93
瑞应寺… 93
绥中九门口长城… 93

词

望海潮·海王九岛… 93
满江红·圣亚海洋世界… 93
鹊桥仙·天桥沟… 93
浪淘沙·小岛… 94

十八·吉林省

五言律诗

辽源龙首山… 95
北山寺庙群… 95
长春动植物公园… 95
文庙… 95
红叶谷… 95
冰湖沟… 95
二龙湖风景区… 95
聚龙潭景区… 95
磨盘湖… 96
鸭绿江风景名胜区… 96
白山湖风景区… 96
帽儿山国家森林公园… 96
城子山山城遗址… 96
老白山… 96
灵宝寺… 96

七言律诗

长春北湖国家湿地公园… 96
伪满八大部… 96
长春世界雕塑公园… 96
吊水壶… 97
吉林北山… 97
龙潭山公园… 97
拉法山… 97
伊通火山群… 97
鸡冠山… 97
龙湾群森林公园… 97
白鸡腰森林公园… 97
五女峰国家森林公园… 97
长白山天池… 97
长白山迷宫… 97
吉林满天星国家森林公园… 98
六鼎山… 98
仙景台… 98

五言绝句

长春万寿寺… 98
吉林莫莫格国家级自然保护区… 98
南湖公园… 98
双阳湖… 98

玄天岭… 98
金蟾岛… 98
亚光湖… 98
天佛指山… 98

七言绝句

吉林八景… 98
金鼎大佛… 99
莲花山滑雪场… 99
吉林世纪广场… 99
凤凰山… 99
牧情谷… 99
寒葱顶国家森林公园… 99
洞沟古墓群… 99
云峰湖… 99
辉发古城… 99
长白山大峡谷… 100
长白山温泉… 100
日光山… 100

词

洞仙歌·吉林官马溶洞… 100
醉花阴·半拉山门… 100
鹊桥仙·吉林三仙夹国家森林公园… 100
临江仙·通化溶洞… 100
水龙吟·望天鹅风景区… 100

吉林农安县陈家店… 100

五言律诗

陈家店村… 100

七言律诗

葫芦岛… 101

七言绝句

幸福广场… 101

十九·安徽省

江淮旅游区… 102

五言律诗

城隍庙… 102
天鹅湖… 102
包公园… 102
淮河路步行街… 102
醉翁亭… 102
狼巷迷谷… 102
丰乐亭… 102
万佛湖… 102

七言律诗

逍遥津… 103
大蜀山… 103
岱山湖… 103
巢湖风景名胜区… 103
三河古镇… 103
合肥野生动物园… 103
紫蓬山国家森林公园… 103
琅琊山风景名胜区… 103
明皇陵… 103
白鹭岛… 103
韭山洞… 104
天堂寨… 104
大别山国家地质公园… 104
横排头… 104
皖西大裂谷… 104

五言绝句

欧洲风情街… 104
清风阁… 104
坝上街… 104
清流河… 104

七言绝句

翡翠湖… 104
徽园… 104
女山湖… 104
皇甫山国家森林公园… 105
滁州长城影视基地… 105

词

临江仙·安徽博物院… 105
谢春池·碧云湖… 105
西江月·铜锣寨… 105

皖南国际旅游文化示范区… 105

五言律诗

西递宏村… 105
潜口镇… 105
新安江山水画廊风景区… 105
白际乡… 105
雄村景区… 105
丰乐湖… 106
许村… 106
渔梁村… 106
采石矶… 106

赭山公园… 106
丫山花海石林… 106
岱鳌山… 106
谢朓楼… 106
湖村… 106
蓬莱仙洞… 106
花亭湖风景区… 107
白崖寨… 107

七言律诗

黄山… 107
齐云山… 107
屯溪老街… 107
徽州古城… 107
塔川村… 107
太平湖风景区… 107
牯牛降风景区… 107
凤凰源… 107
搁船尖… 108
浮山… 108
敬亭山… 108
太极洞… 108
障山大峡谷… 108
九华山… 108
九天仙寓… 108
巨石山… 108

五言绝句

南屏村… 108
九龙峰… 108
木坑竹海… 108
九莲塘公园… 108
鸠兹风景区… 109
徽杭古道… 109
龙眠山… 109
六尺巷… 109

七言绝句

卢村… 109
翡翠谷… 109
芙蓉谷景区… 109
徽州大峡谷… 109
汤口镇… 109
濮塘风景区… 109
镜湖公园… 109
雨耕山… 109
铜陵天井湖… 109
五松山… 109
绩溪龙川… 109
杏花村… 110
平天湖… 110

词

踏莎行·呈坎… 110
满江红·马仁奇峰… 110
江城子·江村… 110
调笑令·妙道山… 110

皖北淮河旅游区… 110

五言律诗

圣泉寺… 110
永堌古镇… 110
张公山… 110
相山公园… 111
龙湖公园… 111

七言律诗

皇藏峪国家森林公园… 111
龙子湖… 111
颍州西湖… 111
迪沟… 111
花戏楼… 111

七言绝句

磬云山国家地质公园… 111
八公山… 111

词

鹊桥仙·龙脊山… 111

安庆太湖县… 112

五言律诗

情人岛… 112
狮子山… 112

七言律诗

花亭湖风景名胜区… 112
五千年文博园… 112
赵朴初公园… 112

二十·天津市

五言律诗

蓟北雄关… 113
北塘古镇… 113
天津热带植物观光园… 113
七里海国家湿地公园… 113
水上公园… 113

七言律诗

三盘暮雨… 113
龙潭浮翠… 113

海河外滩公园… 114
石家大院… 114
梨木台… 114
九山顶自然风景区… 114
九龙山国家森林公园… 114
蓟州溶洞… 114
毛家峪长寿度假村… 114

五言绝句

沽水流霞… 114
故里寻踪… 114
贝壳堤… 114
七里海生态园… 114
天津之眼… 114
五大道… 115

七言绝句

天塔旋云… 115
海门古塞… 115
双城醉月… 115
御河景观… 115
北运河… 115
天尊阁… 115
翠屏湖… 115

词

菩萨蛮·盘山… 115
清平乐·八仙山… 115
念奴娇·白蛇谷自然风景区… 115

二十一·湖北省

五言律诗

黄鹤楼… 116
归元禅寺… 116
锦里沟… 116
仙岛湖风景区… 116
富家山… 116
四方山植物园… 116
太极峡风景区… 116
虎啸滩… 116
龙潭河风景区… 117
野人洞… 117
三游洞风景区… 117
三峡竹海生态风景区… 117
西山风景区… 117
明显陵… 117
黄仙洞… 117
美人谷… 117
仙女山… 117
荆州古城… 117
滤水风景区… 117
吴家山国家森林公园… 118
天台山… 118
五脑山… 118
通山隐水洞… 118
星斗山… 118
七姊妹山… 118
腾龙洞… 118
玉龙洞… 118
格子河石林… 118
野三河… 118
东湖公园… 119

七言律诗

东湖风景区… 119
木兰天池风景区… 119
湖北省博物馆… 119
云雾山景区… 119
木兰山风景区… 119
雷山风景区… 119
东方山… 119
西塞山风景区… 119
武柱峰… 119
龙吟峡… 120
五龙河旅游风景区… 120
十八里长峡… 120
三峡人家风景区… 120
柴埠溪峡谷风景区… 120
宜昌车溪… 120
古隆中… 120
龙蟠矶… 120
青峰山风景区… 120
漳河风景区… 120
大口国家森林公园… 120
元佑宫… 121
千佛洞国家森林公园… 121
双峰山风景区… 121
章华寺… 121
东坡赤壁… 121
龟峰山… 121
桃花冲… 121
天堂寨… 121
薄刀峰… 121
横岗山… 121
大崎山… 121
九宫山… 122
赤壁古战场… 122
大洪山风景区… 122

坪坝营… 122
水莲洞… 122
陆羽故园… 122
神农架国家森林公园… 122
五言绝句
丹江口大坝… 122
伍家沟民间故事… 122
上津古城… 122
天然塔… 123
汈汊湖… 123
鄂人谷… 123
遗爱十二景… 123
王氏宗祠… 124
咸安笔峰塔… 124
七言绝句
清凉寨… 124
磁湖风景区… 124
悬鼓观… 124
女娲山… 124
镇江阁… 124
梁子湖生态旅游度假区… 124
白雉山风景区… 124
洋澜湖风景区… 124
白云楼… 124
惠亭湖风景区… 124
白兆山… 124
观音湖… 124
罗田匡河观音山… 124
三角山… 124
刘家桥… 125
灶背岩… 125
咸宁温泉谷… 125
人文公安… 125
词
蝶恋花·木兰草原… 125
石州慢·武当山… 125
菩萨蛮·黄山头国家森林公园… 125
水调歌头·巴东神农溪… 125
满江红·恩施大峡谷… 125

二十二·福建省

福州市… 126
五言律诗
镇海楼… 126
文庙… 126
马尾罗星塔… 126
涌泉寺… 126
福州西湖公园… 126
七言律诗
三坊七巷… 126
鼓山… 126
升山寺… 127
万佛寺… 127
旗山… 127
青云山… 127
石竹山… 127
五言绝句
西禅寺… 127
林则徐纪念馆… 127
华林寺… 127
七言绝句
乌塔… 127
白塔… 127
林觉民故居… 127
词
临江仙·金山寺… 128
水龙吟·十八重溪… 128
厦门市… 128
五言律诗
鼓浪屿… 128
日光岩… 128
菽庄花园… 128
天竺山森林公园… 128
曾厝垵… 128
七言律诗
南普陀寺… 128
厦门同安影视城… 129
厦门北辰山… 129
厦门五缘湾湿地公园… 129
野山谷生态乐园… 129
厦门台湾民俗村… 129
五言绝句
梵天寺… 129
厦门海沧野生动物园… 129
七言绝句
厦门金光湖原始森林… 129
胡里山炮台… 129
厦门市园博苑… 129

词

江城子·厦门方特梦幻王国… 129

漳州市… 130

五言律诗

三平风景区… 130
九龙江北溪… 130
漳州马銮湾… 130

七言律诗

南靖土楼… 130
漳州云洞岩风景区… 130
风动石… 130
漳州滨海火山国家地质公园… 130
东山岛… 130
灵通山… 130
天福茶博物院… 131

五言绝句

漳州东南花都… 131

七言绝句

白礁慈济宫… 131

词

菩萨蛮·九侯山… 131

泉州市… 131

五言律诗

泉州东湖公园… 131
蔡氏古民居… 131
永春牛姆林… 131
西湖公园… 131
戴云山… 131

七言律诗

安平桥… 132
开元寺… 132
洛阳桥… 132
清水岩… 132
清源山… 132
岱仙瀑布… 132
雪山岩… 132

五言绝句

府文庙… 132
黄金海岸… 132

七言绝句

涂门街… 132
泉州天后宫… 133
深沪湾… 133

词

满庭芳·崇武古城… 133
天仙子·仙公山… 133

三明市… 133

五言律诗

瑞云山… 133
仙人谷国家森林公园… 133
十八寨… 133
洞天岩… 133
九阜山自然保护区… 133
白岩公园… 134
九龙湖… 134

七言律诗

泰宁世界地质公园… 134
金铙山… 134
鳞隐石林… 134
天宝岩自然保护区… 134
淘金山… 134
桂峰… 134
仙亭山森林公园… 134
大鼓山… 134
玉虚洞… 135
天鹅洞… 135

五言绝句

大佑山风景区… 135
十里平流… 135

七言绝句

万寿岩… 135
二十八曲… 135
吕峰山风景区… 135
南溪书院… 135

词

石州慢·桃源洞… 135
减字木兰花·七仙洞… 135

莆田市… 136

五言律诗

湄洲岛… 136
莆田三坊七巷… 136

七言律诗

凤凰山公园… 136
九龙谷国家森林公园… 136
九鲤湖… 136
菜溪岩… 136

五言绝句

木兰溪… 136

七言绝句

古谯楼… 136
宁海桥… 136

词

江城子·麦斜岩... 137

南平市... 137

五言律诗

玉女峰... 137

九曲溪... 137

辰山... 137

仙楼山... 137

乌君山... 137

洞宫山... 137

七言律诗

武夷山... 137

和平古镇... 137

茫荡山... 138

黄岗山... 138

宝山风景区... 138

华阳山... 138

九石渡... 138

湛卢山... 138

白马山... 138

佛子岩... 138

五言绝句

万木林... 138

七言绝句

九峰山... 138

溪源庵... 139

词

鹊桥仙·归宗岩... 139

龙岩市... 139

五言律诗

冠豸山... 139

龙岩国家森林公园... 139

上杭国家森林公园... 139

七言律诗

龙崆洞... 139

梅花山... 139

王寿山... 139

东华山... 139

卧龙山... 139

朝斗岩... 140

赖源溶洞... 140

五言绝句

客家土楼... 140

龙湖... 140

云霄阁... 140

七言绝句

九鹏溪... 140

茫荡洋... 140

汀州古城墙... 140

词

忆秦娥·梁野山... 140

宁德市... 140

五言律诗

鲤鱼溪... 140

牛郎岗... 141

西浦村... 141

九龙井... 141

七言律诗

白水洋... 141

太姥山... 141

白云山... 141

临水宫... 141

南漈山... 141

洋中镇... 141

东狮山... 141

五言绝句

三都澳风景区... 142

七言绝句

翠屏湖... 142

杨梅州风景名胜区... 142

雁溪... 142

词

浪淘沙·九龙漈瀑布... 142

水调歌头·鸳鸯溪... 142

平潭市... 142

五言律诗

三十六脚湖... 142

七言律诗

龙王头海滨浴场... 142

东海仙境... 142

五言绝句

海坛天神... 143

七言绝句

坛南湾... 143

二十三 · 新疆维吾尔自治区

乌鲁木齐市... 144

五言律诗

国际大巴扎... 144

天山石林... 144

七言律诗

红山公园... 144

五言绝句

一号冰川... 144

七言绝句

丝绸之路国际滑雪场... 144

南山西白杨沟... 144

词

蝶恋花 · 天山天池... 144

水龙吟 · 水磨沟名胜风景区... 145

吐鲁番市... 145

五言律诗

火焰山... 145

吐鲁番郡王府... 145

七言律诗

沙山公园... 145

艾丁湖... 145

吐峪沟... 145

五言绝句

库姆塔格沙漠... 145

七言绝句

高昌故城... 146

盘吉尔怪石林... 146

哈密市... 146

五言律诗

庙尔沟... 146

七言律诗

天山风景区... 146

五堡魔鬼城... 146

回王陵... 146

大河唐城... 146

五言绝句

拉甫乔克故城... 146

白杨沟佛寺遗址... 146

七言绝句

哈密回王府... 146

伊水园... 147

阿克苏地区... 147

五言律诗

柳树泉... 147

七言律诗

托木尔峰... 147

塔里木河... 147

塔克拉玛干沙漠... 147

七言绝句

天山神木园... 147

词

满江红 · 天山神秘大峡谷... 147

喀什地区... 147

五言律诗

帕米尔高原... 147

乔戈里峰... 148

七言律诗

卡拉库里湖... 148

喀什老城... 148

达瓦昆沙漠... 148

五言绝句

棋盘千佛洞... 148

七言绝句

香妃墓... 148

宗朗灵泉... 148

和田地区... 148

五言律诗

白玉河... 148

尼雅遗址... 149

其娜民俗风情园... 149

七言律诗

英艾日克水库... 149

乌鲁瓦提风景区... 149

五言绝句

沙漠观景台... 149

恰哈泪泉... 149

七言绝句

昆仑公园... 149

板兰格草场... 149

昌吉回族自治州... 149

五言律诗

玛纳斯国家湿地公园... 149

石城子遗址... 149

石人子沟... 150

七言律诗

铁瓦寺遗址... 150

博格达峰... 150

中华碧玉园... 150

江布拉克… 150
五言绝句
鸣沙山… 150
七言绝句
北庭故城遗址… 150
原始胡杨林… 150
博尔塔拉蒙古自治州… 150
五言律诗
艾比湖… 150
甘家湖白梭梭林… 150
七言律诗
赛里木湖… 151
哈日图热格… 151
怪石峪… 151
阿尔夏提风景区… 151
七言绝句
博格达尔温泉… 151
博格达尔森林公园… 151
巴音郭楞蒙古自治州… 151
五言律诗
楼兰古国… 151
相思湖… 151
莲花湖… 151
阿尔先沟温泉… 152
七言律诗
巴音布鲁克草原… 152
博斯腾湖… 152
罗布泊… 152
塔里木胡杨林国家森林公园… 152
铁门关… 152
巩乃斯国家森林公园… 152
巴仑台黄庙… 152
五言绝句
米兰古城… 152
七言绝句
金沙滩… 152
芳香植物生态观光园… 153
天鹅湖自然保护区… 153
克孜勒苏柯尔克孜自治州… 153
五言律诗
阿图什天门… 153
阿图什大峡谷… 153
七言律诗
奥依塔克风景区… 153
慕士塔格风景区… 153
五言绝句
吉鲁苏温泉… 153
七言绝句
博古孜河… 153
公格尔峰… 153
喀拉库勒湖… 153
托云地质公园… 153
伊犁哈萨克自治州… 154
五言律诗
奎屯河大峡谷… 154
提克喀拉尕依林海… 154
琼博拉森林公园… 154
喀拉也木勒风景区… 154
双龙沟风景区… 154
五彩滩… 154
七言律诗
阿拉木图亚风情园… 154
唐布拉国家森林公园… 154
惠远古城… 154
那拉提旅游风景区… 154
夏塔旅游区… 155
库鲁斯台草原… 155
桦林公园… 155
喀纳斯湖… 155
乌伦古湖… 155
阿拉善温泉… 155
七言绝句
伊犁河民族文化旅游村… 155
乌鸦岭仙人壁… 155
塔尔巴哈台山… 155
阿克苏水上乐园… 155
五指泉景区… 155
金山森林公园… 155
白哈巴村… 156

二十四·西藏自治区
拉萨市… 157
五言律诗
纳木错… 157

楚布寺… 157
八廓街… 157
七言律诗
布达拉宫… 157
大昭寺… 157
罗布林卡… 157
宗角禄康… 157
药王山… 158
唐古拉山脉… 158
五言绝句
宇拓路… 158
拉萨河… 158
七言绝句
哲蚌寺… 158
日喀则市… 158
五言律诗
羊卓雍措… 158
绒辖森林景区… 158
亚东沟… 158
七言律诗
珠穆朗玛峰… 158
扎什伦布寺… 159
桑珠孜宗堡… 159
白居寺… 159
萨迦寺… 159
金嘎溶洞… 159
佩枯措… 159
五言绝句
康布温泉… 159
多庆湖… 159
七言绝句
卡若拉冰川… 159
洛子峰… 159
卓木拉日雪山… 159
帕里草原… 159
昌都市… 160
五言律诗
勒萨普巴溶洞… 160
曲孜卡温泉休闲中心… 160
生钦朗扎神山… 160
布加雪山… 160
多拉神山… 160
类乌齐寺… 160
七言律诗
帕巴拉神湖… 160
芒康滇金丝猴自然保护区… 160
邦达草原… 160
波罗吉荣大峡谷… 160
瓦拉寺… 161
卓玛郎措湖… 161
孜珠寺… 161
五言绝句
萨嘎日初宝塔林… 161
三色湖… 161
同卡寺… 161
七言绝句
西西温泉… 161
罗荣沟石刻群… 161
果布白宗山… 161
布托湖… 161
林芝市… 162
五言律诗
苯日神山… 162
喇嘛岭寺… 162
南伊沟… 162
老虎嘴瀑布… 162
米堆冰川… 162
七言律诗
鲁朗林海… 162
帕隆藏布… 162
布如沟温泉… 162
巨柏… 162
南迦巴瓦峰… 162
拉多藏湖… 163
五言绝句
慈巴沟国家级自然保护区… 163
盔甲山… 163
七言绝句
桃花沟… 163
东久自然保护区… 163
藤网桥… 163
梅里雪山… 163
嘎贡瀑布… 163
太昭古城… 163
词
满江红·雅鲁藏布大峡谷… 163
鹊桥仙·巴松措… 163
山南市… 164
五言律诗
桑耶寺… 164
丹萨梯寺… 164
曲龙寺… 164
那玉河谷… 164

涅尔喀大瀑布... 164

七言律诗

青朴风景区... 164
朗赛岭庄园... 164
拉姆拉措... 164
拿日雍措... 164
勒布沟... 165
哲古湖... 165

五言绝句

洛扎摩崖石刻... 165
库拉岗日峰... 165

七言绝句

敏竹林寺... 165
拉隆寺... 165
崔久沟... 165
诺米村碉楼遗址... 165
宁金岗桑峰... 165

词

卜算子·布丹拉山... 165

那曲市... 165

五言律诗

冈底斯山脉... 165
江孜古堡... 166
达果雪山... 166

七言律诗

梅木溶洞... 166
麦莫溶洞... 166
当惹雍错... 166

七言绝句

错愕鸟岛... 166
赞丹寺... 166
象雄王国遗址... 166

阿里地区... 166

五言律诗

冈仁波齐峰... 166
玛旁雍错... 166
古格王朝遗址... 167
托林寺... 167

七言律诗

纳木那尼峰... 167
札达土林... 167
班公湖... 167
羌塘国家级自然保护区... 167

五言绝句

伦珠曲典寺... 167
日土岩画... 167
边拉拉康... 167

七言绝句

科迦寺... 167

二十五·海南省

五言律诗

三亚湾度假区... 168
西岛... 168
海棠湾... 168
崖州古城... 168
西沙群岛... 168

七言律诗

亚龙湾... 168
天涯海角... 168
三亚南山海上观音... 169
鹿回头山顶公园... 169
蜈支洲岛... 169
椰梦长廊... 169
呀诺达热带雨林景区... 169

五言绝句

三亚珊瑚礁国家级自然保护区... 169
藤桥墓群... 169

七言绝句

黎村苗寨... 169
藤海海湾... 169
小鱼温泉... 169

词

望海潮·南山文化旅游区... 169
蝶恋花·落笔洞旅游风景区... 170
满江红·大小洞天风景区... 170

海口市... 170

五言律诗

假日海滩... 170
秀英炮台... 170
海口骑楼老街... 170
丘濬故居... 170
府城鼓楼... 170

七言律诗

海南热带野生动植物园... 170

海口石山火山群国家地质公园... 171
万绿园... 171
海口人民公园... 171
五公祠... 171
东寨港红树林保护区... 171
五言绝句
美社村... 171
海口钟楼... 171
七言绝句
丘濬墓... 171
西秀海滩公园... 171
南渡江... 171
琼台书院... 171
三沙市... 172
五言律诗
石岛... 172
甘泉岛遗址... 172
北礁沉船遗址... 172
七言律诗
永兴岛... 172
七言绝句
西沙海洋博物馆... 172
三沙永乐龙洞... 172
儋州市... 172
五言律诗
恒大海花岛... 172
观音洞... 172
七言律诗
蓝洋温泉... 172
松涛水库... 173
白马井古迹... 173
鹭鸶天堂... 173
七言绝句
东坡书院... 173
海南热带植物园... 173
桄榔庵... 173
词
谢春池·石花水洞地质公园... 173
省直辖县市... 173
五言律诗
南丽湖... 173
洪斗坡白鹭鸟乐园... 173
永庆寺... 174
五指山... 174
东郊椰林... 174
木兰湾... 174
七洲列岛... 174
大花角... 174
大洲岛... 174
红坎瀑布... 174
西山岭... 174
南湾猴岛... 174
七言律诗
海南热带飞禽世界... 174
木色旅游度假风景区... 175
卧龙山旅游度假区... 175
济公山旅游度假区... 175
加笼坪热带季雨林旅游区... 175
临高角... 175
高山岭... 175
阿陀岭森林公园... 175
铜鼓岭... 175
高隆湾... 175
玉带滩... 175
白石岭... 176
万泉河... 176
东山岭... 176
石梅湾... 176
俄贤岭... 176
棋子湾... 176
尖峰岭国家森林公园... 176
分界洲岛... 176
吊罗山森林公园... 176
香水湾... 176
呀诺达热带雨林景区... 176
仙安石林... 177
黎母山森林公园... 177
五言绝句
八门湾红树林国家湿地公园... 177
南燕湾... 177
天南第一泉... 177
七言绝句
深田湖避暑山庄... 177
西昌银岭山洞探险旅游区... 177
南吕岭探险旅游区... 177
美榔姐妹塔... 177
百仞滩... 177
居仁瀑布... 177
日月湾... 177
百花岭... 178

词

水龙吟·神州半岛... 178

二十六·青海省

西宁市... 179

五言律诗

东门城楼... 179
桥头公园... 179
元朔山... 179
群加国家森林公园... 179
丹噶尔古城... 179

七言律诗

柳侯公园... 179
娘娘山... 179
鹞子沟... 180
塔尔寺... 180

七言绝句

南凉虎台遗址公园... 180
新宁广场... 180

海东市... 180

五言律诗

娘娘天池... 180

七言律诗

翟昙寺... 180
北山国家森林公园... 180
五峰寺... 180
孟达天池... 180

七言绝句

鲁班亭... 181
峡群寺森林公园... 181
公伯峡... 181
骆驼泉... 181
积石峡... 181

海北藏族自治州... 181

五言律诗

沙岛... 181
年钦夏格日山... 181

七言律诗

黑河大峡谷... 181
仙女湾... 181

七言绝句

尕海古城... 181
牛心山... 181

词

沁园春·青海湖... 182
桂枝香·祁连山草原... 182

黄南藏族自治州... 182

五言律诗

阿米夏琼山... 182
李恰如山风景区... 182

七言律诗

麦秀国家森林公园... 182
仙女洞... 182

七言绝句

曲库乎温泉... 182
阿琼南宗寺... 183

海南藏族自治州... 183

五言律诗

日月山... 183
龙羊峡水电站... 183

七言律诗

倒淌河... 183
黄河清国家地质公园... 183

七言绝句

南巴滩草原... 183

果洛藏族自治州... 183

五言律诗

班玛仁脱山... 183
扎陵湖... 183

七言律诗

阿尼玛卿峰... 183
洋玉原始森林... 184
年宝玉则... 184
星宿海... 184

七言绝句

官仓峡... 184

玉树藏族自治州... 184

七言律诗

通天河... 184
勒巴沟岩画... 184

七言绝句

格萨尔广场... 184
隆宝滩黑颈鹤自然保护区... 184
昆仑泉... 184

海西蒙古族藏族自治州... 185

五言律诗

昆仑山脉… 185
哈拉湖… 185
金子海… 185

七言律诗

雅丹地貌… 185
西王母瑶池… 185
天峻山… 185

七言绝句

克鲁克湖… 185
托素湖… 185

二十七·广东省

五言律诗

华侨城… 186
西樵山… 186
孙中山故居纪念馆… 186
星湖… 186
中山纪念堂… 186
中信高尔夫海滨度假村… 186
金山温泉旅游度假区… 186
圭峰风景区… 186
湖光岩风景区… 187
西汉南越王博物馆… 187
碧水湾温泉度假村… 187
越秀公园… 187
三水森林公园… 187
清晖园… 187
仙湖植物园… 187
莲花峰风景区… 187
碧江金楼… 187
金鸡岭… 187
观海长廊… 187
浮山岭… 188
放鸡岛… 188
镜花缘… 188

七言律诗

长隆旅游度假区… 188
雁南飞… 188
清远连州地下河… 188
丹霞山… 188
罗浮山… 188
广州香江野生动物世界… 188
清新温矿泉… 188
广州莲花山旅游区… 189
宝墨园… 189
礐石风景名胜区… 189
开平立园… 189
南澳岛旅游区… 189
古兜温泉… 189
三水荷花世界… 189
飞来峡… 189
南昆山生态旅游区… 189
惠州龙门温泉旅游度假区… 189
观音山国家森林公园… 189
长鹿休闲度假农庄… 190
圭峰山… 190
珠江夜游… 190
凤凰山… 190
情侣路… 190
塔山风景区… 190
南岭国家森林公园… 190
广东大峡谷… 190
盘龙峡生态旅游区… 190
千层峰… 190
小鸟天堂… 191
双月湾… 191
红海湾… 191
宝晶宫… 191
松山湖… 191
龙凤山庄… 191
黄岐山… 191
罗定龙湾生态旅游区… 191

五言绝句

清远黄藤峡生态旅游区… 191
玄武山旅游区… 191
揭阳楼… 191
进贤门… 191
金水台温泉… 192

七言绝句

观澜湖… 192
圆明新园… 192
广东美术馆… 192
雁鸣湖… 192
黄花岗公园… 192
曹溪温泉假日度假村… 192
顺德碧桂园… 192

玄真古洞生态旅游度假区... 192
开平碉楼与村落... 192
灵光寺... 192
沙湾古镇... 192
寸金桥公园... 192
龙归寨瀑布... 192
玉溪三洞... 192
可园... 193
广济桥... 193
词
六州歌头·白云山... 193
水调歌头·海陵岛... 193
念奴娇·新丰江国家森林公园... 193
桂枝香·惠州西湖风景名胜区... 193

二十八·陕西省

西安市... 194
五言律诗
秦始皇兵马俑博物馆... 194
大雁塔... 194
汉城湖公园... 194
朱雀国家森林公园... 194
黑河国家森林公园... 194
七言律诗
大明宫... 194
大唐芙蓉园... 194
西安城墙... 195
骊山... 195
翠华山... 195
太平国家森林公园... 195
兴庆宫公园... 195
七言绝句
关中八景... 195
宝鸡市... 196
五言律诗
法门寺... 196
龙门洞森林公园... 196
七言律诗
太白山国家森林公园... 196
青峰峡... 196
钓鱼台风景名胜区... 196
嘉陵江源头风景区... 196
鸡峰山... 196
紫柏山... 196
七言绝句
中华礼乐城... 196
千湖国家湿地公园... 197
灵山... 197
吴山... 197
词
太常行·通天河国家森林公园... 197
咸阳市... 197
五言律诗
杨贵妃墓... 197
七言律诗
咸阳湖... 197
五言绝句
茯茶镇... 197
乾县八景... 197
七言绝句
乐华欢乐世界... 198
渭南市... 198
五言律诗
党家村... 198
七言律诗
石鼓山... 198
少华山国家森林公园... 198
同州湖景区... 198
武帝山... 198
五言绝句
望湖楼... 199
十二连城... 199
七言绝句
六姑泉... 199
文殊塔... 199
壶梯山... 199
铜川市... 199
五言律诗
药王山... 199
七言律诗
大香山寺... 199
玉华宫景区... 199
云梦山... 199
五言绝句
龟山文化园... 199

龙山公园… 200

七言绝句

姜女祠… 200
太安森林公园… 200
福地湖风景区… 200

延安市… 200

五言律诗

宝塔山… 200
秦直道… 200
狗头山… 200
龙虎山风景区… 200

七言律诗

清凉山… 200
壶口瀑布… 200
蟒头山… 200

七言绝句

芦子关… 201
黄帝陵… 201

榆林市… 201

五言律诗

镇北台… 201
二郎山… 201
高寒岭… 201
李自成行宫… 201

七言律诗

红石峡… 201
红碱淖风景区… 201
白云山… 201

七言绝句

榆林沙漠国家森林公园… 202
五龙山… 202
花马池… 202
天下名州石牌楼… 202

安康市… 202

五言律诗

岚河漂流… 202
千层河… 202
观音河水库… 202

七言律诗

燕翔洞… 202
瀛湖… 202
千家坪… 202
香溪洞… 202
双龙溶洞群… 203
大木坝森林公园… 203

五言绝句

龙寨沟奇石景区… 203
两合崖圣景… 203

七言绝句

中坝大峡谷… 203
宁陕名胜白帝神洞… 203

词

六州歌头·南宫山… 203

汉中市… 203

五言律诗

红寺湖国家水利风景区… 203

七言律诗

古汉台… 204
五龙洞国家森林公园… 204

五言绝句

拜将坛… 204
饮马池… 204

七言绝句

苏景园… 204
兴元湖公园… 204

词

谢池春·黎坪国家森林公园… 204
江城子·汉中天台国家森林公园… 204

商洛市… 204

五言律诗

丹江漂流… 204
塔云山… 205
天竺山… 205
天佛洞… 205

七言律诗

金丝峡… 205
牛背梁国家森林公园… 205
柞水溶洞… 205
木王国家森林公园… 205
月亮洞… 205

七言绝句

白龙洞… 205
太白洞… 205

二十九·甘肃省

五言律诗

鸣沙山月牙泉风景名胜区... 206
五泉山公园... 206
金水湖... 206
大象山... 206
玉泉观... 206
中华裕固风情走廊景区... 206
月牙湖公园... 206
神州荒漠野生动物园... 206
天祝县冰沟河森林公园... 207
晚霞湖... 207
西狭颂风景名胜区... 207
荆山森林公园... 207
莲花台... 207
田家沟生态风景区... 207
莲花山... 207
大墩峡... 207
拉尕山... 207
拉卜楞寺... 207

七言律诗

嘉峪关文物景区... 208
崆峒山风景名胜区... 208
麦积山... 208
吐鲁沟... 208
兴隆山... 208
黄河石林... 208
水帘洞... 208
西汉酒泉胜迹... 208
文殊寺... 208
焉支山森林公园... 208
马蹄寺... 209
扁都口... 209
大湖湾... 209
遮阳山... 209
贵清山... 209
万象洞... 209
阳坝亚热带生态旅游风景区... 209
云屏三峡... 209
花桥村... 209
云崖寺国家森林公园... 209
龙泉寺... 209
松鸣岩... 210
冶力关国家森林公园... 210
大峪沟... 210
则岔石林... 210
郎木寺... 210

五言绝句

紫轩葡萄酒庄园... 210
中华孔雀苑... 210
武威沙漠公园... 210
古灵台... 210

七言绝句

古梨园... 210
青城古镇... 210
雅丹国家地质公园... 210
金塔胡杨林... 211
敦煌古城... 211
阳关文物旅游景区... 211
张掖国家湿地公园... 211
王母宫... 211
当周草原... 211

词

桂枝香·官鹅沟国家森林公园... 211
浣溪沙·刘家峡... 211
玉楼春·八坊十三巷... 211

三十·黑龙江省

哈尔滨市... 212

五言律诗

哈尔滨冰雪大世界... 212
太阳岛风景名胜区... 212
龙塔... 212
金龙山国家森林公园... 212
巴兰河漂流... 212
双子山原始森林公园... 212

七言律诗

中央大街... 212
黑龙江省森林植物园... 213
松峰山... 213
威虎山国家森林公园... 213
帽儿山... 213
凤凰山国家森林公园... 213

七言绝句

亚布力滑雪旅游度假区…213

天恒山…213

石刀山…213

词

念奴娇·太阳岛公园…213

齐齐哈尔市…214

五言律诗

扎龙国家级自然保护区…214

蛇洞山…214

音河水库…214

七言律诗

龙沙公园…214

榆树崴子…214

明月岛…214

七言绝句

红岸公园…214

朝阳山…214

爱华林场…214

罗西亚大街…214

牡丹江市…215

五言律诗

牡丹江雪堡…215

六峰湖…215

神仙洞森林公园…215

莲花峰…215

七言律诗

镜泊湖…215

牡丹峰国家森林公园…215

三道关…215

莲花湖…215

金光寺…215

七言绝句

牡丹峰滑雪场…216

江滨公园…216

东宁洞庭风景区…216

佳木斯市…216

五言律诗

水源山公园…216

四丰山风景区…216

乌苏镇…216

七言律诗

三江自然保护区…216

大亮子河…216

富锦国家湿地公园…216

街津口…216

五言绝句

三江口…217

大力加湖…217

七言绝句

晨星岛…217

东极宝塔…217

词

谢池春·七星峰国家级森林公园…217

大庆市…217

五言律诗

大庆龙凤湿地自然保护区…217

鹤鸣湖湿地温泉风景区…217

七言律诗

林甸北方温泉欢乐谷…217

林甸北国温泉…217

七言绝句

连环湖景区…218

词

渔歌子·杜尔伯特大草原…218

伊春市…218

五言律诗

茅兰沟…218

溪水国家森林公园…218

透龙山风景区…218

日月峡国家森林公园…218

七言律诗

汤旺河国家公园…218

五营国家森林公园…218

仙翁山森林公园…218

乳影岛…219

大黑顶山森林公园…219

七言绝句

凉水自然保护区…219

白山头旅游疗养度假村…219

鸡西市…219

五言律诗

神顶峰…219

月牙湖…219

哈达河风景区…219

七言律诗

乌苏里江… 219
麒麟山… 219
鸡西动植物园… 219
蜂蜜山… 220

七言绝句

虎头要塞… 220
兴凯湖… 220
珍宝岛… 220

鹤岗市… 220

五言律诗

中俄黑龙江三峡… 220
太平沟黄金古镇… 220
兴龙峡谷… 220

七言律诗

鹤岗国家森林公园… 220
小兴安岭原始森林公园 … 220
名山岛… 220

七言绝句

桶子沟… 221

双鸭山市… 221

五言律诗

七星峰… 221
安邦河国家湿地公园… 221
七星河湿地国家级自然保护区… 221
友谊公园… 221

七言律诗

北秀公园… 221
益寿山公园… 221
青山国家森林公园… 221

七言绝句

雁窝岛… 221
紫云岭… 222
幸福湖… 222

七台河市… 222

五言律诗

桃山湖… 222
桃山公园… 222
吉兴河水库… 222

七言律诗

石龙山国家森林公园… 222
仙洞山公园… 222
西大圈森林公园… 222

绥化市… 222

五言律诗

绥化西湖公园… 222
金斗湾旅游区… 223

七言律诗

金龟山庄… 223
绥化森林植物园… 223

七言绝句

绥化人民公园… 223

黑河市… 223

五言律诗

锦河大峡谷… 223
卧牛湖… 223

七言律诗

五大连池风景区… 223
老黑山… 223
二龙泉… 224

七言绝句

大黑河岛… 224
沾河漂流… 224

词

水龙吟·山口湖风景区 … 224

三十一·北京市

五言律诗

天坛公园… 225
北京房山世界地质公园 … 225
中国延庆世界地质公园 … 225
八大处… 225
大栅栏… 225
九渡河镇… 225
中华世纪坛… 225
正阳门… 225
翠微山… 226
玉泉山… 226
鹫峰国家森林公园… 226
燃灯塔… 226
十渡… 226
黑龙潭… 226
莲花山森林公园… 226
夏都公园… 226
妫水公园… 226

七言律诗
故宫… 226
长城… 227
颐和园… 227
明十三陵… 227
八达岭… 227
石花洞… 227
古北口镇… 227
琉璃渠村… 227
北海公园… 227
卢沟桥… 227
什刹海… 227
圆明园… 227
北京胡同… 228
北京动物园… 228
北京植物园… 228
景山公园… 228
香山公园… 228
玉渊潭公园… 228
紫竹院公园… 228
海淀公园… 228
西海子公园… 228
北京南海子郊野公园… 228
百花山国家级自然保护区… 229
云蒙山国家森林公园… 229
古北水镇… 229
康西草原… 229
玉渡山… 229
五言绝句
燕京八景… 229
七言绝句
京杭大运河… 230
恭王府… 230
国子监街… 230
烟袋斜街… 230
德胜门… 230
北京钟楼… 230
北京鼓楼… 230
密云水库… 230
古崖居… 230
江水泉公园… 230
香水苑公园… 230
百泉公园… 230
词
水调歌头・龙庆峡… 230

三十二・香港特别行政区

港岛区… 232
五言律诗
皇后像广场… 232
金紫荆广场… 232
美利楼… 232
瀑布湾公园… 232
七言律诗
兰桂坊… 232
浅水湾… 232
赤柱… 232
凌霄阁… 233
香港动植物公园… 233
香港公园… 233
维多利亚公园… 233
七言绝句
都爹利街… 233
跑马地… 233
山顶广场… 233
添马公园… 233
赛西湖公园… 233
柴湾公园… 233
词
满江红・香港海洋公园… 233
九龙区… 234
五言律诗
星光大道… 234
荔枝角公园… 234
汉花园… 234
七言律诗
黄大仙祠… 234
九龙公园… 234
尖沙咀海滨花园… 234
九龙寨城公园… 234
启德邮轮码头公园… 234
七言绝句
香港文化中心… 234
海港城… 235
女人街… 235
摩士公园… 235
海心公园… 235
斧山公园… 235

凤德公园… 235
园圃街雀鸟花园… 235
新界及离岛区… 235
五言律诗
宝莲禅寺… 235
迪欣湖活动中心… 235
西贡海鲜街… 235
大埔海滨公园… 235
日出公园… 235
香港湿地公园… 236
七言律诗
天坛大佛… 236
香港迪士尼乐园… 236
沙田公园… 236
元朗公园… 236
七言绝句
香港宝鼎… 236
北区公园… 236
天水围公园… 236
青衣公园… 236
青马大桥… 236
聚星楼… 236

三十三·澳门特别行政区

五言律诗
妈阁庙… 237
岗顶剧院… 237
大炮台… 237
宋玉生公园… 237
石排湾郊野公园… 237
澳门旅游塔… 237
青洲山… 237
望厦山… 237
七言律诗
大三巴牌坊… 238
澳门博物馆… 238
白鸽巢公园… 238
螺丝山公园… 238
卢廉若公园… 238
黑沙水库郊野公园… 238
渔人码头… 238
七言绝句
港务局大楼… 238
亚婆井前地… 238
郑家大屋… 238
岗顶前地… 238
卢家大屋… 239
何贤公园… 239
艺园… 239
纪念孙中山市政公园… 239
路环山顶公园… 239
妈祖文化村… 239
金莲花广场… 239
观音莲花苑… 239
花城公园… 239

三十四·台湾地区

五言律诗
台北 101… 240
龙山寺… 240
台北观音山… 240
十分瀑布… 240
慈湖… 240
石门水库… 240
白沙岬灯塔… 240
竹围渔港… 240
中山公园… 241
小琉球岛… 241
垦丁公园… 241
藤枝森林游乐区… 241
泰安瀑布… 241
八卦山… 241
清境农场… 241
凤凰谷鸟园… 241
太平山森林游乐区… 241
明池森林游乐区… 241
鲤鱼潭… 241
三仙台… 242
太武山… 242
敖江… 242
七言律诗
阳明山… 242
自由广场… 242
士林官邸… 242

西门町... 242
云仙乐园... 242
大尖山风景区... 242
淡水老街... 242
角板山公园... 243
高美湿地... 243
大坑风景区... 243
珊瑚潭... 243
西子湾风景区... 243
莲池潭... 243
旗津半岛... 243
澄清湖... 243
鹅銮鼻公园... 243
和平岛... 243
兰潭... 243
玉山公园... 244
参山风景区... 244
古坑草岭风景区... 244
奋起湖风景区... 244
松萝湖... 244
白杨瀑布... 244

五言绝句

华西街夜市... 244
士林夜市... 244
乌来温泉... 244
高雄港渔人码头... 244
石壁峡谷... 244
苦花潭... 244
风美瀑布群... 245
神仙谷... 245
琵琶湖... 245
通梁古榕... 245
金门公园... 245

七言绝句

台北“故宫博物院”... 245
承天禅寺... 245
拉拉山... 245
寿山岩观音寺... 245
芦竹五福宫... 245
赤嵌楼... 245
高雄 85 大楼... 245
基隆屿... 245
望幽谷... 245
情人湖... 245
嘉义公园... 246
向天湖部落风情... 246
鹿港小镇... 246
风柜斗... 246
樟湖风景区... 246
剑湖山世界... 246
西螺大桥... 246
龟山岛... 246
鸳鸯湖... 246
八仙洞... 246
莒光楼... 246

词

念奴娇·日月潭... 246
浪淘沙·黄岐半岛... 246

三十五·五彩缤纷咏自然人生

五言律诗

暮临... 247
怀友人... 247
怀月... 247
寂夜思... 247
秋熟... 247
欲晓... 247
独步... 247
心疑... 247
赶集... 248
梦妻... 248
退居... 248
荷莲洁... 248
赞奉献... 248
三民信仰... 248
刊读感... 248
踏露赶市... 248
残桥浮碧... 248
轮埠闹客... 248

七言律诗

中秋盼月... 249
春晨... 249
独赏... 249
小村春雨... 249
感事... 249
滆湖清晨（耙草记）... 249
强风十级伴秋雨... 249
登白龙山... 249
采石二首... 249
醉月... 250
别友难... 250

七八年八月三十日晚观看电影越剧《红楼梦》... 250
自嘲... 250
少年行... 250
忠业... 250
酷暑嘲... 250
丁亥七月十五祭... 250
双节同乐... 250
乡村小木匠... 250
最美中国梦... 250
田园新村... 251
裕禄勤政... 251
记二〇一六年特大水涝... 251
秋夜... 251
五港环渡... 251
关皇险渡... 251
剧院风情... 251

五言绝句

观暮... 251
求学... 251
惜画鸟... 251
乘车过周将军石雕像... 251
登高... 252
遛感... 252
知屈难... 252
颂后来... 252
迎晨... 252
静夜思... 252
无题... 252
梦... 252
思妹... 252
清风素月... 252
八哥语... 252
好帮手... 252
辛亥革命... 252
神州行·苏州采风交流会... 252
老街风貌... 252
怀老木桥... 252
徐家小桥... 253
洋茅墩隐... 253

七言绝句

送友人服兵役... 253
怨春雪... 253
寒意两首... 253
栽秧... 253
赞帕... 253
月季怀... 253
无趣... 253
相见难... 253
忘嘱... 253
长夜... 253
中秋云和月... 253
望春雪... 253
字绣吟... 254
春雪伴春雷... 254
腊八粥... 254
小园初夏... 254
风浪马公荡... 254
马公荡生态湿地公园... 254
情深意长... 254
天下为公... 254
废庵荒冢... 254
临津济浪... 254
临街返渡... 254
天珠塘雨... 254

词

如梦令·醉歌——小园惊雷... 254
长相思·人心留... 254
卜算子·送友服兵役... 254
十六字令·毛毛雨... 255
卜算子·病中吟... 255
清平乐·雁去... 255
醉花阴·除夕夜... 255
浪淘沙·雨... 255
鹧鸪天·度夏... 255
鹧鸪天·赞红装... 255
蝶恋花·早游... 255
渔家傲·记梦... 255
满江红·邀月... 255
水调歌头·望月幻故... 256
望海潮·中秋自吟... 256
沁园春·中秋闲作... 256
贺新郎·花甲忆... 256
念奴娇·雪... 256
念奴娇·醉歌——追月... 256
雨霖铃·“海葵”风雨... 257
调笑令·月恋... 257
摸鱼儿·清明暮游荷香园... 257
浪淘沙·战洪魔... 257
蝶恋花·风雨袭中秋... 257
念奴娇·木桥溪韵... 257
蝶恋花·茅庵怀读... 257

一·山西省

壶口瀑布

龙洞观黄瀑，分槽十里湾。
孟门飞石固，壶口卧龟顽。
洪泻空中浪，冰流级底间。
咆哮千丈水，汹涌一江还。

翠枫山

皓光明月复，日出泛霞红。
云涌千层雪，波涛万里枫。
高崖看怪石，绝壁听奇风。
峡谷迷鸣瀑，山溪醉钓翁。

藏山

长峰屏叠嶂，深壑吐岚烟。
危谷朦胧舞，奇松恍惚翩。
庙祠添八义，十景伴云天。
凤恋藏山洞，龙思饮马泉。

娘子关

隘口雄关锁，天娇守塞楼。
清风崖壁过，明月石城留。
洞瀑千层出，溪泉万里流。
亭前潭浣女，点将在山头。

太行山大峡谷

滔滔八道泉，滚滚万团烟。
岩叠云中舞，崖重雾里翩。
春花山谷上，秋月石峰前。
日出红霞近，龙潭绝壁悬。

五老峰

玉柱擎天日照重，锦屏左右护秋冬。
棋盘楼望沟泉洞，太乙祠听殿庙钟。
五老悠思梯地谷，三仙闲看月梁峰。
惊鹏不认青云顶，散鹤归知翠柏松。

五台山

五峰屹立插云霄，十里阴晴一日调。
顶底阳光探果木，山腰雷电雪花飘。
碧珠悬塔金铃挂，翠寺飞檐木柱挑。
铜殿佛神千万塑，拱门砖石显精雕。

棉山

彭祖长生八百年，锅中不满壁流泉。
捧峰云雾来回锁，抱腹岩堂往返穿。
斜踏崖桥千步塔，曲攀沟石一行天。
青松密集深山险，群瀑奇飞妙入川。

乔家大院

街横院宅看乔家，双喜行楼固堡华。
福种琅环慈后喻，碧光德迹左臣夸。
犀牛望月球中镜，楠木穿龙锦上花。
平步青云如意喜，四时六合吉祥嘉。

芦芽山

重峦叠嶂挤云天，陡壁高崖佛殿悬。
松海浪涛长谷岭，草场波涌阔江泉。
相思伴水溪前瀑，梦幻迎姑洞内仙。
冰托蓬莱环栈道，瑶池鹊舞凤凰翩。

禹王洞

纵横异洞雅厅堂，错落奇岩俏乳妆。
龟出瑶池观凤舞，蓬莱仙聚看云翔。
金溪穿壁飞珠雨，瀑泻银泉绕石廊。
世外桃源村隐谷，水晶宫内宿娇娘。

冠山

万层雪浪涌蓝天，千米岩崖泛黑烟。
曲折道长双谷立，蜿蜒深洞一厅悬。
重峦叠嶂参差木，怪石奇姿错落仙。
独揽冠山云喂色，湄江诗岸品余篇。

北武当山

万丈天梯举目惊，攀阶千步石微鸣。
高崖错落看光色，绝壁参差听籁声。
怪谷欲摇狮象守，危岩幻动虎龙迎。
鸳鸯松伴山前月，铁瓦金檐寺庙宏。

乌金山国家森林公园

凌顶天台揽碧空，罕山时雨色朦胧。
云霞日曙千层涌，林海波涛万里风。
月落明湖峰谷伴，清泉过石分沟洪。
狮藏古洞思神圣，三十三阶玉帝宫。

九女仙湖

桥跨金滩阁老河，舟游湖阔恋银波。
群峰乱目龟山卧，磐石龙潭暗水过。
千壁参差吟雪瀑，玉台挺拔九仙歌。
高崖云雾穿神洞，浪上清风伴月娥。

登鹳雀楼

鹳雀过层楼，云波送片舟。
风前天地阔，浪后远江流。

平遥古城

城石平遥古，低楼视野新。
纵横街铺老，票号兑金银。

悬空寺

悬空粘壁寺，欲上九霄飞。
流雨岩头泻，云楼挂锦帏。

恒山云

悬崖深谷底，壁洞半山分。

朗朗晴光野，悠悠雨色云。

恒山十八景

（一）磁峡烟雨

峰岭崖双壁，金龙一线天。
晴岚朦细雨，底涧响流泉。

（二）龙泉甘苦

苦甘双口井，圣水一泉甜。
欲得人生吉，奇茶快乐添。

（三）云阁虹桥

南北穿行道，东西古栈桥。
木通双壁插，一夜卧虹雕。

（四）虎口悬松

虎口清风啸，留云步日阴。
神驴惊树起，抱石固根深。

（五）果老仙迹

石径行行印，骑驴步步坑。
登山瞧倒路，果老日时征。

（六）云路春晓

一里一亭风，层云步步同。
岳门宗殿上，松立字湾中。

（七）断崖啼鸟

陡壁山崖断，情深侠女亲。
舍身双化鸟，姑嫂百年巡。

（八）危岩夕照

万仞凌云壁，斜阳百岭华。
余辉山雅色，奇景复光霞。

（九）金鸡报晓

山鸡误食丹，化石落峰峦。
相击鸣幽谷，鸣啼万壑欢。

（十）茅窟烟火

断谷三茅窟，真人得道仙。
二熏燃一火，焚合失流烟。

（十一）奕台鸣琴

裂崖悬壁隙，断谷挂岩台。
日月琴音伴，春秋弈谱徊。

（十二）玉羊游云

朝殿东峰望，悬崖翠顶娇。
游云推白石，碧玉挤羊潮。

（十三）脂图文锦

五色天然石，千峰日照苏。
荫松蒙翠柏，独画锦文图。

（十四）岳顶松风

岳顶高峰险，松风入谷迷。
举头千里远，回首众山低。

（十五）幽窟飞石

望祀恒山阻，安王怪石留。
春宫幽窟寝，月夜静妆楼。

（十六）仙府醉月

依栏望月齐，伴府见云低。
聚会仙人醉，风情笔下迷。

（十七）紫谷云花

沟谷幽奇曲，繁花草木深。
灵芝云锦宝，妙药帝王参。

（十八）石洞流云

灵穴白龙君，深居地海闻。
雨来山戴帽，石洞吐烟云。

王官谷

坠落银帘不见深，飞悬玉壁揽知音。
桃源忆过迷仙谷，梦入蓬莱醉圣心。

云岗石窟

昙昙曜曜窟群横，丽丽皇皇石刻精。
瘦骨清模人物俊，舞姿杂技乐流行。

永乐宫

单檐多脊三清殿，百米长图万圣明。
得道真人凡化事，天尊朝谒拥云程。

平型关

对峙双崖绝壁山，东西单道过门关。
沧桑留迹楼城古，屹立峰巅伴月闲。

恒山

亘横塞上燕门衔，俯瞰双州势不凡。
独跨太行分水岭，尽栏三晋过云岩。

恒山松

崖出奇枝古老松，根生石外独悬峰。
抓岩欲坠娇姿立，直上云霄势不从。

桃花洞

桃红柳绿映苍穹，禳镇仙姑济苦穷。
行德修身瑶女洞，风光独揽在其中。

南乡子·燕门关

燕过望穿云，九塞三关险独闻。陡壁山崖峰岭叠，群群。隘口长城事迹勋。　　列国战休纷，争霸英雄胜为君。千古风烟春又夏，纭纭。一将单戈抵万军。

二·河北省

五言律诗

天下第一关

陡壁单戈驻，千人窄道关。
高楼观四野，远海见三湾。
五里蓝光处，青天一线间。
长城风貌古，雄壮自然山。

七步沟景区

门神仙境守，绝壁见方山。
玉柱凌云秀，沟垂雅雪湾。
峡中悬百瀑，复水一潭间。
罗汉藏幽洞，长湖断谷环。

天河山

相思情侣伴，梦幻到银河。
交颈鸳鸯唱，开屏孔雀歌。
雪湖迷日色，壶穴醉香荷。
绿草凌云顶，阴元石怪坡。

野三坡风景名胜区

百里悬空峡，参差壁画千。
长河舟济客，神石托高天。
月色风情谷，花香鸟语川。
松涛迎日照，鱼洞怪喷泉。

七言律诗

鸽子窝

裂石雄鹰屹立神，堆云素鸽聚飞频。
日双出海红波系，一目分霞白水沦。
坝内升潮情侣岛，外滩落浪伴亲人。
冬温不问思秋客，凉夏方知恋友春。

苍岩山

檀林叠翠托苍穹，白鹤泉流峡谷中。
怪石沉浮光恍惚，参差奇柏色朦胧。
天梯百级登桥殿，珠瀑千层过佛宫。
夕照炉峰香复曙，空山鸟语伴清风。

崆山白云洞

人间曲石柱擎天，乳瀑珠花绝壁悬。
落帐垂帘厅坐女，披纱挂帛立堂仙。
银龙金凤潜云卧，琼枝玉叶托睡莲。
马面牛头迷地府，雄鹰展翅戏神泉。

邢台大峡谷

奇峡成群错落峰，参差林海浪涛松。
长崖曲壁多深洞，断谷高岩聚雾浓。
一线云天悬雪瀑，千潭玉液托银龙。
清风明月山泉貌，鸟语花香伴石容。

九龙峡

万亩桃花遍野香，瀑悬千里碧屏廊。
青山起伏浮云色，赤水蜿蜒泛日光。
风前深谷听鸟语，高崖月下看银妆。
潭边巨石天书迹，玉女峰中洞窟长。

白洋淀

长湖滟潋复蓝天，戏水鸳鸯伴浪翩。
芦苇环堤浮日色，荷莲拥岸月光悬。
雅亭秀阁河风过，贵客佳宾济艇船。
鸟语花香诗画岛，渔家灯火夜明泉。

坝上草原

坝上公园阔草场，遥遥万顷海无疆。
清风往返波涛翠，明月徘徊涌碧光。
闪电湖中思织女，情人谷里恋牛郎。
彩山静看春秋画，峡谷闲观两岸廊。

五言绝句

秦皇岛

秦皇多视岛，汉帝独临峰。
避暑温凉在，求仙去不逢。

老龙头

放眼苍茫尽，朦胧聚浪流。
明城始胜地，碧海过龙头。

七言绝句

老虎石

浅海金沙日耀天，微波银浪浴神仙。
观潮虎石风云远，白雪千堆送小船。

怪楼

怪石多门兽显身，美人戏水镜留春。
百花怒放山间瀑，绿树云楼幻亦真。

乐岛海洋公园

海底狮鲸着体亲，园区柳木密迷人。
蓝天碧水休闲地，白日金沙快乐滨。

南戴河

十里葱林恍惚深，朦胧一处绿茵临。
日升日落东西海，沐浴沙光伴侣心。

平山温泉

三月桃花酿乳泉，琼浆一池浴神仙。
映山风月临香体，云雾浮珠滴玉莲。

古莲花池

南北双塘泛碧莲，东西二渠漫清泉。
蓬莱楼阁亲柔水，月落瑶池托画船。

浪淘沙·游北戴河

白浪海风鸣，一叶舟行。青山绿岛万千情。昼夜相思身为客，仿佛来迎。　　潮落细沙平，沐浴同争。西滩日照体肤橙。涉水登峰心到处，不念归程。

承德市

承德外八庙

八庙山庄外，扶天托月悠。
云梯回殿阁，玉道过宫楼。
罗汉风姿勇，神仙体貌柔。
参差雄佛国，重叠翠林浮。

水下长城

白云山顶走，船过古城头。
雨隐烟波下，泉前石堡浮。
峰崖龙首出，库岸凤肢留。
北国添三峡，漓江塞上流。

双塔山

双塔依千古，孤峰伴万秋。
林奇花树漫，石怪洞溪流。
遗墨君臣迹，夫妻庙址留。
风鸣岩柱隙，鸟语草堂幽。

九龙松

十丈凌云松，枝飞舞九龙。
曲伸含日月，风雨合分重。
闭目瑶池瑟，蓬莱附耳钟。
鹤携仙境籽，御笔护娇容。

喇嘛山风景区

千姿峰石秀，万色丽崖屏。
佛足莲花踏，仙姑立草庭。
迷游天一线，独醉卧狮亭。
十里长廊画，飞泉曲洞听。

承德避暑山庄

四区万色丽山庄，百景千姿秀季妆。
草地村园宫殿阁，峦峰寺庙榭亭廊。
溪湖洲岛晨曦影，云雾风烟暮霁光。
林舍闲居东海梦，松涛仙鹤过南洋。

磬锤峰国家森林公园

云雾山中一磬锤，蒙桑半壁百年枝。
蛤蟆昂首蓝天眺，孔雀开屏望绿池。
漫岭杜鹃临怪石，樱桃泛谷隔崖奇。
佛光环寺高台殿，经幢龙纹塔迹遗。

金山岭长城

独秀金山万里城，千峰石壁岭中横。
楼台视野多烟雨，烽燧观光日月盈。
斜落曲伸崖谷搏，飞腾直插海天争。

雄伟今古风姿雅，沧海桑田气势惊。

滴水崖

白练悬空绝壁间，银珠飞雪复凹山。
风掀细雨阴寒袭，举目峰高恐惧攀。
平顶草荒泉眼隐，曲崖花盛挡海湾。
清潭滴水晶星沸，罗带长环过石关。

唐家湾

金刚山上会仙桥，狮子天门笑口骄。
古洞幽深浮玉迹，奇峰耸峙泛云潮。
田园景色溪流远，帘瀑风光挂谷遥。
热井瑶池添浴府，休闲宫馆到林乔。

佛珠洞

佛珠多巨石，沟壑洞前深。
缘在三生幸，凡人举步心。

燕山大峡谷

群峰分峡谷，远水合泉河。
树嶂云岚色，崖屏怪石多。

承德魁星楼

虎皮墙石绕山巅，玉道神龙上九天。
楼殿辉煌星月伴，魁中独秀佛光缘。

天桥山

九霄移步看天骄，两拱飞悬见异桥。
风动彩虹牛石响，云岚万里挂窗遥。

七星湖

草浮千里复云烟，远水风波一底连。
桥上木亭观北斗，滩边花岸七湖前。

鹊桥仙·木兰围场

松林千顷，草原万亩，台迹康熙点将。山花烂漫野浮香，看红树、湖天怒放。　　绿茵无际，天涯骏马，风逐牛羊姑唱。纵横丘壑谷凌云，望冰水、阴阳怪状。

洞仙歌·白云古洞

门开天堑，石奇惊深涧。僧寺尼庵道居观。卧狮望、长啸虎首凌峰，六典故，异状风姿各幻。　　仙桥风拂动，月上青崖，九景多妆诱人看。玉柱白云穿、飞雪悠闲，长虹上、寿翁鹤伴。白骨谷、高瞻尽天涯，十二洞、纵横曲伸千变。

三·江西省

五言律诗

双溪游

登桥三月望，许愿梦圆真。
国舅云岩卧，山泉托石人。
天时丰竹木，地利富村民。
访户千家乐，超凡一县新。

麻姑山

仙坛长寿境，福地九霄宫。
水上浮明月，清泉挂壁中。
松涛山恍惚，云涌谷朦胧。
白练鸣千壑，桥悬裂石洪。

蒙山

峰顶白云间，悬天起伏山。
重花迎曙色，结雪月留颜。
闲看游烟雨，崖风静听还。
塔高灵迹在，幽洞暗溪环。

龙虎山风景名胜区

绝壁横梁石，高崖一线天。
水岩溶洞乳，龙虎炼丹仙。
云雾峰林碧，湖波翠屏泉。
九霄凌臼柱，都会聚神千。

三百山国家森林公园

东西连峭壁，十二陡排峰。
迢递崇山雪，参差峻岭松。
福鳌塘响瀑，琴闹吉泉龙。
汤谷仙人浴，家园屋绕重。

神农源风景名胜区

粟植仙人洞，河源地窟宫。
石林披雪色，云塔挂光虹。
古井荷溪院，龙泉昨夜风。
玉碑千载寺，香火墓前翁。

明月山国家森林公园

平步青云栈，登高月洞山。
雾岚天内海，烟雨壑中湾。
五级游龙急，千层溅玉闲。
葛洪丹脉隐，禅寺泛光环。

江西五府山国家森林公园

五府岗升日，流云一线天。

双龙游翠壁，叠石素帘悬。
月落滩潭水，仙桥挂谷泉。
峰峦松海啸，夕照镜湖烟。

七言律诗

观音岩

观音滴水剑门峰，朝觐通关栈道重。
对弈双杉盘百米，层岩叠石丈千松。
裸姑瀑浴留遗迹，赤壁泉流不见踪。
落巾飞纱驱魍魉，银帘玉带钓蛟龙。

神仙谷冲浪漂流

梅峰迎客贵松闲，掩映花楼绿水间。
鬼斧神工迷怪石，桑田沧海幻奇山。
漂溪越谷穿崖壁，冲浪环滩过海湾。
蔽日遮天惊百米，提心吊胆瞬时还。

鄱阳湖

茫茫湖碧漾蓝天，白鹤成群复水翩。
目睹渚山花木舞，耳闻滨畔唱潮泉。
沉浮星岛风云伴，往返渔舟破浪烟。
高塔凌霄探日月，长波滟潋巨虹悬。

云居山

凌云绝顶秀莲花，塔耸高空伴日斜。
叠嶂重峦娇曙色，奇岩怪石丽光霞。
清风穿谷迷天堑，明月沉湖幻海涯。
古木波涛崖吐瀑，五龙潭滚壁披纱。

酉江溶洞

五彩缤纷乳瀑扬，千奇百怪像生妆。
石龟探海迷光月，坐殿熊猫恋竹香。
玉柱擎天烟雾绕，琼松雪压列屏廊。
水帘洞府花岩聚，楼阁亭台万佛堂。

凤游山

重峦叠嶂翠峰山，凤去留娇泛色颜。
孔雀桥伴双谷立，鸳鸯戏水两重湾。
龙吟涧里烟波远，虎啸崖中日月还。
玉柱参差多异貌，竹林起伏怪岩间。

孽龙洞

清风伴客到天堂，济舟明泉幻故乡。
奇瀑飞垂帘帐叠，沉浮怪石复丘冈。
鸳鸯戏水迷荷女，孔雀开屏恋花郎。
壁刻黄龙神圣迹，悬崖一柱托云廊。

仙女湖

星岛沉浮幻百洲，峰峦起伏恋春秋。
龙飞神醉云波去，凤舞仙迷日月留。
万岁桥中悬石阁，千年洞里玉泉流。
桃花独放迎三友，观鸟争鸣寄水楼。

江西庐山地质公园

观音桥下碧流泉，石洞岩前落铁船。
谷口溢冰银海峡，涧门挤玉瀑光天。
芦林蓄水双峰抱，五叟留崖托岭巅。
孤岛沉浮云雾绕，鄱阳仙子失鞋悬。

龟峰风景名胜区

龟峰卧佛梦天堂，立石罗裙久盼郎。
伏虎食羊犬见骨，鸡飞鹰啄马头望。
金蟾观日思归雁，玉兔回宫看恋娘。

穿峡迎风云一线，绕音绝壁瀑帘长。

上饶灵山风景名胜区

唯一群山睡美人，开怀七十二峰神。
水晶瀑布三潭月，华表松枝万木春。
古道雄关悬怪石，高梯天险立奇宾。
双龙出海争珠戏，丈洞迷岩斗米沦。

江西灵岩洞国家森林公园

云谷游龙托殿祠，玉堂翠凤浴天池。
洞群风月山崖貌，乳瀑繁花笋柱姿。
堆叠石林峰岭异，雨泉漂落壑湾奇。
古城悬壁神仙宿，树海参差万马驰。

江西军峰山国家森林公园

扶云弄月摘星台，观海听风托雨雷。
圣母瑶池泉济难，龙王石穴救人灾。
通天梯道猴峰上，穿谷龟山玉洞回。
九叠飞帘姑照镜，金盆甘露八仙来。

天崖山

近观神女洞，远看白云松。
望月蟾蜍久，飞霞倒立峰。

棠浦秋光

岛畔波中月，河洲水上鸥。
夕阳枫叶染，港浦复清流。

双峰霁雪

双峰争挺拔，众岭比崖娇。
白玉寒山雪，披霞赤九霄。

鹤岭晴岚

鹤立山巅石，云堆岭壁松。
初晴岚雨后，腾逸白纱重。

丹井寒泉

汲水寒泉井，提丹日月秋。
刘姑车载道，国舅抱云修。

龙岗晚翠

身清还故地，岭秀隐奇人。
落日依山翠，霞光树海新。

谌母高峰

圣母升天意在尘，神仙落地塔中人。
桃林夹径高峰庙，日月春秋忆梦新。

桃源春色

环山滴翠密松林，细水长流拨瑟琴。
柳暗花明春又在，桃源烹鳜客留心。

浔阳楼

闲听滔滔一水流，静看千谷雾悠悠。
欲飞檐脊迷龙凤，独醉风情伴酒楼。

通天岩风景区

云梯百级欲通天，玉石横空日月悬。
山色迷归幽洞景，摩崖造像幻神仙。

井冈山风景旅游区

金蟾望月困千峰，五指探崖卧玉龙。
赤色杜鹃荣岭谷，恋湖高壁瀑飞重。

滕王阁

独揽风云日月楼，临江一目浪烟舟。
飞檐卷雨神仙舞，佩玉珠帘龙凤游。

天仙子·绣谷飞云

百鸟语贫迷客听，小路曲深松木盛。半山云绕托青天，如梦醒，蓬莱境，脚下雾环花复径。　峰谷顶高看远景，飞舞白纱堆雪静。朦胧江海济千帆，招不等，呼难应，闲去急归穿月镜。

念奴娇·三清山风景名胜区

宝光云海，看峰林、各异造型奇绝。少女思春添幻梦，裸露娇容羞月。巨蟒探山，视空欲出，献璧猴王物。开怀晕日，小姑姿韵情洁。　老道立石长迎，不分朝夕，赏曲观音悦。跃海三龙凌峡谷，蛇戏悬松鹏猎。瑞兽嘶鸣，吉祥如意，丹药缘成佛。风光特色，醉迷多少游客。

破阵子·九岭山国家森林公园

云雾沉浮竹海，烟岚飘落松林。石缝村田看远隐，近望池潭鸟岛临。漂流筏浪淋。　怪岭横岩故地，旧坟卧谷奇岑。五瓣桃花开二界，一道霞光复万金。洞中泉曲吟。

四·广西省

象鼻山

日照洞池纹，风吹谷雾纷。
鼻匀漓水漫，目尽桂山群。
背负单锋入，波推两月分。
身长多绿叶，帆远上青云。

桂林山水甲天下

起伏群峰秀，漓江拨雅音。
悬崖云雾近，绝壁谷风深。
瀑落纱帘坠，泉流玉石沉。
人迷山水伴，歌在画中吟。

遇龙河

自然迷景色，古朴醉风光。
恍惚游龙远，朦胧曲岸长。
三桥思旧渡，廿坝恋高翔。
进士留遗址，军人忆故乡。

白云山

登峰云海沐，日出曙光餐。
鸟语晨岚涌，花香暮雾漫。
松涛望谷托，虎啸立崖看。
飞瀑两江水，龙泉万石滩。

三娘湾

屹立三娘石，风流恋海湾。
金沙千浪过，银水一滩环。
舞友乡村里，歌人月夜间。
吹螺潮逐戏，夕照伴舟还。

德天瀑布

湖泉穿绝壁，江海复崖过。
飞瀑帘千尺，游龙百道坡。
台中珠泛碧，石上翠浮莲。
滚滚溪流唱，滔滔月伴歌。

资江

资江浩荡洞庭过，下拐滩湾绕岭多。
两岸奇峰生怪石，一床杂影出齐坡。
鱼鹰戏筏穿梭返，鹏鸟驱云逐逝波。
水转山回漂万里，红楼绿苑有人歌。

桂林尧山

岁月风云绚丽同，多姿变幻众山嵩。
层峦夏复青松竹，叠嶂春花漫岭红。
绿柏深秋枫赤壮，寒冬白雪皓峰雄。
天然卧佛莲蓬远，一览河城谷壑中。

青秀山风景区

塔耸青山托碧天，梯阶二百内盘旋。
清风拂过铜铃舞，明月披辉复色翩。
神石玉潭亲乳液，瑶池圣母赏荷莲。
千年苏铁奇容秀，楼阁亭台看雨烟。

龙潭公园

群山环抱彩云中，屏嶂天成古木葱。
明月悬崖光有迹，清泉穿洞影无终。
瑶池晨雾观仙过，神宿蓬莱听夜风。
美女黛妆先照镜，玉台吹笛牧羊童。

北海银滩

微风柔浪浴银沙，海阔滩长卷水花。
丽月沉浮明翡翠，清波滟潋色光华。
千宾齐乐迎潮立，万客同欢伴日斜。
靓女迷听私语梦，情郎独醉百重霞。

贵港东湖公园

雨袭荷鸣叶戏珠，风侵花笑吐香殊。
闻箫井内思歌女，月下听琴恋鲤姑。
心岛云波留木叶，龙桥烟雨伴神湖。
亭台楼阁参差秀，往返游舟入画图。

百魔洞

参差玉塔百魔宫，绝壁凌空一洞通。
峡谷桃源香果盛，天坑草甸色光丰。
长城悬岭金龙出，飞瀑高崖石泻洪。
怪木穿岩盘裂缝，奇潭圣水寿星翁。

莲花山景区

九峰争秀幻莲花，俊骨宫山恋晚霞。
云海朦胧仙境里，雾湾恍惚到天涯。
石林出没迎低月，草木沉浮伴日斜。
瀑下明泉琴曲乐，清风送客到仙家。

五言绝句

五排河

落漂三百米，一丈五升飞。
白浪排空击，凡夫伏筏归。

桂湖

桂湖流碧水，林苑漫红花。
舟荡欢歌载，奇峰影暮霞。

木龙湖

木龙招夜泊，鱼影浅穿桥。
塔望溪悬瀑，观湖石洞遥。

猫儿山

华南峰独胜，猫儿睡瑶人。
十里龙潭谷，通天一路春。

芦笛岩

水映岩层绿，花红隐洞深。
溪流舟载唱，峭壁笛飞音。

独秀峰

一峰独秀立擎天，绝壁三清入地连。
盘古风云昂首壮，桑田沧海更神鲜。

漓江

青罗玉带曲千湾，倒影峦峰碧水环。
两岸楼园花酒醉，牧童歌乐钓翁闲。

宝鼎瀑布

飞帘九级聚银湖，落巾千层洒玉珠。
日月风云明镜色，劈分两岭雅双图。

榕湖

北斗连湖走古门，房山汉玉一桥存。
榕枝密叶通双岸，碧水清波影岛痕。

杉湖

铜钢日照立湖心，悬月琉璃水馆临。
日月相逢双塔伴，夜来碧透亮杉林。

龙脊梯田

层层叠叠绕山峰，错落高低脊底重。
万顷梯田盘链带，千堤玉石舞蛟龙。

澄碧湖

琼浆玉液碧瑶池，烟雨蓬莱秀女姿。
鸟语花香山水色，清风明月伴相思。

六州歌头・八角寨峰雾

轻风拂过，万马雾云浓。时分合，常遮掩，杀呼冲。咽峦峰。白海无边岸，茫茫雪，涛涛浪。飘绕岭，环游隐，滚飞中。旭日东升，泼洒金光耀，千里丹红。是朝霞复幕，群岳异奇嵩。竞渡帆同。去留重。　看霄间寨，峨眉秀，华山陡，岱宗雄。凌八角，三方壁，独西通。径朦胧。鬼斧神工绝，眼睛石，栩生瞳。龙头举，惊昂首，接苍穹。穿越高天一线，攀梯脊，栈道长虹。览瀑垂月色，立谷醉凌空。胜似仙翁。

广西崇左市宁明县

独木成林

独木繁根广，多枝普密林。
迎风云浪远，雨过节须深。
复叶千株暗，斜阳万步阴。
仙姑迷野苑，神鸟伴乡音。

花山岩画

磨崖切壁彩图弥，日月光霞雨露滋。
着地凌云通体赤，临江附嶂泛彤姿。
岜来艺普春秋贵，骆越文凡世代奇。
刀剑自强风格族，信心鼓乐感情师。

花山温泉度假村

游览观光处，青山绿水间。
温泉亲伴侣，客友渡情关。

陇瑞自然保护区

重叠山峦复翠坡，绿林化石洞繁多。
金花烂漫茶香处，活泼银猴恍眼过。

五·贵州省

颂台酒

今古黔台酒，三杯礼十分。
千樽宾客聚，一口遇贤君。
独醉吟诗赋，贪婪叙论文。
局中闻四海，复酹辨风云。

金鼎山

金桶浮霄海，层云绕谷腰。
一千三佛号，二十四峰标。
石级悬崖险，山泉异壁飘。
天光明昼夜，雾散聚灯潮。

遵义会议会址

红日辉煌彩曙回，先人前赴后生来。
十分天地长征路，一统山河出帅才。
抱厦楼房风雨忆，推窗虎眼恋峰台。
金戈铁马英雄馆，烈士陵园久默哀。

国酒文化城

汉馆巍峨隐剑光，唐宫富丽略谋藏。
玲珑宋士金戈虎，粗犷元夫舌戟狼。
精巧明亭闻别恨，暗通清室见离丧。
古今常醉茅台酒，赤水甘泉伴月香。

插旗山

插旗山上树峰千，陡壁高崖叠石悬。
虎跳涧尼呈腐果，翠飞阁妇谢神仙。
半场残石探云谷，岩立佳人一线天。
朝圣芙蓉江岸看，泉飞瀑挂月湾间。

鹏彦酒业

人胜千秋业，鹏豪万里天。
酱香唯曲酒，赤水涌甘泉。

四渡赤水

叱咤风云滚，奔腾赤水流。
兵神奇运动，四渡绝于谋。

天门洞

天眼长流水，梅花独柱开。
吉祥争滴口，如愿待财来。

夜郎镇

夜郎迷故址，太白醉乡诗。
峦坝围盆地，温凉四季宜。

茅台酒

水利天时曲糯粱，九蒸八酵五年藏。
杯空味久千人醉，壶满风长百里香。

乌江渡

两岸青峰绝壁关，天花雪浪一江还。
瀑悬山石风鸣洞，七峡云楼聚古湾。

海龙屯

神鞭赶石筑山巅，隘道多关堡垒坚。
三十六层梯级步，攀爬壁虎望青天。

怀阳溶洞

溶洞纵横复曲廊，暗河曲折壁湾长。
过山腹道怀阳锁，一日通关不见光。

采桑子・玉屏山

群芳独览清风好，山上观台。触手云皆，窄涧蓝屏谷口开。　长城石级盘高壁，起伏峰佳。伴月天涯，头顶苍穹玉兔来。

太常引・日照峰

徐徐日出映清湖，回首色山苏。天柱笋峰殊。望白浪，长江玉躯。　密枫红岸，瀑垂壁皓，浓雾挤云无。临夜看霞图。明灯万、飞星散珠。

西江月・娄山关

起伏峰峦峭壁，参差峡谷高天。一弯十步道崎悬，千里朦胧不见。　血染娄山赤石，板桥汗滤清泉。风云变幻望桑田，将士精神忆恋。

鹊桥仙・播雅天池

池深山绕，雨烟吞色，星落泉飞半岛。长堤小道伴清波，挂明月、湖天争皓。　高崖神洞，白云仙子，绝壁摩崖诗稿。朦胧玉女浣纱衣，夕阳坠、柔波鹤扫。

贵阳

贵阳花溪国家城市湿地公园

十里河滩浪，溪流一岸花。
秀峰飞树嶂，丽水到天涯。
银道观光带，金桥览色霞。
游鱼常落浅，跌瀑挂云纱。

暗流河

水暗穿乡出，明流裂口河。
大湾连合洞，贯串阁亭多。
孔雀银花翅，鸳鸯乳石荷。
云霞妆峡谷，玉壁瀑帘歌。

甲秀楼

三檐天下甲，四角独扶云。
玉石烟波合，桥亭碧岸分。
清风流落影，明月照飞纹。
灯耀星光挤，松林夜语闻。

青岩古镇

老镇古来稀，风姿往昔辉。
木雕悬象鼻，檐刻凤头飞。
拜会文昌阁，慈云寺共祈。
状元琴鹤志，万寿观楼依。

贵阳森林公园

湖镜蓝天碧，山屏绿海新。
漫香花草苑，浮色瀑泉滨。
异鸟来回续，珍禽出没频。
风云天地阔，日月满园春。

河滨公园

色彩图腾柱，芳香玉桂山。
樱花浮白雪，桃树泛红湾。
明瀑潭中急，清泉石上闲。
长廊兰菊艳，冰岸日光颜。

泉湖公园

云山千里外，一寺翠园中。
泽地春光胜，泉湖夜色丰。
天龙降水幕，台草送香风。
石上流梯瀑，长桥夕照虹。

红枫湖风景名胜区

四湖四景叠红枫，百岛千礁复叶葱。
入洞纵横珠宝殿，过湾往返水晶宫。
轻舟穿壁桃源里，高阁悬山庙宇中。
日照碧波天海色，云楼光聚彩霞虹。

阿哈湖国家湿地公园

百米樱花阔道香，参天古树日光场。
亭桥风雨高楼月，兰木林岚草路长。
小屋静听啼鸟谷，荷稀闲看钓鱼塘。
浅滩石径溪重瀑，梦幻疯园快乐乡。

香纸沟风景名胜区

仙子迎宾绝壁松，笋头峡谷秀姿容。
马槽迭瀑群帘挂，天洞悬台复水重。
姊妹相依锅底石，分流岩雨井边龙。
关刀千刃云中柱，翠竹潭前紫雾浓。

桃源河

桃源深处踏花人，临近天崖草木春。
峡谷观光多梦忆，漂流迷幻浪涡频。
休闲浴馆龙泉客，欢乐林园水寨宾。
化石海生珠落涧，亭前鸟语目穷新。

南江大峡谷

顶立群峰峡谷长，廊亭吊脚附山梁。

悬空栈道围崖壁，草路倾坡越谷冈。
铜鼓梯岩情侣石，金钟瀑布爱容妆。
清溪载月蓝屏伴，鸟语花林滴露香。

贵阳情人谷

绿水青山两岸峰，悬崖峭壁一湾松。
盘攀狭道天厅处，深洞迂行日月踪。
亲友托桥龟献石，情人携手凤求龙。
寒窗学子诗书赐，桃色芬芳梦幻重。

十里画廊

画廊十里乐农家，八景风情族寨夸。
锅底金盆肥谷水，王村铁笔手书华。
凤凰圆梦田园岭，台地成功宅府衙。
万寿栱桥双月巧，云重林海有香茶。

茶马古道

三道行三省，千山过六君。
天涯劳往返，茶马客商勤。

蜈蚣桥

蜈蚣横两岸，百脚立廊桥。
坐看兰溪雅，行观鹤镇娇。

百花湖风景名胜区

三湖狭谷百重花，两岸悬崖一线佳。
独秀孤峰蟾戏水，风光小岛钓鱼虾。

贵阳文昌阁

月城一阁塔尖楼，金柱银檐九角钩。
市郭山川收眼底，鼓鸣天下送春秋。

长相思·相思河

寄相思，久相思。峡谷长流世外奇。青山日月依。　　望郎归，盼郎归。仙女妆前瀑浴姿。鸳鸯戏水痴。

念奴娇·天河潭

天河潭丽，玉桥边、云集小楼高阁。琼液暗流舟上曲，壁裂深崖沟壑。锦色飞珠，涛声鸣瀑，白海苍穹泊。神奇溶洞，风情姿势妆卓。　　龙卧掀浪滩头，喷泉光彩，芭蕾池中跃。陡岸乳帘浮石栱，沉月猴捞波托。探首宫门，鱼书寄泽，才子寒窗获。草园居故，广场街巷留乐。

六·云南省

五言律诗

云南

天下三分策，降王羽扇当。
削藩安帝位，封将定边疆。
谷岭稀奇矿，湖池绝妙妆。
飞歌亲四海，落雁靓姑伤。

九乡溶洞

石斗云间洞，偏幽竖井深。
厅斜通壁道，笋立穴分林。
怪石闻风啸，奇岩听瀑吟。
明泉穿断口，暗水寄流音。

西双版纳

神仙多怪说，毒木独奇闻。
葩异生存密，珍禽活动群。
顺风龙卷石，逆水虎驱云。
级瀑鸣三谷，情歌乐十分。

玉龙雪山

玉龙三百万，铁甲久浮沉。
银柱擎天阙，凌云石塔林。
高山流白水，皓月落泉深。
导马仙姑伴，相思圣洁心。

抚仙湖

天池难见岸，孤岛雾烟中。
玉笋凌云立，登山跨月宫。
波光留远影，日色曙无穷。
榕树充村荫，渔歌伴棹翁。

瑞丽江–大盈江

翠山朝夕色，碧水伴春秋。
树古重根复，江长往返舟。
断崖金虎跳，深洞玉龙游。
孔雀清泉滴，飞歌寄浪流。

会泽大海草山

牯牛风雨寨，绿海草浮山。
有水藏泉眼，重光见石斑。
红云天谷里，白雪月湾间。
溶洞千姿乳，青烟紫燕还。

泸西阿庐古洞

悬崖多怪洞，水上立奇峰。
玉柱珠帘复，银河乳瀑重。
泉源流曲壁，冰迹挂长龙。

底看游鱼腑，光环绕石松。

丙中洛镇

白石狮山卧，浮云玉女峰。
怒江湾一曲，雪喜百年冬。
雾里观村野，关中赏寿松。
桃花祈福岛，过岭异乡逢。

七言律诗

石林

望峰亭上望峰林，栩栩如生石柱深。
脱水莲花云上泛，凤凰梳翅雾中沉。
三三餐酒争宾客，对对情歌取友心。
夜幕霞绯灯映照，阿诗玛处忘乡音。

大观楼

临岸三层揽胜楼，孙翁联绝古今留。
奔腾五百长池月，千万高峰错落洲。
复雾重云天阁立，乘风破浪过帆舟。
南飞归雁行行近，烟雨茫茫伴水流。

丽江

枕依狮象丽江城，宫室荣居谷口明。
峰岭十三常结雪，玉龙久卧万千营。
峡深虎跳飞天险，坡远江流落坝惊。
杏柏稀年山入寺，凤凰脚下塔钟鸣。

苍山洱海

十九峰间十八溪，上关花漫下关迷。
高山白雪云纱帐，长海红霞日曙霓。
曲水湖滨风啸竹，小洲林岛鸟猿啼。
池潭洗马探双谷，蝴蝶泉边月伴堤。

大理古城

南北古城五华楼，书院东西旧貌留。
别墅道长时岁月，洋房街阔各春秋。
登临云塔听风雨，文物收藏揽海洲。
龙井民居多习俗，堂前茶礼合潮流。

泸沽湖

神女披云舞月山，高原深水碧波闲。
轻烟往返星光岛，密雾迂回峡口湾。
孤谷凌空归雁望，登高独揽渚峰环。
逍遥遗忘蓬莱阁，快乐沙滩梦幻间。

罗平九龙瀑布群

九龙吐瀑漫溪河，十级银帘泛碧波。
神化洞中添石鼓，天生桥下雨烟过。
日潭结雾珠花迹，伴玉霞光影月娥。
划竹漂流姑泼水，情人隔岸对山歌。

五言绝句

红河

一山分四季，万亩级梯田。
百桌长龙宴，丰年乐舞翩。

玉溪阳宗海

明湖流巨履，壁腹涌清泉。
北斗天然石，烟云气雾旋。

普洱茶

壶中云雾滚，杯内泛天涯。
艺品浓香久，春尖念谷花。

南诏风情岛

碧海迷渔女，浮香醉八仙。
风情留圣岛，宫苑月人翩。

昆明

湖光山色丽昆明，叶绿花香四季春。
挽舞同歌迎客友，娇姿秀目伴亲情。

滇池

弦月清池五百长，峦峰屏坝护新妆。
天光日色祥云幻，红嘴银鸥逐浪狂。

翠湖

九龙吐水石浮珠，柳竹春秋伴翠姑。
心岛亭台烟雾里，群鸥往返闹香湖。

大理

三江并注剑门川，鸡足灵山佛教缘。
引洱入宾观海月，倒悬蝴蝶树亲泉。

云南省博物馆

万古春秋博学深，兵戈囊革墓成林。
悬堂一轴三思远，溪水楼亭访友心。

腾冲地热火山

青烟袅袅绕云山，白水茫茫滚海湾。
热火岩屏凝姊妹，沸珠泉眼鼓声间。

香格里拉

高山白雪百重梯，独有银湖复彩霓。
密集云间悬寺堡，虎飞天堑啸洪溪。

昆明西山风景区

日出滇池望海楼，美人曲卧玉峰柔。
龙门登上悬崖顶，华寺亭台百丈浮。

南乡子・大叠水瀑布

叠水滚蛟龙，断石三层虎豹洪。薄雾轻烟听急鼓，无踪。垂落银帘片片重。　　谷底涌泉汹，狮象龟蛙整理容。万色千姿云蝶舞，相逢。绝壁青天面面峰。

蝶恋花・勐仑植物园

老茎生花悬壁树。百竹园奇，凤尾龙须舞。多色果香移国土，高坡低谷留新墅。　　野植玉兰迎鸟语。异木红桑，猫草虾衣护。绿石林中烟伴雨，葫芦岛上环云雾。

罗平县

玉带湖

鸳鸯嬉水伴，翠鸟聚林鸣。
玉带环仙岛，峰峦落浪城。
芬芳花色乱，闪烁月光明。
峡谷飞泉急，舟游入梦惊。

曲水金花

神秘仙人洞，相思寄碧波。
月悬迷玉液，日照幻星河。
巨石银池托，金溪狭窟过。
清风含滟潋，瀑落雨花歌。

多依河景区

一水三江曲折流，蜿蜒千岭万山幽。
盘根古木思春到，筏返秋波入梦游。
瀑落岩滩迎日照，月悬崖谷伴云浮。
对歌求偶桃源里，邀舞知音吊脚楼。

罗平九龙瀑布群

九龙十瀑泻天河，滩浅潭深石级多。
面貌出奇翻叠浪，姿容各异泛层波。
凌空万丈珠帘坠，百尺浮台托玉荷。
沸溅水花星闪烁，迎风飘落曲池歌。

板桥金鸡山

柱高万仞九霄中，独立金鸡一石雄。
挺拔群峰争秀色，奔腾云聚伴清风。
菜花灿烂涛金海，木叶参差泛碧空。
回首无声夜半忆，欲听报晓幻霞虹。

七·四川省

五言律诗

宽窄巷子

千年宽窄巷，兵驻满城留。
步步春秋石，层层日月楼。
悠闲思古客，浪漫忆稀州。
门户多风格，低墙小院幽。

天台夕晖

峰断天台祭，茶花聚色明。
老松依绿柏，红谷夕阳倾。
亭阁环飞瀑，龙河绕石行。
抱山心幻觉，搂水醉风情。

仙海

日出探仙海，重霞托蜃楼。
清风过半岛，明月一波留。
滨畔悬花岸，湖堤栈道浮。
亭台迎夕照，神木伴春秋。

白鹿镇

千山环昔镇，石洞聚迷宫。
林木天涯里，冰川峡谷中。
古街明月伴，新厦恋清风。
遗址春秋迹，花园日照红。

朝阳湖

八峰环碧水，四岛绕柔波。
交错风湾唱，参差木叶歌。
鹤回滩畔宿，鹰去谷巅过。
梦幻飞仙返，相思伴月娥。

桃花故里

花果山中色，龙泉里月光。
情人思古道，福路恋家乡。
亭内迷歌女，场中醉舞郎。
寿长梯八百，驿铺幻原妆。

窦圌山

千级通天道，亭中万籁音。
诗仙山水恋，鉴史帝王林。
岁月云光寺，星辰阁古今。
白松穿石隙，飞索伴风吟。

寻龙山

寻龙迷砾石，入洞恋仙都。
错落礁岩异，参差乳谷殊。
高山云雾济，瀑水涌长湖。

五彩瑶池浴，蓬莱幻舞姑。

曾家山

巍峨娇峭壁，笋石雅参差。
日月探光怪，天星入洞奇。
浅滩潜曲险，暗水折流危。
古木幽云雾，坑庵万客宜。

明月峡

壁峙朝天峡，崖悬入际廊。
清风江上听，明月谷中望。
拦路探山虎，流云出谷狼。
凌空惊曲径，栈道挂危冈。

嘉定坊

坐拥三江水，浮环万谷峰。
长天云雾密，广野雨烟浓。
风貌留游客，人流伴佛容。
嘉州今古韵，岁月锦图重。

罗城古镇

巨梭云里挂，冈上托长舟。
宫庙看蓬尾，天灯见竹头。
飞檐依旧瓦，遮雨古亭留。
欢笑茶聊客，风情在戏楼。

西山

飞天留足迹，览景在西山。
明月金泉里，清风石谷间。
仙桥徊白鹤，寺庙紫烟环。
香果秋枫伴，灵池浪曲闲。

凌云山

峰上凌云寺，山间洞吐烟。
观音神水滴，菩萨佛光悬。
白虎迎风舞，青龙伴石翩。
灵龟星宿卧，朱雀守南天。

升钟湖

碧波仙岛寄，别墅伴风情。
巨坝通天道，长湖锁水城。
岸边吟浪望，塔上听风鸣。
异石参差秀，花香伴月明。

賨人谷

异石观奇貌，明波听暗泉。
高山云雾锁，深洞口通天。
乳瀑屏廊挂，岩崖栈道悬。
穴居邻室聚，雕塑活神仙。

九寨沟

九寨沟看水，观光六景容。
瑶池依叠瀑，层雪伴云峰。
绿嶂屏雕复，蓝冰玉刻重。
碧岩盆景聚，翠海紫烟浓。

达古冰山

春迷花草岭，夏恋谷冰川。
秋抱红林叶，冬扶白雪莲。
云间观瀑壁，石上听山泉。
美女相依睡，望湖两月天。

毕棚沟

十二峰才女，奇崖石万千。

仙龟幽月望，玉兔问苍天。
高谷飞珠瀑，长沟水洞穿。
竹坡环柏岭，桥下钓鱼船。

海螺沟

千层冰瀑谷，万丈水晶宫。
日照金光岭，银辉月伴风。
雾岚吞玉塔，云海吐霞虹。
古木参天秀，温泉浴石红。

跑马山

跑马山间海，游云峡谷中。
掀眉迷白塔，俯首恋花红。
玉宇看松雪，琼楼见石宫。
色光崖上瀑，音韵谷边风。

青城山

丹梯千级耸云山，赤壁群峰玉阁环。
万树葱茏幽叠叶，朦胧曲径丈人闲。
崖泉潭雾天桥走，谷洞坡亭乳石攀。
绝顶高瞻分四野，一呼百应夕阳还。

望江楼

修竹枝竿劲节奇，清泉石洞泛幽池。
浣亭香榭贫从艺，绣阁津楼贵为诗。
金顶玉栏飞雀凤，泥人木兽落檐基。
望江千里长流静，独览风云百丈宜。

丹景山

一树三身虎护龙，高崖群岭出奇松。
千层丹景观花国，十里亭廊看赤峰。
牛角寨中多石迹，洞沟村里圣留踪。
望乡台上思今古，宝塔迎宾幻阙容。

龙潭溶洞

移步朦胧入海中，绕行梦幻在天宫。
冰林玉柱齐千貌，雪树琼花一目同。
神圣蓬莱明月伴，瑶池仙女戏清风。
银河星雨迎龙凤，峡谷游云百丈洪。

方山

百峰起伏列方山，四面城门绝壁关。
丹石披辉留日照，月悬皓色伴云环。
九龙吐水垂潭急，一洞吞烟入谷闲。
万岭听风林木啸，天池泉唱在崖间。

罨画池

菱花烟柳伴香魂，楼阁亭台托碧轩。
风荷动摇波恋迹，画影沉浮水留痕。
低山吐瀑游舟过，穿石流云小洞吞。
古客多情迷泼墨，廊桥探路竹溪村。

石象湖

望湖梦幻象升天，看水朦胧坐石仙。
小岛沉浮龙凤舞，高崖挺拔雾云翩。
七星台上风亭立，文靖楼中一月悬。
居士林前迷胜迹，临堤古镇返游船。

越王楼

独寄龟山伴九天，绵州一揽锦图全。
白云过脊清风托，明月临檐抱紫烟。
日出手扶光曙戏，江流脚踩笑沟泉。

鹊桥恍惚仙人语，邀舞朦胧玉女翩。

九皇山

绝壁黄金栈道悬，茶亭赤石险崖边。
高山交错环岩洞，瀑下溪流往返泉。
玉女立台思涧渡，猿王回阁恋飞仙。
云腾雾绕涛林海，日出重光色泛天。

黄荆老林

环抱群山古木涛，凌空绝壁听风号。
欲飞八瀑争流远，并立双峰试比高。
碧水龙湖娇月色，翠崖石骨日光豪。
情人桥上迷姑唱，白云岩中幻寿桃。

剑门关风景区

群峰裂壁剑门关，崖托高台揽万山。
仙观朦胧云雾里，溪桥恍惚雨烟间。
参差石笋松坡绕，野径蜿蜒峡谷环。
栈道悬空风啸急，九天鸟语月光闲。

翠云廊

古木参差绿荫深，长廊曲折翠云沉。
望乡柏挺相思曲，听雨松柔梦幻琴。
孔雀开屏知客意，鸳鸯交颈懂人心。
奇根抱石空山唱，碧海波涛万籁音。

七里峡

四方七里峡幽长，一线天高八处廊。
飞瀑玉帘悬石舞，流云银雪复崖翔。
春花赤岭风涛色，红雨秋枫叶泛光。
闲听猿鸣空壑响，清泉细语过桃庄。

峨眉山

挺拔高空万谷危，长天独秀四峨眉。
云环雾绕沉浮怪，裂石悬崖起伏奇。
木绿花红山色好，清风明月翠峰宜。
溪吟瀑唱相思曲，金佛披辉日照姿。

黑竹沟

瀑跌龙潭过洞壕，岔河乱石听惊涛。
阴阳界里神林啸，朝夕岚中怪兽号。
烟雾来人无迹返，竹沟入客命难逃。
迷宫曲折游仙女，明月清风伴谷高。

金口大峡谷

两岸凌空看线天，浮云环绕望峰悬。
危岩错落吞岚雾，怪石参差吐雨烟。
绿木林中花鸟万，白熊沟里瀑潭千。
浪涛金口留风月，大瓦山高伴雪莲。

嘉州绿心公园

海棠香园借清风，林丽情深万色中。
冬雅光辉浮白雪，春娇灿烂漫花红。
夏荷留影思珠露，秋月迷波落叶枫。
凝翠岩山松柏聚，柳依堤浪钓鱼翁。

蜀南竹海

纵横峻岭耸千峰，秀竹参差万里重。
风啸岩腔仙寓洞，山坳寺庙殿吟龙。
观云亭上浮云密，听雨湖中复雨浓。
翡翠长廊翩玉女，瀑飞月伴一江容。

兴文石海洞乡

洞群交错洞奇观，石聚参差怪石看。

锦绣长廊多景色，辉煌风貌大厅宽。
卧波桥上情人喜，悬月山中伴侣欢。
漏斗岩湾高栈道，暗河飞瀑水流漫。

红岩山

错落峰峦火焰山，参差峡谷赤崖湾。
夫妻缘尽人头迹，鹦鸽存情雨泪斑。
万座像生悬雾里，岩梯千级挂云间。
蓬莱不去思仙境，迷入天宫独醉颜。

阆中古城

古城风貌几千年，历尽沧桑鉴变迁。
龙庙山间存秀阁，侯祠华殿寄崖前。
滕王亭子探云雾，屏嶂山头日月悬。
老镇迷遗灯戏乐，隔江林苑看飞泉。

太蓬山

海上飞来十二峰，层林滴翠听涛松。
石廊曲折迷金佛，洞府蜿蜒幻玉龙。
暗落池中望假象，透明岩里见真容。
神桥烟雨仙游迹，泼墨留书壁刻重。

八台山

云雾沉浮独秀峰，丽台八叠级梯重。
东山日出光霞密，月落西崖海色浓。
栈道思飞斜立谷，天桥横卧欲游龙。
巨龟远眺瑶池幻，绝壁闲看雪压松。

龙潭河

阴阳河望怪流翩，浑浊奇观冷热泉。
起伏十峰云雾沸，八潭交错水腾烟。
山鸣波韵迎风正，鸟语花香伴日偏。
两岸柳杨堤下影，一漂斑竹画中仙。

巴山大峡谷

四方石上出青松，一览群峦起伏龙。
仙女岩娇云雾密，观音洞雅雨烟浓。
清风独伴千层谷，明月唯留万丈峰。
奇峡漂舟幽乐险，穿崖飞瀑照天容。

碧峰峡

黄龙卧佛笑看天，碧峡云台叠雪莲。
对峙高峰盆景聚，长桥独立会神仙。
裸岩滴水瑶池过，赤壁飞珠栈道穿。
百鸟鸣园叹极乐，女娲沐浴有香泉。

蒙顶山

五峰环列托长空，独秀莲屏起伏中。
万里云深山恍惚，千层浓雾谷朦胧。
昂瞻明月含崖碧，俯瞰清泉吐翠虹。
曲径盘岩松竹里，天梯登顶伴茶翁。

黄龙

月影黄龙翡翠沟，绿池日照色光流。
清泉伴客逍遥度，明瀑迎宾快乐游。
溅玉台中声韵听，浮云峡内问春秋。
九天仙女香湖浴，岩泛红星托蜃楼。

四姑娘山

挺立蓝天皓雪妆，相依姿雅四姑娘。
飘飞云雾融冰貌，烟雨浮游润草场。
林顶高桥迷女唱，长沟滩畔恋歌郎。
夫妻海子相思客，梦幻千容彩石光。

稻城亚丁

三峰鼎立白云间，互裹银妆独秀颜。
飞瀑悬崖天照镜，溪流穿谷托冰山。
妙音仙女吟珠海，圣洁神姑咏月湾。
丹石风林罗汉聚，赤岩盆景彩池环。

木格措

水光七彩月牙湖，雾托莲花叶吐珠。
静映蓝天仙女浣，白云闲济浴鱼姑。
银山落浪相思瀑，日照金波梦幻图。
滩畔沙柔情侣舞，草场红海色香殊。

五言绝句

成都

都国忠骁将，神兵卫域疆。
盆川山地美，浴血一天堂。

文殊朝钟

日斜明塔影，十里响钟声。
苦乐清茶好，红尘岁月争。

七言绝句

锦里

锦官西蜀古街新，结义中都历史轮。
万户灯明该不夜，上河图版又生津。

都江堰

古堰银江泻碧流，分河铁马浴蓉州。
飞沙洪道神奇锁，人石清波一剑喉。

西岭晴雪

红叶千秋伴杜鹃，白峰一季雪终年。
劈开石壁阴阳界，烟雨艳阳峡谷前。

花舞人间

百花齐放进迷宫，云海滔天万里同。
绿水青山香韵醉，金沟漂浪驾飞洪。

张坝桂圆林

临江万树到天堂，林啸湖吟十里廊。
连理夫妻千岁伴，相依交颈恋鸳鸯。

玉蟾山

开屏孔雀玉观音，石刻崖雕忆古今。
九脑桥中龙凤舞，马溪河畔听蟾吟。

香山鹭岛

碧水长湖白鹭飞，花红木绿色香依。
舟中伴曲逍遥客，垂钓仙翁夜不归。

天曌山

状元塔伴读书台，古井观音送水来。
罗汉洞中泉往返，听涛石上月徘徊。

中国死海

神奇死海客漂游，怪异盐泉托体浮。
岸上听风波浪急，水中望月乱山头。

乐山大佛

一佛踏江临岸坐，二王护法立流波。

高崖万丈悬天险，栈道斜浮九曲坡。

措普沟

参差峡谷抱湖沟，交错池潭托瀑流。
古木悬天涛雪海，野花伴草碧云游。

海子山

天滴神泉错落湖，参差玉石托云姑，
芬芳小草留风月，翡翠长波恋海图。

泸定桥

长流桥跨统山河，溅玉飞珠白浪歌。
日月风云寒铁索，桑田沧海笑残波。

丹巴美人谷

美人谷外绕神山，靓女娇姑粉黛颜。
孔雀凤凰迷水土，风留月伴雾云环。

新都桥

如诗似画见桃源，绿水青山听鸟喧。
明月照溪歌女伴，风光绽放在都村。

青玉案·三圣花香

花乡诱眼情奔放，赤黄紫齐明亮。蝶舞蜂歌莺伴唱。梅林姑善，掏心民恙，神洞留希望。　　东篱采菊桃源广，禾作西田客来访。月夜荷香人醉舫。风光天意，画图屏嶂，圣地迷时尚。

摸鱼儿·杜甫草堂

草堂深，夹墙花径，千秋诗圣名著。野风清苑宜姿色，卧虎倦龙知遇。桥寄步。厅雅致、天高气爽云山睹。三楹一墅。看两侧宗贤，荒丘结屋，旧貌伴新誉。　　梅花笑，月洞凝香引路。塔亭情侣莺语。明湖碧影长虹跨，绿树竹青芳吐。常忆故。书壁画、同仁十二自然塑。精神杜甫。留作品连篇，非凡造诣，文杰畏歌赋。

四川广元市汤山女皇温泉度假区

女皇温泉酒店门场

赤脊凌云阁，飞檐揽月楼。
借山悬玉壁，移水碧帘浮。
梯级天龙卧，池鱼石窟游。
花红香广院，绿木恋春秋。

餐厅

豪堂华丽室，雅座巧厢房。
故事佳肴隐，乡情美酒藏。
助餐添味欲，加食更贪香。
时尚叹风格，流行胜一方。

接待大厅

铜柱金屏古色廊，银灯丹壁泛华光。
千人足寄鸳鸯殿，众客心留孔雀堂。
地落星辰娇体影，画飞月魂雅姿妆。
歌情曲意人生趣，时醉花茶伴奶香。

紫兰湖·菖溪河乡村生态旅游景区

两岸青山复竹林，一湖碧水翠图深。
波前月镜风帆远，浪后天湾石岛沉。
陡壁攀岩闻谷啸，长溪挂棹听泉吟。
香花漫岭添纱帐，斜日探坡舞伴琴。

露天茶楼

风拂松坡色，茶香醉顶楼。
素蓬斜日伴，龙烟风云柔。

风情龙潭

百花争耀艳，一水夺明潭。
香果山林赤，庄园日色含。

汤苑别墅

环山迷别墅，欲宿月宫歌。
王母瑶池液，汤山武照波。

日月当空池

日月星图梦幻池，琼浆碧液伴相思。
阴阳一体溶天下，出水芙蓉玉女姿。

神农溪谷药疗池群

九池九药益心身，百草神泉浴万人。
碧水常温宜壮体，不留白发更精神。

佛法无边池

天悬皓月池明水，滚滚温泉暖客心。
佛理迷经仁道法，倾城欲望故乡音。

五福池

福运长流富贵泉，祥云平步禄余年。
财神护宅情缘喜，岁月人生乐寿延。

长相思·风情龙潭

菜花香，野花香，香聚魂飞姑换妆。春来歌舞狂。　　瀑水长，涧水长，水过龙潭梦苑庄。小楼探月光。

八·江苏省

苏州市

拙政园

阁外荷风岸，飞虹水榭间。
楼亭山岛托，松竹草花环。
溪涧廊桥过，天窗泛雪湾。
鸳鸯空戏扇，醉客曲中闲。

沧浪亭

明月明池影，清风竹浪清。
新亭盘石径，古木复藤荆。
花卉观山色，廊桥听瀑声。
访贤求五百，窗漏见阴晴。

嘉荫堂

棹木刀锋绝，图雕寿禄庭。
漏窗分古韵，肃气荫堂宁。
曲水鱼歌伴，残阳待月星。
远方多作客，街后绿波舲。

山塘街

白公堤百米，七里虎丘窥。
通贵明桥塔，涵堂有圣师。
街东商铺阁，西岸树花篱。
傲步三千客，风流一二姿。

登虎丘山

白虎蹲丘耸虎山，云岩寺塔彩云环。
西郊阔地花中庙，北岭长园水榭间。
鸟聚徘徊千石静，鱼分左右一池闲。
溪梅万树涛林海，忽见金鸡不醒还。

寒山寺

百八钟鸣送旧年，轮回古寺屡焚鲜。
寒山别友祥和意，拾得离姑吉庆缘。
鼎火真经传佛道，楼风急雨浪来船。
无声定夜游人忆，有客初晨起紫烟。

退思园

思退江南碧水缘，乐居故里古风鲜。
东楼廊叠园中月，西宅亭回阁外天。
山石浮池林岸挤，草堂曲壁漏云烟。
苍松翠竹寒梅友，荷绿舟红越孔泉。

唐寅园

桃花庵里醉唐寅，柳叶溪边醒画人。
千里壮游抛小吏，九仙宝墨梦赠贫。
水中映月光阴短，天上流星幻觉频。
脱俗草堂书万卷，闲来四海笔锋神。

盘门古景

盘门山水秀，伍相八城州。
瑞塔春秋过，双亭洞石浮。

苏州博物馆

史书今古鉴，国宝万年昭。
不解春秋故，忠王奈为朝。

明清街

小楼高脊翘，老店落宽门。
街步明清石，商行绣古魂。

游狮子园

怪石神狮万竹园，长廊墨迹古诗存。
亭台楼阁天池岸，观鸟看花有舫轩。

报恩寺

千年古刹解吴恩，楠木观音济世尊。
俯瞰苏城山水景，天庭入梦醉飞魂。

大报恩寺

琉璃昼夜碧光明，百米云霄听籁声。
不为皇宫缘寺庙，千年胜迹恋风情。

同里古镇

万里云波日色明，千年古镇阁楼横。
荡舟水泊西湖比，越野桃源玉笛迎。

崇本堂

飞椽斗拱石龙门，绿竹红枫小院温。
蟹眼风云天井得，深幽备弄失凡魂。

走三桥

两港三圩鼎足桥，千年玉石一刀雕。
翁夫妇幼元宵走，福寿添姿百病消。

西江月·狮子林

洞壑奇迷出入，石狮惊醒喧呼。登峰落谷地天无，四面坡斜找路。　　亭阁环山览景，廊桥落影穿湖。晖光吐月看云姑，花木春秋鸟护。

鹊桥仙·耕乐堂

廊棚碧水，长虹桥曲，秀阁花厅绿院。宅楼古朴榭飞檐，走陪弄、庭堂又见。　　玉荷招眼，鸳鸯逗诱，叠石假山影浅。桂香千户乐耕园，看虚竹、幽兰迎面。

水龙吟 · 游留园

清风携送芬芳，雕亭刻柱屏中走。鹰檐虎脊，朱栏玉步，飞龙昂首。古木参差，枝头点客，百花争秀。看天然墨画：一轮皓月，风云静，青山绣。　　断谷泉流脚下。水清清，锦鱼游斗。石嚎怪兽，蛇藤壁薛，冠云峰陡。楼阁东南，曲溪西北，新村桃柳。洞窗望，独览湖光日色，夕阳迷诱。

石州慢 · 姑苏护城河

水上龙舟，评弹苏曲，浪悠堆雪。城河堤固雕栏，雅墅古妆明洁。日光和煦，漏窗垂钓鱼鲜，清风把酒波中月。黛玉恋阊门，看唐寅贫阙。　　桥绝。聚龙人集，相土真情，子胥忠杰。沧海云烟，石拱多姿穿越。运河宽阔，吴门高孔扬帆，急流交汇长虹别。七里白公恩，闹山塘街节。

吴江市

汾湖高新技术产业开发区

交汇长三角，新区一脉融。
南桥优载体，附面胜苏东。
立足城乡绿，花园定位红。
人才基地出，科技率先中。

黎里镇

古镇思桑海，故居怀月秋。
卧虹浮八式，一水泛姿流。
原野芬芳圃，荒丘锦绣楼。
久看今昔韵，胜处百年谋。

慈云塔

浮云吞秀塔，夕照吐新霓。
斜日游波岸，高瞻一目迷。

汾湖

浩浩分湖合两江，遥遥三荡聚园双。
吴歌地利前人颂，辈出良才博学窗。

禊湖道院

虹霓石乱出奇声，湖静浮洲道院精。
王帅将神香火日，夫人銮驾信徒迎。

泰州市

凤城河景区

望海烟波尽，听涛畔水流。
文堂相五树，戏曲聚三喉。

极目胸怀远，心随着浪游。
风姑迷雅说，街老又春秋。

泰山公园

绿地西湖绕，云台碧水浮。
长桥依石坝，廊曲伴金钩。
草堂听春雨，花园望月楼。
斜阳红古阜，月映假山头。

祥泰之州

风调雨顺泰祥州，三市三区富地筹。
八怪名贤园馆久，英雄七捷址碑留。
云城华夏天堂梦，花果新村岁月谋。
变幻千年今昔看，清泉闸蟹醉冬秋。

溱湖湿地公园

九龙朝阙景奇观，十里溱湖喜鹊欢。
五竹叠船过湿地，三元温水着衣单。
天堂视鹤疑踪迹，草路行形见鹿安。
棹浪悠悠千丈远，黄桥烧饼不思餐。

泰州乔园

亭前俯数锦鱼游，山响茅堂谷水悠。
月下松风听古曲，后园池石望新楼。
二分竹屋千支竹，百字双亭柱字留。
暮雨芭蕉轩畔树，思潮泊舫瀑飞流。

溱潼古镇

古镇多河道，秋波喜鹊湖。
牛郎思织女，立庙盼仙姑。

溱湖八景

（一）东观归鱼

漫漫东湖水，遥遥夕照西。
鱼舟归满载，晚唱月明堤。

（二）南楼读书

镇南望圣寺，古阁出贤能。
举首书声忆，横眉览月升。

（三）西湖返照

镜湖西北角，茶岸纤夫歌。
斜日依山挂，红霞映绿波。

（四）北村莲社

万步荷香处，群芳望北村。
双池依绿坝，盛夏抱花魂。

（五）石桥明月

夹河高石拱，来往贯东西。
明月清波托，繁星落水迷。

（六）花影清皋

绿水平湖阔，深潭孔泛泉。
花开堤下影，明月二重天。

（七）禅房修竹

高僧遗骨殖，立塔竹园中。
禅坐千年咒，修行万日功。

（八）绿院垂槐

绿院双槐植，两株正倒栽。
常生花叶盛，逆向灭根灾。

板桥廉民

三绝诗书画意深，六分半格绘身心。
勤廉执法思民患，不畏豪强竹屋吟。

泰州江桥

长江涛远合云天，跨浪长虹两岸连。
三塔索高携日月，千舟竞渡托波翩。

泰州老街

麻石穿街小巷深，广场曲径古楼临。
急流水斗飞轮泼，烟雨灯城色照沉。

雕花楼

雕龙刻凤四方楼，错落高低绝艺留。
福禄麒麟云驾子，百花千兽各春秋。

高邮市

高邮赞

灭楚高台筑，秦邮置驿亭。
运河荣市县，油滥盛园庭。
杰士闻今古，名人内外听。
民歌留客梦，三宝伴神灵。

镇国寺塔

塔立风云绕，烟波越岛流。
行舟星点远，归雁日斜留。
红水连天地，河堤映绿楼。
明珠安国寺，霞照古城浮。

盂城驿

驿留从事客，飞马送书音。
击鼓传高脊，提邮寄远心。
云楼睁眼阔，日月隐湖深。
禾稼层层叠，渔帆点点临。

神居山

尧圣熔岩地，神居久炼仙。
广陵祈义俗，合教助仁缘。
寺外双云塔，山中独井泉。
长湖西北绕，飞瀑挂松边。

文游台

岳立云台庙独骚，泰山贤士论文韬。
东临禾地波涛远，西伴湖波浪涌高。
耕读渔樵披月色，状元书习夜挥毫。
四方学者求名迹，一处风流万里遨。

西湖雪浪

清波浩渺水依天，风爽湖明望眼穿。
帆影新晨斜日远，扁舟昨夜雨重前。
蜃楼海市群山托，雪浪珠花两岸悬。
夕照惊涛流万里，渔歌归看喜炊烟。

邮趣

四方山水秀，一面丽风云。
消息传千万，相思岁月闻。

当铺

当钱知缓急，妻典数荒唐。
名利辅危难，精神助乐长。

平津堰

丈千长石堰，梯坝远多层。
条块神工迹，功碑世代恒。

神山爽气

登山空野阔，寺塔立云间。
目尽金波远，秋风渡日闲。

耿庙神灯

湖上飘游耿庙公，家中康泽显灵翁。
神灯知夜千年照，石柱沧桑伴雨风。

甓社珠光

友人甓社见光珠，开壳天明亮碧湖。
恍惚奇逢灵海蚌，朦胧破浪幻前途。

邗沟烟柳

千米邗沟雅绿堤，万枝细柳扑烟泥。
林深溪曲村楼隐，临暮斜阳过客迷。

玉女丹泉

汲水丹泉古井台，云天驾鹤雾中徊。
佛僧难为姻缘子，鹿客知情送女来。

露筋晓月

贺寿赴邮求速画，挥毫圈墨砚留绢。
奇心一睹光团落，独见星天缺月圆。

无锡市

惠山古镇

古镇看山塔，金莲望石床。
佛经悬寺壁，泉水过松冈。
百户呈祠庙，千名报德坊。
泥人供手出，老屋聚商行。

崇安寺

庙观三清殿，崖松伴二泉。
观音台阁上，玉帝寺庭前。
书院望溪过，听琴石语传。
草堂池岸近，百鸟叶丛穿。

游鼋头渚——太湖一滨

潋滟莹光万里边，风和日煦客争先。
千帆显目渔歌寄，两岛频头鸟语传。
轮渡艇飞鸥伴舞，沸波涛浪鹭同翩。
徘徊不见游人少，独醉余辉待月悬。

游鼋头渚——登仙岛

绕雾环云耸塔宫，瑶池倾液太湖洪。
八仙积善虹桥上，千佛施缘石壁中。
曲舞笙歌明月伴，亭台楼阁盼清风。
樱花争艳香迷路，落日余辉浪浪红。

蠡园

五里明湖一棹闲，青祁八景秀三湾。
层波叠影堤前浪，复嶂重崖岸上山。
南视春晨桃柳色，后望花卉晚秋颜。
朱公不恋朝中相，独伴西施浣纺还。

灵山大佛

七步莲花百米身，众生印手佛缘人。
湖光万顷慈悲圣，一脉灵山善乐神。
白虎呼风添瑞气，青龙吐雨复祥尘。
石雕罗汉听经聚，香漫荷池照壁新。

三国城

羽扇英雄聚，君臣结义深。
新城思旧役，古战演如临。

唐城

江山还邑统，倾国凤凰归。
华闹唐城街，朝歌梦贵妃。

水浒城

仁义还兄弟，忠诚得将才。
蛟龙争日月，虎豹乱尘埃。

南禅寺

古塔层层八面楼，商城步步各春秋。

三狮两院唐留佛，十里铜钟半日悠。

荡口古镇

河湾荡畔美鹅湖，石埠虹桥曲港殊。
舟上鱼肴同醉酒，杵衣泼水比香肤。

虞美人·游梅园

香风玉露知时了，点蕾争春晓。芬芳绽放满园红，独醉蜂歌蝶舞百花中。　　长溪远去孤棚静，鸟语西施靖。松竹摇窈浪云波，影映霞绯落日挂山坡。

宜兴市

游竹海——独醉眺越台

卧虎安三省，游龙富沪宁。
良田崖底圃，华厦草中庭。
复水吟千竹，回风独啸亭。
扬眉云雾散，舞袖乐歌聆。

氿滨华堤

百步古蛟桥，西风舞柳条。
千波堤涌浪，一棹挤云潮。
武殿金戈耀，文堂铁笔骄。
深园红叶盛，垂钓伴鸥飘。

张公洞

乳花浮石幔，一线露阳光。
地道通繁洞，天蓬越广场。
千帆亭眺浪，百字壁岩望。
海屋藏深穴，天师出级堂。

七言律诗

游宜园——门场·如此多娇

飞悬玉瀑涧长流，绕住岩峰落雾悠。
崎道窟深惊耳目，曲崖藤茂戏眉头。
凝香百步亭回客，叠浪千云氿赴鸥。
叶绿花红时季盛，泉清涌溢雪莲浮。

游宜园——滨湖景廊

万步长廊浪岸行，十亭刻载古今情。
蝶成梁祝逢仙讳，施蠡同心获圣名。
武穆明忠还士迹，铜棺示爱送公程。
从来儒仕勤学至，不负天下一代清。

游森林公园——阳羡门

石奇巧普挺青松，瀑泻三方窄涧溶。
鱼动一池音细密，花摇两地混香浓。
来回客闹门场挤，往返莺歌叶浪封。
挽幼知时凉汗爽，夕阳欲坠看霞容。

游竹海——苏南第一峰

栈道悬天半壁通，低头海底越朦胧。
竹高滚滚岩崖复，出笋层层石土空。
万步云梯金塔上，千人廊道玉峰中。

龙池幼树常青叶，圣女留泉鹤发翁。

大觉寺

璧玉如来千担坐，慈仙武圣列周边。
松竹峭壁昂头长，殿道崖廊俯步前。
埠绕观音香火意，坛围罗汉放生缘。
精灵丈画轮回世，普照佛光益寿年。

陶祖圣境

陶泥筒体久微新，碧叶香茶忆味纯。
浪竹千层吟圣士，烟波万里颂贤人。
仙居石缝观溶洞，流水岩边见入滨。
姿态奇迷多笋柱，非凡绽放乳花神。

五言绝句

游森林公园——登文峰塔

望塔步云楼，蓬莱踩雾游。
掀眉林木草，笑指众山丘。

游森林公园·射虎亭记周处除三害

强童迷一患，三导悟良人。
射虎单弓杰，除蛟独剑神。

游竹海——镜湖

澈镜山间隐，青枝水底生。
熊猫时浪显，伞母待花呈。

东氿浪埠

曲埠三千客，长河八百舟。
青芦围雪岛，白浪散星鸥。

玉女潭（一）玉阳洞天

奇石丛林立，依山怪洞联。
花香浮异卉，古树透光天。

玉女潭（二）玉潭凝碧

虹梁横绝壁，高谷绕池潭。
玉女迷香浴，清泉复雾岚。

七言绝句

游宜园——玉龙喜珠

伪吐争珠细雨柔，飞舟破浪浪翻鸥。
姑童老少惊无惧，竹韵松涛客欲求。

游森林公园——舟游砚池

万里山河水月天，千支笔墨砚池泉。
鸳鸯共渡同舟喜，妇幼扶襟笑浪颠。

游森林公园——草坪花香

绿草柔绵手挽肩，情亲卧地伴心连。
风筝到处冲云际，扑面花香醉客翩。

游竹海——九龙池

九口降龙吐水明，石沉半岛溢波清。
游人倒浣逢仙子，岸叶堤枝画绿坪。

云湖雾霾

苍茫密雾寸光然，高岸朦胧尺步牵。
渔唱清波无觅处，枯枝落叶坝基边。

灵谷洞

银波泻谷幔云宽，白雪飞帘坠雾团。
七道连厅迷幻洞，五河汇海浪涛欢。

西施洞

一睹清泉破壁来，明宫独见石门开。
相思孝女思贤士，梦幻忠心洒泪回。

浪淘沙·云溪楼——山明水秀

仰首步溪楼，就立云头。环廊踩雾九霄游。举目八方明秀景，日耀今秋。　　水涌岸堤鸠，袖卷风兜。千帆往返利同求。万里山河诗与画，朗丽神州。

渔家傲·游宜园——笠翁亭

百绕迷宫无禁止，石园跳道林中戏。两面竹堤桥埠挤。坡到底，鱼屋爽朗瞒池蔽。　　水静波平葱绿地，八方钓座心同事。声韵呼息双目意。分秒起，金钩杆负肥鲈递。

水调歌头·游宜园——荆溪揽胜

古拱荆溪岸，白浪借东风。云稀日照光闪，万里碧波重。卵道堤阴柳密，草路柔绵带绿，鹭鸟舞凌空。举目心胸畅，漫步跨长虹。　　挺松柏，悬石壁，断崖峰。三弯埠渡探水，十亩翠荷葱。碧叶红英已去，玉立西施素貌，不恋帝皇宫。错落亭楼雅，竹啸雨烟中。

谒金门·游森林公园——双龙隘

双龙视，斜道陡坡千米。昂首高低持护势，挡金戈铁骑。　　俯看平川穗挤，高望崚峰松异。龙脊谷双鳞石丽。鬓探天测地。

踏莎行·游森林公园—— 游乐园

幼少登机，凌空体验，风呼耳目高低险。平移换轨碰车威，提缰万马探天堑。　　吊缆云环，九霄俯瞰，山河朗丽添新艳。飞檐走壁立崖峰，飘溪越谷春花揽。

江城子·游竹海——翡翠长廊

倾坡崖道半山终。竹枝丰，少凉风。翡翠长廊，目尽雾烟浓。巨石飞来悬险处，基不稳，水淘空。　　一滴源见尺肠通。窟池中，细流重。溪涧清泉，汇聚太湖洪。海底楼亭迷伴侣，千里内，氧吧峰。

水调歌头·团氿观浪（重阳游）

惹恼东风怒，浪涌卷堤流。涛声可问何去？水溅落花愁。翅阻群鸥翔止，无奈潮头虚戏，俯体侧身攸。把舵舟颠覆，出没趁波游。　　乱眉发，扬衫袖，立淋羞。绕行万步团氿，轮转过三丘。华厦云端四起，埠道溪楼百处，群屹各春秋。自古歌成就，岁月看新州。

永遇乐·夏游善卷洞

万古螺岩，八方游客，炎暑多虑。跨步登峰，奇人貌野，玉女清潭遇。庭宽温润，青狮白象，陡壁众仙雕露。欲凌空，擎天巨手，踩云气洞天路。　　曲阶俯耳，听雷鸣鼓，瀑溅潺潺到处。水暗三湾，舟穿石窟，仿佛瑶池渡。英台阁秀，国山碑俊，浪里班山蝶舞。滑车去，群峦独揽，不知返故。

宜兴新建

大美新建

四市临边镇，塘多傍各村。
民楼花漫苑，商厦客盈门。
童叟城乡故，工农父子源。
晨歌林圃鸟，暮舞乐章园。

节场

集市由三八，商场五一逢。
地摊夸器具，衣铺赞姿容。
移步听邀客，行人唤伴从。
东街童戏闹，西巷饮餐重。

鱼蟹乐

白堤环碧月圆塘，绿水浮珠浅底床。
有影无踪泥着被，微风留迹浪纹扬。
露重落木行晨雁，穗复残阳叠夜霜。
挎腹鲤鲈夫唤婿，童提蟹脚吵姑娘。

工业园区

国道长驱合五洲，园区发展续千秋。
物流卓越天涯胜，产业辉煌海内优。
林苑风光高紫阁，花廊景色耸红楼。
晨曦啼鸟芬芳处，净水琴吟日月悠。

幸福家园

花红庭院近，草绿阔坪场。
歌舞园中曲，琴箫月下廊。

魅力城镇

新兴城镇秀，区苑雅高楼。
市井繁华客，芬芳绿色留。

美丽乡村

蜂鸣蝶舞百花柔，燕语莺歌万木悠。

池榭亭台风月苑，溪桥石瀑岸云楼。

琴画思乡

小桥流水二泉琴，长野飞云一曲心。
沧海桑田家国画，春秋日月故乡音。

陌上花·新建老街

步街百丈穿通，片石挤平行道。小瓦低楼，窗对近檐聊嫂。量衣老者姑针线，竹绕匾篮精巧。火炉中、顽铁柔软飞沐，锄犁农宝。　　品香茶、说唱评书听，卖艺猴头添笑。杂货商邀，棉布客来迎召。油盐酱醋多言妇，呼酒加肴厨灶。进庐堂、学子高声匀朗，故乡遗貌。

诉衷情·怀抗日英雄李复

当年万里率兵团。抗日涉山川。东征逐寇年月，风雨度饥寒。　　怜父老，惜家园，国人冤。一身谁料，奉献捐躯，造福民安。

常州

天宁寺

玉身金顶塔，铜体二香炉。
象教龙城圣，观音佛手徒。
吉祥床卧祖，如意坐尊图。
福泽高钟响，民安万户呼。

陈渡草堂

草堂堂结义，楼阁读书楼。
曲径回泉道，长廊过月舟。
高台戈箭革，墓远马羊牛。
壁画春秋记，沙场石迹留。

天目湖旅游度假区

拱坝沙溪汇壁湖，舟游星岛揽明珠。
伍员山址春秋忆，太白楼思日月途。
忠孝开篇传统处，状元历史读书区。
温泉御水多情侣，煨炖鱼头口口殊。

中国春秋淹城旅游区

烟波湖岸古淹城，梦幻春秋战地营。
秦汉群雄争邑国，隋唐众杰夺都京。
飞莺花远兴门街，堂铺迎来市井荣。
美女如云歌舞乐，豪楼琴曲伴风情。

西太湖

月湾天普雨，泉落水光城。
夜静高帆泊，秋波叠影清。

红梅公园

红梅春独秀，碧叶曲池秋。

舟泛孤山影，松风过月楼。

红梅阁

层阁春晖碧，红梅万树云。
瑶台龙喜凤，玉女耍纱裙。

文笔塔

夕照斜云塔，文楼揽月星。
砚池思影舫，笔感牡丹亭。

青枫公园

入地风华道，天空翠雨泉。
葱郁花木远，光浴绿坪边。

舣舟亭

春光独秀好江南，御帝临亭又再三。
舟岸风流添胜迹，砚池碑处有情男。

近园

草堂新友醉流泉，秋水虚舟绕径穿。
得月清波迷落影，花香木翠月光翩。

青玉案 · 常州博物馆

龙城热土英才普，展艺术非凡处。举首苍穹灯照故。时光通道，兽禽花树，灵物争娇数。　六朝瑰宝青瓷著，呈现纹瓶赞声许。碧水叶舟炉壁附。玉盘枝翠，罐砂灰乳，精品昭然睹。

踏莎行 · 茅山风景名胜区

句曲三茅，华阳神洞。镇山四宝天宫梦。金牛已去石无光，慈航普善红尘供。　怪石千姿，云烟岚涌。高崖探月相思梦。梁唐仙府白云间，松风相阁飞龙凤。

扬州市

京华城休闲旅游区

华夏林林立，商街总总先。
月明千里地，日照一方川。
水岸新城秀，鱼虾雅馆鲜。
广场龙凤阁，市井会天仙。

茱萸湾风景区

茱萸湾口渡，石座看荷风。
猴岛鸣山瀑，狮园虎吼熊。
逐波天鹤演，海豹示腾空。
梅树千株艳，临区芍药红。

宝应湖国家湿地公园

白鹿观光岛，休闲碧水湖。
春来温湿地，夏到荫凉区。
鱼蟹秋风壮，冬云健鸽凫。
村田精范技，园艺示规模。

捺山地质公园

飞来林石柱，回望玉龙潭。
滨道风云日，花溪雾雨岚。
悬崖依曲栈，直壁吊桥探。
坑矿多溶洞，茶山树海蓝。

红山体育公园

天阔翱翔客，车奔广野威。
寄舟潜浪远，探谷宿林归。
竹海青山叠，茶园绿叶围。
红坡花圃色，风岸柳条飞。

天宁塔

塔层看八面，一顶破苍穹。
步步回廊曲，登楼级级躬。
凌云孤月望，独揽啸天风。
九霄吞烟雾，斜阳映卧虹。

都会桥

石桥单拱阔，顶侧小商房。
远眺云山曙，河洲视野长。
沸波看百舸，独听牧歌扬。
街巷炊烟挤，人流聚故乡。

扬州瘦西湖风景区

风波二十四桥前，楼外三千万雨烟。
月观望湖星落水，花亭听竹石流泉。
小台垂钓千秋月，高塔悬堆一夜天。
温瀑浴潭嬉笑客，金山书屋渡江缘。

个园

春夏秋冬叠色山，褐青黄白季分颜。
抱楼悬石长廊进，湾过湖围远水环。
东阁边峰梅雨看，轩中目望地天间。
千秋粉黛留亭客，月满风情片竹闲。

登月湖

乐水湾中乐者知，七桥七巧戏人痴。
河滩浴泳风波异，探勘山坑玉石奇。
粘壁龙飞仙女舞，钓翁钩落坐台池。
天虹怯胆秋千步，登月望湖有庙祈。

濯锦园

庭园多处各春秋，曲径深长大小幽。
水内青山山水叠，楼边亭翠复亭楼。
登台醉月星光夜，临阁迷琴曙色舟。
凝目静观花意思，步移闲看石泉流。

清水潭旅游度假区

无底深潭独看洪，长流东海恋龙宫。
千层野鸭纷纷下，点点帆舟万里中。
归宿森林茶会客，常居湿地聚仙翁。
高台歌舞民间曲，玉宇琼楼醉古风。

汉陵苑

蜀冈林木盛，汉墓广陵君。
千载天山上，苍穹一角坟。

东关街

古街多巷市，新铺又春秋。
青瓦飞檐阁，乡肴酌酒楼。

扬州

四季分明富甲淫，三期鼎盛又看今。
水乡花月风情族，岩矿油田寸土金。

大明寺

三楹四柱耸牌楼，目睹山堂一二浮。
芳圃湖泉雕阁榭，玉碑胜迹伴千秋。

凤凰岛生态旅游区

凤凰岛上凤凰台，湖卧天鹅鹭鸭回。
瑞雪图看瓷画展，观洪十坝水流来。

古运河

银龙破土绿岸开，金凤携云白浪来。
一叶帆舟今古续，纤夫千足落尘埃。

鼓楼

重檐九脊古层楼，复体台基百米周。
座地不知天上阙，闻名千载识春秋。

奎光楼

出际葫芦宝顶尖，盘楼拱脊巧飞檐。
风铃回响桑田望，岁月阴晴放眼瞻。

谢春池·何园

园有西东，垒石曲桥山水。腹中房，双亭四季。池波沉月，夹墙探圆异。过祠堂、马鞍招示。　　云浮绣阁，洞外牡丹争丽。磴盘空，回廊壁寄。船纹浪锦，读书郎迷卉。戏留欢、寿延添岁。

鹊桥仙·纵棹园

苍松隐阁，碧荷浮水，桥跨清溪廊远。假山夹道柳婆娑，八檐外、青崖绿苑。　　竹深岛近，净堂泼墨，云雾花开藤乱。攀山越水洞幽偏，角亭侧、长栏玉灿。

灌南县

汤沟酒业

业园高大厦，字号久扬名。
一水流香曲，三沟出玉生。
杯中存友谊，海内送亲情。
岁月东南客，春秋异域盟。

海西公园

腾飞千里马，图画海西浮。
水漾蓬莱岛，云沉鹳雀楼。

风亭湖岸雅，烟雨静桥头。
歌舞池台乐，围廊客钓悠。

二郎神文化遗迹公园

河口真君驻二郎，千年神话战猴王。
桃山救母忠心孝，洪水蛟亡道义昌。
云阁仙姿添绝艺，天湖风貌久扶桑。
五龙交汇生灵杰，寺庙清辉客聚乡。

灌河

东去潮河入海湾，西游猴圣恋山颜。
珍鲸怪浪龙王返，鳃异鲈鱼贵客还。
白练虎头风扑口，铁舟青谷水冲关。
长吟一曲天然景，点墨披辉两岸斑。

汤沟两相和

举杯和两相，友谊聚千秋。
留味相思梦，香飘醉月楼。

引羊禅寺

石羊携户福，禅寺佛安良。
烽火沉浮迹，沧桑寺久长。

汤沟酒

盖世风流醉八仙，琼浆玉液伴千年。
浓香独秀乡间曲，绝艺天然一处泉。

硕项湖

万顷烟波硕项湖，千舟浮浪捕鱼图。
观光湿地珍禽戏，沧海桑田恋塑姑。

诉衷情·汤沟桃花节

春风送暖漫桃花。庙会聚千家。久看古寺遗迹，旧貌显精华。　观大鳖，品香茶，曲泉佳。月楼迷舞，习俗多情，梦醉天涯。

九·山东省

蓬莱阁风景区

远眺雾云山，长风扑浪湾。
八仙时醉酒，迷岛一波间。
汉帝思神急，秦皇盼药蛮。
遥遥东海梦，久久恋人还。

威海华夏城

雕梁画栋古牌楼，金碧辉煌岁月流。
三面观音花雨散，千年香火太平留。
禹王明祖沧桑忆，云海风光夏恋秋。
复地翻天华夏美，桃源世外看神州。

龙口南山景区

南山松鹤寿，峰塔月宫娥。
香水庵重佛，钟楼客复歌。

微山湖风景区

微山夜落一汪湖，万亩红荷锦绣图。
芦荡风波云浪阔，朝霞暮露扮童姑。

南乡子·日照万平口海滨风景区

万步赞金沙，碧海平波闪白花。日出天明观灿烂，红霞。云渡苍穹水影斜。　温润复柔纱，滩畔迷人梦海涯。急雨狂风常避险，齐夸。千里归船岸泊家。

青岛市

青岛

东方新瑞士，琴岛古今荣。
环绕三山立，来回一海横。

深湾迷月意，滩浅忆风情。
望朔观潮港，沙光日照城。

青岛栈桥

亲水栈桥浮，深湾逐浪舟。
琴含青岛女，黄海浴滩头。
南望回澜阁，波前看北楼。
一窗游一景，步步叹长流。

崂山仰口风景游览区

海上浮宫殿，峰高霭雾游。
悬崖多隐洞，峭壁瀑长流。
狮岭观云日，沙湾望浪舟。
松林钟百应，涧水一歌喉。

琅琊台风景名胜区

嬴政高台跺，东瀛福士寻。
太公神寺祭，勾践念乡心。
月岛龙湾浪，云梯玉石林。
静看山色翠，独听海风吟。

滨海步行道

街长步速日斜忧，迷入风光一日游。
唯见高楼云雾复，应看深港换春秋。
蓝天星月花园客，碧水湖波石岛舟。
户厦灯明时不夜，辉煌滨海幻神州。

青岛海底世界

隧道穿礁碧水依，窗玻触目海鲸肥。
浪池瀑布潮多显，缸柱珊瑚展体稀。
共舞人鲨波下走，鱼姑独跳藻中飞。
艺姿狮豹惊呼笑，鹅远安家不恋归。

崂山风景名胜区

海中盘石出高峰，急浪波涛雨雾浓。
幽谷涧深形象显，层峦叠嶂展姿容。
岩礁岬角繁星复，云集风帆岛屿重。
山色壮观疑五岳，水声浩荡暮天钟。

太清宫

九宫八观庙庵遥，峰绕三方一面潮。
舜日尧天尊禹水，虎龙雀武佛僧朝。
东君道教威灵物，西母神仙玉女娇。
远古阴阳望救主，沧桑过往看精雕。

大珠山风景区

秀谷云烟着翠装，清泉过石玉溪廊。
繁花波浪多潮色，峰叠珠帘少女妆。
蔽日遮天穿院洞，明沟暗窟过庵堂。
生龙活虎狮陈象，拄杖披裟佛尚行。

八大关风景区

八关花季树，十道国风楼。
公主迷琴岛，鱼台贵客留。

百花苑

岁寒三友傲，日暖一园娇。
垂钓观龙虎，文人素貌雕。

海水浴场

金沙红峭壁，碧水黑松林。
万里清波动，千人浴浪心。

薛家岛旅游度假区

黄庵观曙日，碧海晓听钟。
风会风云醉，金沙夕照重。

胶州艾山风景区

圣母恋尘缘，仙思海岛边。
二郎空恼怒，石耳胜峰巅。

小青岛公园

风情绝唱古今宜，日月怀波一曲思。
恋塔迎来琴女乐，黄岩绿树伴相知。

小鱼山

听浪观潮览阁山，雕梁画栋见鱼斑。
八仙过海蓬莱岛，帆影波光落日颜。

青岛中山公园

雪雾樱花复路深，凌云索道越森林。
池莲玉立芬芳处，花雨飞珠着水吟。

湛山寺

泉清荷绿玉观音，门石雕狮佛点金。
古塔云头空海阔，湛山岚雾远松林。

崂山十二景

（一）巨峰旭照

着手扶云雪浪中，抱球旭照驾长虹。
蓬莱出海观山顶，窟宅仙灵幻寿翁。

（二）龙潭喷雨

水流千里落深潭，瀑泻帘飞一壑岚。
白雪青山云雾乱，银龙翠壁雨烟含。

（三）明霞散绮

明霞荫洞看朝夕，海色天光日月中。
五彩缤纷林竹啸，群峦起伏一湾虹。

（四）太清水月

银辉托月海天明，白浪浮光竹影清。
万籁风情今日夜，潮来晓破听钟声。

（五）海峤仙墩

崖断吞潮越洞穿，石墩压浪海风前。
八仙笑指高岩路，往返蓬莱话万年。

（六）那罗延窟

纵横石窟穴居深，峭壁仙雕佛洞阴。
头顶天光圆孔入，静修正果道人心。

（七）云洞蟠松

左右神灵有虎龙，雀前武后色光重。
层云深处云中洞，叠石高居石上松。

（八）狮岭横云

叠石雄狮卧巨峰，点开晓雾日霞重。

红云翻滚飞虹谷，风啸烟腾乱白龙。

（九）华楼叠石

华楼叠石四方空，谷复云菇碧海中。
霞雾染红金玉殿，风岚浴白广寒宫。

（十）棋盘仙弈

壁崖险挂棋盘石，瑶女宫娥恋舞台。
南北仙翁留弈谱，观山赏海梦蓬莱。

（十一）岩瀑潮音

九水尽头崖壁裂，天开一口玉龙游。
回流澎湃风潮谷，颠覆银河跌瀑流。

（十二）蔚竹鸣泉

凤凰山下竹园临，卵石庵前涧水深。
淫漫鸣泉迷客听，啸松竟茂望峰林。

大泽山名胜风景区

顶峰绝壁破云霄，天洞深崖落鹤雕。
明月霞光朝夕醉，虎溪娥影伴良宵。

减字木兰花·北九水风景区

沙河九水，曲曲弯弯波涌美。击壁飞星，一拐青山一幅屏。　缓时急下，断谷尽头飘瀑雅。久落潭深，长涧明溪长伴琴。

浣溪沙·世纪公园

曲水明溪不见源，三峰复翠抱新园。碧湖绿岛雅云轩。　叠石披帘泉雨密，曲廊香聚色光繁。游舟漂流鸟多言。

摊破浣溪沙·青岛方特梦幻王国

似梦迷游非幻思，飞空落谷月星移。穿浪越峰朝夕短，地天奇。　山水漫金山烟雾雨，漂流墓穴口中危。魔法血腥惊手段，有无规。

渔歌子·灵山岛风景区

山色波光曙雨云，白鸥绿岛石模群。携翠玉，绣花纹。龟来舶近钓鱼君。

烟台市

八仙过海景区

拜仙求渡海，祈福盼长生。
赤影霞楼色，天风白浪声。
神骑钟鼓过，宝器阁坛争。
妈祖怜云雾，龙王水岛情。

南山旅游风景区

南山千万佛，三观八祠中。
香屋金身女，清堂玉体童。
圣人方位殿，所处药师宫。
远古春秋史，未来梦幻同。

蓬莱阁

云雾丹崖阁驾空，蓝天碧海影浮中。
雕梁画栋神公殿，凤舞龙飞圣母宫。
不见三山仙果惑，可望一水寨城通。
扶桑日出蓬莱镜，世外桃源极乐翁。

昆嵛山国家森林公园

云绕千峰梦海湖，九池喷雪幻屏珠。
只看极顶群峦画，独览浮山半岛图。
古刹六根居士净，幽崖一院老祠无。
烟霞仙洞全真教，三变沧桑十八姑。

烟台

雪窝荣雪海，烟火胜烟台。
港口千帆岸，风光绿岛来。

长山列岛国家地质公园

礁聚浮长岛，多形化石重。
风来穿洞响，水过卧长龙。

三仙山风景区

极乐西方一佛缘，人间东渡梦三仙。
灵丹妙药青丝老，翠阁琼楼白浪烟。

天崮山旅游风景区

吉祥峭壁五峰屏，威武高山一顶星。
云级天梯奔月桂，桃源木屋过乡庭。

安丘市

青云山民俗游乐园

野人居穴谷，狼舞落深沟。
环水轩听雨，流云看榭楼。
滑桥天堑过，晃板越枝头。
垂钓风波远，桃源泛浪舟。

五龙山旅游风景区

五龙连脉岭环边，二洞回云往返烟。
林木参差闻鸟语，朦胧谷壑听吟泉。
蛇仙驱雾飞檐塔，天鼓追风庙观旋。
万亩葡萄廊绕远，都城遗址发人迁。

青云湖休闲度假乐园

云湖宽绿地，宝岛醉风情。
一棹光天动，金沙日色盈。

庵上石坊

石雕工艺绝，独醉刻刀狂。
龙兽纵横活，千人万物坊。

牟山水库

牟山光带接，巨坝斩汶河。
湿地生机复，遗川故事多。

青龙湖

青龙久卧待黄河，碧水漂流托绿荷。
笑语桨声寻出荡，游鱼共乐鸟欢歌。

齐长城

岁月风云列国争，春秋朝夕爵侯沦。
封山垒谷千夫汗，万里闻声泪塌城。

青云山滑雪场

白雪皑皑秀北疆，劲风阵阵皓冰场。
飞丘落谷星花舞，越道沉沟子雁翔。

十·内蒙古自治区

响沙湾

沙响回音壁，飞车曲激昂。
浮莲无石岛，越野有姑娘。
度假逍遥海，休闲快乐洋。
神童驱果老，仙长闹天堂。

腾格里沙漠

沙海千姿态，湖盆百种形。
天鹅浮绿水，月光复黑屏。
日照金星垒，风吹结壑陉。
牧羊常过季，植草又添青。

克什克腾

塞北金三角，牛羊绿草鲜。
黄岗高密岭，白带窄长泉。
冰石螺岩叠，云杉果叶旋。
青山群臼露，磨砺万千年。

昭君墓

琵琶音出彩云游，风度弦声玉带流。
鸟唱鲜花春野色，马嘶新草月光秋。
撒遗子粟丰收稼，断碎羊皮作业牛。
衣襟尘泥还古墓，常思青冢有碑留。

道须沟

银蛇飞舞燕山头，叠落纱帘谷底沟。
蔽日树冠浮植石，天开玉带涌泉流。
蝶翩花醉青溪远，鸟唱迷林绿园留。
金果津津香野味，凉风续续伴沙州。

阿尔山

玉阶五百上天池，林石熔岩怪迹遗。
松叶鹿湖双水色，玫瑰天岭数峰姿。
鸡冠崖顶孤山妙，苔藓图屏一石奇。
腊九寒冬河不冻，阳春三月旱沟期。

嘎仙洞

峭壁仙人洞，悬崖石室通。
史文留百字，万木托苍穹。

五塔寺

五塔金钢座，无梁殿顶通。
人文雕刻久，玉石画图中。

阿尔寨石窟

红岩穿数窟，百眼透孤山。
壁画留文宝，砂陵草漠间。

白塔

银身玉顶托苍穹，明月清风伴曙虹。
屹立娇姿千古胜，沧桑挺拔万年雄。

呼伦湖

日出明湖泛蜃楼，浪滩风落白云浮。
栅前鱼越相思泪，听曲波来伴岛鸥。

海拉尔国家森林公园

古松沙埠海中园，草地新丘岛外垣。
惊看白滩千里色，冰湖泉漫鸟贫言。

怪树林

枯枝不朽数千年，黄叶深秋一季鲜。
戈壁苍龙沙海乱，漠丘怪树话神仙。

成吉思汗陵

气壮山河八帐宫，开天辟地塑身铜。
草原陵寝喷泉忆，漠北长图史记功。

额尔古纳河湿地

湿地茫茫阔草原，潺潺澈水绕滩园。
参差两岸低林木，百鸟徘徊绿甸喧。

六州歌头・呼伦贝尔草原

呼伦贝尔，北国有天堂。浮碧玉，风翻浪，草无疆。牧中王。绿色春来早，花儿滥，幽香漫。柔地毯，千青叶，万红妆。雨过暑凉，甩动轻鞭响，唤起牛羊。待金秋黄海，美丽复屏廊。腊雪银江，绣冬装。　挂弯弯月，繁星亮，宁静夜，白云翔。燃篝火，琴声烈，舞姿狂。靓姑娘。独醉朦胧景，幻新梦，不思乡。阴晴日，太阳雨，不寻常。蒙古当年行帐，旧时忆、部落游房。望远流曲水，近处看湖光。三技名扬。

鹧鸪天・哈素海

碧海蓝天鸥对飞，披阴绿柳鸟双啼。沉浮野鸭西湖里，星点蒲萍云浪低。　探水榭，树亭依。风吹芦响游鱼肥。清波一棹流千丈，目尽歌远长岸迷。

浣溪沙・莫尔格勒河

九曲东西十八弯，三环南北数千滩。高低明底淌清泉。　游牧草青归马懒，浣流白带返鱼闲。风情歌舞伴云天。

十一·湖南省

衡阳市

南岳衡山

五峰腾雪浪，河港一江流。
盘古开天地，沧桑送夏秋。
山神多佛庙，圣帝复君侯。
重镇中南峻，平衡域海州。

君山银针

白羽金身亮叶尖，三浮三落绿芽甜。
玉杯清影泉沉月，碧剑银针镜复帘。

虞美人·天堂湖

八方溪水浮星岛，绿树千重好。风帆点点绕明珠，一棹天堂飞月漾仙湖。　　沙鸥白鹭烟波尽，微浪游鱼引。漂流山塔谷滩湾，目近峦峰倒影日斜闲。

忆秦娥·回雁峰

南来客，欲翔展翅昂头急。昂头急，惊寒啼慄，暖春归忆。　　如烟似雾池中迹，时明忽暗飞云集。飞云集，衡阳峰越，树亭松泣。

湘西

凤凰古城

南屏苗凤翠，沱水丽湘城。
节舞相亲客，山歌伴友情。
木楼藏几秀，街铺会群英。
八景峰云胜，烟泉万象名。

不二门

石门心不二，玉嶂立环屏。
水府浮香阁，山堂落色亭。
温泉驱疾病，寒壁刻诗经。
鳞满珍珠塔，乳花沸白萍。

宫署千门户，庄园五水声。

里耶古城

墓群出土见春秋，深井重光简史留。
古街繁华香色味，老河热闹码头舟。
慈婆德俗风云庙，关帝仁缘日月楼。
三万物文多记载，六千年事伴长流。

猛洞河

百里长河洞尽流，浪漂万米荡轻舟。
鱼帆点点依山镜，歌舞翩翩吊脚楼。
二级玉龙前后急，壁图万物古今悠。
峭峰起伏溪沉峡，乳石分音乐曲柔。

陈斗南宅院

四水归堂院，回廊万步墙。
将军烽火杰，岁月古城祥。

沱江吊脚楼

碧流春岸远，叠翠暮烟浮。
塔落云山色，风光吊脚楼。

万名塔

玉立沱江岸，银波级影斜。
层层龙引凤，闪闪夕浮霞。

老司城

司城交错巷，商铺街纵横。

神凤文化景区

风竹烟重合海林，放生百鸟会神禽。
性图腾柱秋秋阁，九九乘风物语寻。

北门古城楼

半月圆墙铁钉门，木穿斗脊凤檐轩。
层层砂石千秋壁，滚滚疆场万古魂。

苗疆长城

绕山跨水远墙城，蚀雨侵霜久堡营。
黄谷霞光千石路，青眉万壑步风声。

南歌子·芙蓉镇

瀑挂千年镇，山清水秀村。洞岩古栈兽鸣人，铜柱荡回分治富疆勤。　　五里繁华街，高楼吊脚门。行宫溪过梦昆仑，翠鸟灵猴舟下聚鱼群。

齐天乐·吕洞山

贯山穿洞依双口，摩天壁岩峰陡。密雾浮云，风涛树浪，谷壑岭高层复。蓬莱锦绣，海市蜃楼频，紫光徊骤。万仞神雕，虎龙腾越峡声吼。　　飞泉跳崖瀑秀。指环涡玉美，呼鸟虹厚。玉女金童，珠帘碧带，烟沫杨花岚透。群居寨凑，屋吊脚精神，客来成友。鼓曲苗歌，荡秋千醒柳。

长沙市

天心阁

云雾千山色，天心一阁风。
轻烟含片树，斜日复屏丛。
白塔狮球向，红楼对月宫。
池亭汝入镜，香草醉来翁。

大围山

青竹风烟啸，黄山吼海松。
杜鹃红万叠，草地绿千重。
溪瀑龙桥见，星湖望月峰。
琴窝船底浪，双鸟恋情浓。

七言律诗

橘子洲风景区

绿岛飘香橘子洲，峰城浮影送江舟。
高泉百米看因故，独上天台问愿由。
草地休闲风月夜，沙滩运动夕阳秋。
排空焰火云霄殿，山水相宜四季游。

岳麓山

一山傲立数峰中，万古风霜岳麓雄。
半壁石穿飞水过，孤湖落谷往来风。
清泉罐溢杯云鹤，黄洞妖光迸发弓。
钟响自传高树抱，语林百鸟闹园宫。

沩山

龙脉衡山系，湘江活水连。
桃源留富庶，才子出乡田。

石燕湖

玉湖峰谷抱，天镜挂云屏。
燕塔金龟岛，惊涛树屋听。

岳麓书院

学府千秋学士新，书堂岁月育书人。
风云兴废精神貌，经世文才辈出频。

岳阳市

福寿山

曲盘云壁上，斜日落腰间。
白练龙泉急，青潭虎涧闲。
虹霞飞雨后，晚雪挂冰湾。
林石鸳鸯对，鹰头一顶山。

岳阳五尖山森林公园

五峰重叠嶂，揽胜独登楼。
梦泽飞帆远，长江尽目流。
野桃披瀑雨，石鳄探花沟。
香果红杉盛，分泉白练浮。

岳阳楼

四柱三层角顶楼，一方岩石木单勾。
围廊烟雾仙人阁，斗拱飞檐玉凤头。
绿荫君山浮碧叶，洞庭白浪送渔舟。
梅亭枝活天然秀，酒醉长眠不忆秋。

金鄂山公园

凝目重湖浪，闲听鄂岭风。
亭台云梦苑，树荫翠陵葱。

洞庭湖

荡漾银波一镜悬，苍穹云雾九重天。
飞鸥扑水千堆雪，帆挂行舟万里烟。

君山岛

叠峦七十二青峰，百九千科绿树浓。
白浪云开浮印岛，飞来梦泽报安钟。

连云山峡谷漂流

翠壁高崖峡谷开，长河碧水海天来。
云山密竹千层浪，瀑落平江百丈台。

张家界市

宝峰湖

高峡平湖漾，奇峰乱瀑飞。
金蟾含乳月，玉女裹妆衣。
托影浮幽岛，闲舟入镜依。
花红人面瘦，波动泛黄辉。

张家界大峡谷

左右单门壁，高低一栈天。
谷藤风雨伴，石树共云烟。
揽瀑星潭月，虹河夺目泉。
仙翁羞对镜，佛手护婵娟。

张家界国家森林公园

三千姿色耸奇峰，八百流光峡谷重。
绝壁天桥姿俏醉，高岩夫妻迷娇容。
云中一步寒宫月，瀑下孤泉暗窟龙。
回震余音留顶底，轻舟漂过几湾松。

桑植九天洞

一洞分窗视九天，五光十色乳花悬。

高楼王母观仙市，台上观音望水莲。
入地峰林浮碧海，石流谷底叠银泉。
恋人生死华山险，日月鸳鸯快乐川。

天门山

九九盘山上险峰，灵光紫气洞门重。
长虹飞渡天仙遇，高谷悬行鬼道逢。
进寺相思缘圣貌，因神梦幻壁留容。
瑶台盆景祥云里，碧野浮屏万树松。

武陵源风景名胜区

立石南天静，神针定海安。
溪流仙阁曲，谷涧拱墩看。

澧水源头五道水

壁泉流七眼，一水沸温凉。
梦幻宫娥镜，相思月夜妆。

土家风情园

一坡依石阁，木屋九重天。
俗舞山歌曲，风情艺貌缘。

天门山国家森林公园

九霄门洞上云梯，天道弯湾万木低。
林石溶岩盆集锦，飞纱流瀑岸台溪。

茅岩河漂流

万米飞流峡谷穿，落漂百丈浪涡旋。
峰回水转冲滩险，绕洞环崖越瀑泉。

老院子

龙龟护宅百年宏，御匾持堂八代荣。
老院珍稀文品彩，土家震撼恋风情。

鹊桥仙·黄龙洞

迷宫叠洞，琴泉鼓瀑，石笋乳花明显。暗流龙峡插香台，看黄土、红云不乱。　　神仙街市，繁华似锦，长拱天桥跨观。银针定海万年殊，峭壁上、厢楼女伴。

十二・浙江省

嘉兴市桐乡

乌镇

乌戍春秋史，沧桑紫镇书。
蚕丝知己洁，毛革伴缘舒。

西栅景区

纵横舟返渡，桥步往徘徊。
诗画天然景，风情古镇来。

修真观

三进修真观，孤庐得道安。
算盘如意算，岁月伴乐观。

江南木雕陈列馆

鬼斧神工一手雕，八仙过海指渔樵。
梅兰竹菊青松画，龙凤云山鼓乐潮。

文昌阁

小桥流水埠斜船，书院闲观阁街穿。
贤士文员楼泊读，仆童夹道侯炊烟。

杭州市萧山

湘湖

碧波千万顷，独木古时舟。
吴阙城山废，湘湖复越楼。
飞檐迎旭日，白水送云流。
范蠡思乡晚，清风一棹悠。

湘湖旅游度假区

银湖碧水望长流，绿岸青山叠翠浮。
桥跨古村迎鸟语，钟声过寺伴新楼。
卧薪尝胆孤君帝，戴月披星独木舟。
欢乐萧山多情侣，荷花庄上棹姑留。

跨湖夜月

久恋风情月，长迷水岸桥。
跨湖亭夜坐，尘欲伴良宵。

杨岐钟声

围湖多寺庙，香火盛方名。
借问杨岐故，铜钟四野声。

横塘棹歌

黄竹塘三里，青芦八面河。
夕阳舟返载，棹荡伴渔歌。

湖心云影

湖山近乱云，往返镜中纷。
朝夕时时变，天涯一半分。

览亭眺远

湖波千顷影青山，白浪风帆万里湾。
点点新村重曙色，层层禾稼日霓间。

先照晨曦

绿树黄墙日照先，红楼翠殿上山巅。
湖中清影风来早，复水晨光镜内翩。

杭州市

钱塘江大桥

长虹南北跨，日出返西东。
沉月千层色，流光万里风。
听波音韵过，望浪接苍穹。
舟济天涯近，飞车宇宙中。

钱江隧道

十里穿江道，工程一代娇。
波吟闻韵近，鸣笛听声遥。
吐雾神仙洞，吞云海底潮。
朦胧游地府，恍惚水中飘。

钱塘潮

广壁高墙看雪堆，前倾后扑听鸣雷。
悬堤重叠峰峦挂，起伏凌空托玉台。
恍惚天崩天阙断，朦胧地裂地门开。
朝观汹涌江潮急，暮望飞流海汐来。

西溪

朦胧十景伴三堤，恍惚千波涌一溪。
明月莹光流碧醉，清风拂翠色影迷，
芦中花絮重霜雪，雨后渔村复日霓。
河渚雅亭听浪曲，济舟环岛误东西。

瑶琳仙境

玉宇朦胧挤洞天，琼楼恍惚聚神仙。
客来狮象堂中伴，龙凤迎宾阁上翩。
日照蓬莱霞色叠，瑶池复月泛香莲。
高崖瀑落听音韵，暗水闻声不见泉。

钱塘江

不尽清波线岸遥，无穷白浪齐天潮。
风云济色之江秀，岁月流光浙水娇。

水调歌头 · 钱塘江

万里碧波漾，不尽岸堤遥。清风明月舟去，恍惚挂云霄。南北长虹横卧，亲水玉龙翩舞，江上展姿娇。音韵吟琴醉，泛色远光漂。　　翔鸥闹，飞烟乱，雾遮涛。惊看白浪掀起，滚滚急来潮。地裂天崩憾惧，铁壁银墙叠畔，百丈比峰高。举目千堆雪，雷震伴咆哮。

西湖

断桥残雪

断桥桥不断，残雪雪留残。
堤白多桃柳，银湖日月宽。
孤山幽远径，小岛广深丸。
涵洞阴光复，蛇娘浪漫难。

西溪国家湿地公园

福堤桥六福，烟水景三烟。
河渚花糕酒，潭头港口船。
高庄堂屋社，庐阁竹梅全。
水鸟林区岛，平滩密翠莲。

苏堤春晓

晨曦初露看春朝，沉月微风浪柳条。
跨雨映波花港近，瀛洲锁澜塔墩遥。
绕山岚翠双峰壁，堤压碑亭独秀桥。
东浦湖平观日出，长虹飞驾入云霄。

千岛湖

独上梅峰四野宽，目中千岛一湖安。
啼鸣孔雀葱林暖，歌舞嫦娥密桂寒。
开石天池廊叠瀑，依园龙凤锁衣冠。
浪湾远处风帆满，点落松花鸟语欢。

舟游西湖

一棹清波托小舟，朦胧烟雨复瀛洲。
三潭映月思时夜，千柳悬堤恋季秋。
峡谷亭中观日落，雷峰塔上看云游。
断桥梦幻蛇娘立，恍惚西施浣浪流。

雷峰夕照

赤峰浮夕照，碧水泛光天。
斜影蓬莱小，轻舟古塔前。

南屏晚钟

立似金屏嶂，行如宝石宫。
远钟时一响，山水沸扬中。

双峰插云

双峰南北屹，两顶锁风云。
举首苍穹近，烟岚暮霭纷。

湖畔山村

起伏峰峦叠，参差木叶重。
琼楼民宅聚，花果伴村农。

西湖

三山近水话孤山，二塔斜湖塔独闲。
月镜断桥波影岛，风荷夕照浪堤湾。

平湖秋月

碧水银波浪浪柔，清风阵阵月明悠。
湖光一色花香寄，姑唱渔归岸泊舟。

曲院风荷

荷滚银珠迷并蒂，风吹粟曲醉人家。
混香远近舟波恋，月夜花姑少面纱。

花港观鱼

摇头摆尾浅鱼梁，傍岛依山港水长。
碧叶花红溪岸秀，相宜朝夕野风香。

三潭印月

九曲九狮园有院，三潭三塔岛生湖。
亭亭相印心中月，步步莹凝梦幻殊。

柳浪闻莺

碧叶阴云浪浪深，黄莺处处远闻音。
画亭楼阁花中寄，堤泊舟波日月临。

西湖晨雾

薄雾迷天隐水山，目穷苍翠雨烟还。
朦胧亦醉堤边客，恍惚瑶池帐复颜。

义乌市

中国义乌国际商贸城

市场添快乐，热闹在商城。
百客披绸议，千人举帛争。

物流亲四海，交易五洲情。
特色新时代，非凡步步营。

滴水岩

登塔风云骤，披崖急瀑长。
溪流迷月色，滴水戏鸳鸯。
东岭娇晨曙，西山雅夕阳。
云亭听玉笛，密树复屏廊。

德胜岩

盘崖曲径雾翩翩，峭壁岩阶步步悬。
卵石参差探挺谷，峰峦起伏伴高天。
登山观月相思夜，入洞听风梦幻仙。
寺庙辉煌香火续，神龟朝日吐云烟。

华溪森林公园

三层石窟洞中天，百级岩梯到谷巅。
日出登峰迷曙漫，凌波探月醉流烟。
银龙吐水重帘帐，金凤含霞复玉莲。
鸟语花香迎蝶舞，苍松翠柏伴吟泉。

黄山八面厅

八面厅堂博物稀，人间天上一图归。
精工绝艺沧桑迹，特色非凡岁月辉。

浦江县

仙华山

峰林悬特色，树海泛繁光。
风正推云雾，斜阳挂脉梁。
仙姑姿玉石，神女月宫妆。
得道同天处，修心结草堂。

鸡冠岩

悬崖峭壁列屏丹，群斗金鸡怒发冠。
一石奇穿天上笋，山中怪洞破三丸。
响山赤土风光好，溪口明泉月色安。
龙母异常知旱雨，仙居时刻急饥寒。

玄鹿山

凝香花满涧，瀑响聚深山。
鹤饮飞来雨，霞屏夕照间。

宝掌山

五指神通掌，飞来万石峰。
洞幽星点密，冷涧涌泉重。

江南第一家

同财共食久相传，孝义亲情更近缘。
楼阁千年荣古镇，门庭一苑后人贤。

浦阳江

浦阳江畔浦江城，不见黄河听水声。
目望秋波思远海，沉鱼落雁浣纱情。

醉花阴·神丽峡

薄雾浓云林海秀，多鸟珍稀兽。峡处叠峰峦，峭壁流烟，担石陈翁寿。　白瀑迎霞红帐绣，卧玉娘长久。奇卵过清泉，十里邮亭，幽谷迷风柳。

温州文成县

红枫古道

日照红枫赤，风吹落叶飞。
纵横穿古道，复叠岭深依。
担水途中渴，崖间斗米饥。
长流分绿野，过庙月桥归。

飞云湖

湖湾穿绿岛，岸树绕村田。
波远重云雾，风长复浪烟。
分崖惊鹤峡，壁险索桥悬。
瀑落滩潭怪，漂流见钓仙。

百丈漈风景区

壑深三落复霞虹，巨涧漂流一谷洪。
夏裹单纱淋帐雨，冬披薄革浴帘风。
蛟龙玉壁云天下，骏马银潭海浪中。
石洞金丹仙鹤去，牧童梦会鲤鱼宫。

峡谷景廊景区

两岸青山翠壁深，万支笋柱玉森林。
冰川声落惊狮吼，花树飘香盼鸟吟。
潭瀑珠帘飞峡雾，水仙姊妹石流琴。
神龟瞠目清泉酒，斗米留痕古道阴。

刘基庙

一代文宗胜一朝，千秋名相万年骄。
风云镜地群雄鉴，饱阅沧桑造诣昭。

天顶湖

碧水多情傍月宫，玉湖有意接苍穹。
九都九岭云边合，万色千姿梦幻中。

铜铃山国家森林公园

水秀山青九寨沟，风湖多口碧泉流。
飞来天瀑云霞色，日复金屏月嶂幽。

铜铃山峡景区

壶穴银流峡谷迷，雷鸣虎口梦金鸡。
多潭叠瀑分珠壁，高涧林深裂壑溪。

小瑶池景区

碧泉琼液九霄池，绿树红花一镜姿。
日色云楼温浴浪，霞光波涌透香脂。

铜铃寨景区

青山绝壁石岩悬，白练高天挂瀑泉。
雾过风来姿色万，秋波荡漾玉莲翩。

原始丛林景区

春漫花香醉凤鸣，云浮叶色夏迷莺。
秋枫天赤相思苑，白海冬林梦幻城。

胜川桃溪景区

绿叶金波节笋高，银帘白带石梯滔。
虎山天柱霞光寨，龙井村田赏野桃。

蝶恋花·朱阳九峰

奇景九峰山叠巧。猴象招人，将士看嬉闹。岩塔沧桑龙壁妙。双屏热恋仙姑孝。　　三瀑三潭天镜姣。小月弯弯，梯帐层层耀。二老闲观崖上笑。樵夫夜梦相思告。

十三·上海市

东方明珠

东方光耀塔，日夜亮明珠。
透瓣千层路，观廊万里途。
攀登空海阔，跨越远长图。
车马春秋鉴，时间面貌殊。

百乐门

沉浮思岁月，桑海喜惊魂。
一室齐欢舞，同歌百乐门。
灯光明暗乱，姿色往来昏。
移步凌云阁，仙游寄足村。

淀山湖

绿水舟帆远，葱林鸟语声。
环湖添日月，劈浪更风情。
万米沙滩亮，阳光一线晶。
长庭均闸蟹，近埠钓鱼营。

枫泾古镇

阴晴难见日，圆缺不知光。
一镇纵横港，三桥左右廊。
水源荷叶摆，古宅脊檐昂。
穿弄怀情久，闲徊街步长。

世博园

世博园区异国楼，精美叠翠数风流。
百方之最红天地，千处应知绿苑洲。
展现舞台歌岁月，开来艺馆颂春秋。
凌空飞蝶宏图再，屹立华都一叶浮。

豫园

廊卧双狮守境前，叠山万石峻峰迁。
亭亭玉立人腰瘦，卷雨蒙蒙曲槛泉。
翠竹临楼观独舫，红墙隔水看鱼千。
风来得月荷池夜，抱厦听涛伴鹤仙。

佘山国家森林公园

云开十二九芙蓉，雾锁三千万竹松。
跨级岩梯亭远望，骑龙石径近看峰。
眉公垂钓金书集，飞挂银泉谷口溶。
百鸟山图林里客，木鱼脊壁一声重。

小红楼

红楼红戏曲，缸口口音声。
岁月重精艺，光阴复胜名。

滴水湖

滴水湖天色，烟波雨雾飞。
圆珠明绿岛，球亮夜光辉。

同乐坊

同乐展新坊，城风创意场。
人文多景址，艺术饱厅廊。

上海外滩

十里洋场内外闻，国多博览壮观群。
东方世贸精英聚，沪上金融历代勋。

龙华寺

三王狮寺印神堂，塔影龙门一苑香。
弥勒往生同极乐，观音点化普慈常。

上海中心大厦

顶高六百揽云楼，大厦摩天日月游。
沪女长思今昔貌，龙型世纪作春秋。

点绛唇 · 陆家嘴中心绿地

蓬帐银螺，日光碧草葱阴地。雪松云际。点缀红枫丽。　　飞舞高泉，龙聚青天闭。花篱艺。客怀春意。平水湖台戏。

桃源忆故人 · 方塔园

英姿袅落方长瘦，伴塔松江清秀。翠竹浮云环骤，卧影姑招手。　　精雕壁照图形久，非兽似龙凶吼。古石立仙桥守，楠木游廊诱。

十四·河南省

五言律诗

鸡公山

凌峰迷古道，欲晓幻鸡公。
湖月青天漾，游云黑谷风。
仙居南寿寨，神宿北疆宫。
鹤饮飞来瀑，颐庐陡壁中。

尧山

独一银流线，三弯九曲漂。
相依和合敬，离别凤凰邀。
白海风云动，青龙首尾摇。
玉皇峰顶险，石上寿松招。

神农山

浮云围紫气，卧虎断崖开。
龙脊长城色，风光小首台。
天低凌顶路，涧浅底泉回。
坛祭春秋节，神农送谷来。

商丘古城

千年古址荣，书院一朝英。
宋国商丘霸，皇陵圣火宏。
观星登鼓庙，探宅访侯生。
僧佛开元胜，文台学说精。

芒砀山

蛇断雄心悟，芬芳赤汉碑。
梁王迷墓殿，夫子洞崖思。
留郭雕重塔，张飞作复师。
密云浮紫气，文石笔游宜。

豫西大峡谷风景区

峡长峰起伏，绝壁谷高低。
气雾山峦幻，烟云壑口迷。
银帘天海溢，玉嶂泛霞霓。
白浪漂流急，温泉浴裸溪。

五龙口

沁河山隔渠，五水玉龙游。
卧虎悬云壁，登天过鼻沟。
金鸡仙石幻，后羿梦神州。
温浴瑶池露，松林圣庙猴。

嵩山

两室林岚一百颜，云峰七十二嵩山。
连天多险王姨庙，峻极高危帝墨斑。
道教阁祠千代在，儒文书院万年间。
女娲长卧桑田幸，揽日观星若待闲。

云台山

清风云涌泛苍穹，林立山峦起伏中。
飞雪银帘天上瀑，潭边珠溅水晶宫。
九溪红峡芳菲谷，孤涧青龙翡翠虹。
万善佛僧祈圣脉，子房耕作岭湖翁。

青天河风景名胜区

谷开双壁秀峰林，涧过泉湖九曲岑。
佛耳山重银瀑石，神龟复月圣人心。
长廊色翠叹红叶，远水琼光赤鸟吟。
高坝丹河天堑望，飞虹奇峡独披金。

黄河风景名胜区

阁顶宏钟谷壑号，黄河峰浪久波涛。
五龙探月长天海，二帝凌云鼓鼎高。
汉霸马嘶思故水，楚王呼士恋乡桃。
隋堤烟柳春秋色，秦址风光古渡淘。

灵山寺

带发僧尼渡佛缘，灵山紫气俗成仙。
惊心奇石添姿险，怪洞疑神造势悬。
含竹甘泉潜圣井，香湖落雁绕峰巅。
南墙杏树高风韵，古木龙游痒痒翩。

九莲山

九峰云海九莲开，三峡环围悟谛台。
重叠悬崖松啸荡，纵横峭壁谷鸣回。
潭中牵手溪河伴，庙里连心日月陪。
远去游龙思戏豆，穿林群瀑破天来。

王屋山

屋脊擎天胜，高坛九鼎仙。
闲云留凤鸟，急瀑送蓬船。

小浪底

千岛光湖谷，孤山色海天。
洪涛飞峡口，青壁夹游船。

铁塔

琉璃匀黑塔，青影净精雕。
万佛春秋悟，多层日夜娇。

龙亭公园

金龙盘署殿，玉带曲双湖。
照壁南天寿，春秋蜡像图。

睢县北湖

水城添白鹭，青冢上陵台。
日出明波动，飞舟碧浪来。

南湾湖

巨网花鲢数，禽多绿岛喧。

灵猴探果壳，漂浪望湖轩。

卧龙岗

躬耕庐读士，羽扇顾贤君。
风雨侯祠岭，疆场鼎足分。

龙门石窟

神雕十万佛龙门，石窟仙刀九九魂。
半壁洞天风雨迹，史文科艺几朝痕。

桃花谷

桃花独放雪中留，母子分流叠落沟。
峡口飞龙连九瀑，琴台幽谷送三秋。

重渡沟六首

（一）泄愤崖瀑布

倒海分崖百米泉，移江三级瀑通天。
峰开壑谷浮阴雾，石窝飞珠滚紫烟。

（二）飞虹瀑布

虹飞一壑翠千山，帘舞孤潭耀万颜。
石锁终年醒善恶，梦思民福瀑泉间。

（三）金鸡河

怪石奇林梦幻川，清溪明瀑醉迷泉。
叠流多级观桥水，隔岭听涛鼓落天。

（四）滴翠河

层层碧叶啸风吟，道道清泉月下琴。
仙女点枝看竹海，翠珠玉液滴流音。

（五）水帘仙宫

珠帘玉壁绣仙宫，金凤银龙织阁虹。
溶洞莲开光色彩，寿翁望月菊花中。

（六）农耕村

茅屋青藤复土墙，石廊绿叶过工房。
红园绿地粗衣宿，素酒清餐快乐堂。

七十二潭景区

石穴穿山万木林，潭池绝壁谷峰临。
浮云薄雾香花灿，跌水清流小曲吟。

永遇乐·万仙山风景名胜区

红谷天池，峡深绝壁，云雾游滚。峰洞长廊，裂冰悬落，万壑惊心震。莲盆圣水，窑台仙乐，隔孔曲歌听韵。看另山，农家耕织，清风玉露村近。　神鞭济世，蜘蛛留迹，一线崖门见刃。情屈相思，星图日月，盛会将军恨。龙潭黑白，流泉飞瀑，石响螺岩雨润。怀刘秀、凌峰试剑，七郎路印。

踏莎行·黄帝故里

虹卧清波，莺啼柳静，祠前香火人人敬。重楼双阙瘦蜂腰，歌台玉道黄龙醒。　繁树同根，名扬氏胜，风调雨顺祥云鼎。南天始祖九霄中，登亭望帝林山挺。

忆王孙・康百万庄园

庄园百万五龙悬，探海金龟峰下缘。林立窑楼街铺连。岸边船。翡翠迷宫醉八仙。

虞美人・开封西湖

瑶池泉丽西湖秀，碧水开封有。北方城泽焕然新，波送白帆云绕一堤春。　　琼楼玉宇齐天厦，明月清风雅。花红叶绿伴村姑，百鸟争鸣蜂蝶醉香途。

满江红・宝天曼

虎顶登台，众山小、浮云复壁。林一片、松青柏翠，百花争赤。二水合欢清影迹，狂龙三叠珠帘碧。梦幻中、细语石流虹，琴弦急。　　看淑女，娇玉立；八仙醉，风烟泣。凤凰迎伴侣、敢攀鳞脊。床卧黄袍兵马壮，青纱佛坐峦崖密。滴露重、百丈谷披冰，神岩出。

开封市

山陕甘会馆

三省同乡感，千年会馆留。
翠屏雕照壁，碧石刻龙游。
垂脊厢房俏，飞檐雅戏楼。
云亭钟鼓响，仙阁九霄浮。

延庆观

极顶通明阁，天涯一目中。
飞龙探日月，归凤伴霞虹。
曲径环神殿，长廊绕地宫。
骑狮威武士，塑像两千铜。

清明上河园

浮雕影壁展神州，高挂银帆示古舟。
天上徘徊仙阁挤，人间错落聚云楼。
虹桥曲水流烟雨，商铺长街戏艺游。
民俗风情迷岁月，鱼虫花鸟伴春秋。

万岁山・大宋武侠城

林苑皇家万岁山，古城武侠闹尘寰。
剑门夺首英雄馆，豪杰争魁虎口关。
城域沙场兵马急，江湖街巷圣贤闲。
苍松翠柏凌云阁，明月清风水寨间。

天波杨府

天波楼上幻娇郎，钟鼓声中点将场。
日照翠湖环榭阁，碧潭悬月绕亭廊。
梅兰竹菊雕屏壁，荷石花山刻玉墙。
逝水茫茫忠孝迹，流云滚滚忆红妆。

禹王台

云阁流音醉圣贤，月宫寄曲舞神仙。

朦胧归凤探风月，恍惚游龙戏海天。
翠柏苍松闻鸟语，玉桥碧水听吟泉。
御楼王庙三清殿，壁画碑廊古赋千。

开封府

藏龙卧虎开封府，清正廉明戒石铭。
瞳察秋毫三口铡，名留千迹一魁星。
高台壁画环天殿，楼阁长廊绕榭亭。
倒坐南衙思案故，文墙日晷鼓钟听。

开封纪念塔

玉塔凌云耀，千秋烈士荣。
碑文留记忆，岁月见辉宏。

宋都御街

琼楼刻凤恋京都，玉宇雕龙幻圣姑。
翘脊古妆惊特色，飞檐原韵醉姿殊。

繁塔

古塔基宽顶伴云，地宫图久佛尊群。
游龙飞凤溪吟曲，天女散花复翠裙。

朱仙镇岳飞庙

一枪挑出一忠奸，万马千军不等闲。
浴血疆场流岁月，尽忠吟曲憾河山。

大相国寺

一吨铜钟万里声，观音千手百重金。
大雄宝殿齐天佛，楼阁飞檐日月沉。

包公祠

立祠颂德示来人，寡欲清心告后尘。
威名荣耀留千古，缺题碑上继阳春。

南乡子·中国翰园碑林

峰岭耸云天，风采排楼诱景观。凤阁龙亭争日月，波湾。玉液无穷滟潋环。　　探水曲桥悬，金石沉浮岛幻仙。恍惚琴悠听古韵，流泉。诗画碑坛不尽看。

临江仙·大宋御河

跨岸玉龙争碧水，漂来雅色神舟。清风明月伴琼楼。聚仙歌舞醉，迷古宋都游。　　春在桃红迎柳绿，夏荷借曲悠悠。朦胧芦雪送秋愁。冬梅思翠竹，时季恋香流。

十五·宁夏回族自治区

银川市

苏峪口

索道横空远，云中绝壁峰。
翠屏霞曙复，碧嶂雾岚重。
虎啸松风扑，泉鸣挂瀑龙。
崖悬飞石险，一线峡奇容。

水洞沟遗址

长城山水岸，峦堡夕阳红。
峡谷群模集，兵多地洞中。
游舟芦荡静，飞鸟闹湖风。
客店看遗址，茅庐宿老翁。

沙湖

光泛柔沙万里滩，精雕姿式一园看。
乘驼大漠长驱感，驾板飞驰绝壁叹。
绿地银湖南国远，黄河金岸北疆宽。
凌空鹳鹤翩翩舞，逐水鸳鸯对对欢。

中华回乡文化园

回乡园旨八方荣，洁白英姿一处宏。
歌舞迷人增域约，风情诱客续邻盟。
久安贤聚春光季，西夏长宁纳福声。
月上贺兰心向善，莎宫演艺更精神。

西夏王陵

数陵分夏帝，群墓族宗陪。
复土千层顶，繁多古阙台。

鸣翠湖

长湖波泛翠，近水锦鱼回。
芦浪惊情鸟，舟翁绿岛来。

百鸟鸣翠

百鸟天堂乐，群鱼月镜闲。
翔云湖影乱，逐浪一波颜。

迷宫寻鹭

舟穿多道口，芦密复湖波。
听鸟望风叶，迷归起哨歌。

车水排云

轮绕飞虹雅，飘帘散雪花。
白龙穿月巧，星海落天涯。

碧水浮莲

漂浮玉女魂，荡漾寄香痕。
月夜相思影，朦胧又一村。

芦花追日

花絮舞秋风，相依落日中。
翩翩苍色远，久久望朦胧。

青纱漏月

晶莹迷碧水，云影透银波。
薄雾芦风托，轻舟伴月歌。

观景台

目尽高台上，扶云绝顶殊。
花香浮月影，霞色复山图。

听泉

泉声流叠石，山瀑落深潭。
柳舞鱼波乱，琴悠跌水含。

银川

凤头引进母河泉，羽翅分开渠泊川。
新野古城天地阔，禾青草绿远山田。

三关口明长城

三关三阻险长城，万石千夫岁月争。
赤土黄岗营百马，暗崖绝壁一戈兵。

沙坡头

黄河一索跨洪涛，千顷金沙越野豪。
鸣响钟声坡底远，蜃楼大漠见天高。

鹤泉湖

六泉鹤泪盼郎归，双桨云波伴侣依。
绿岛风情芦荡碧，红莺白鹭浣妆衣。

贺兰山岩画

素描刻画壁岩长，线绘精雕广幅章。
铁马金戈烽火记，耕耘服猎忆时光。

固原市

固原古城

内外围城阔，高低垛口多。
炮台坚壁胜，门巨退兵戈。
关隘三军驻，群雄塞道过。
风云叹古址，岁月赞山河。

六盘山

六重盘险顶，曲道九层云。
绝壁多天堑，高峰隘口群。
松风林海滚，涧瀑雪花纷。
秋去春来早，浮礁复白裙。

六盘山国家森林公园

绝壁青崖吼谷风，劲松坡底野荷丰。
银泉涛里相思合，玉体朦胧出浴中。
日蔽温凉深峡殿，荫遮阔地乐安宫。
门前魍魉惊高塔，花涧飘香九级虹。

龙潭天影

高峡悬空急鼓声，平湖落谷雅琴争。
岭台伏虎深山险，崖壁擒龙暗洞惊。
水漾天光云里响，鸟翩姿色镜中鸣。
阴风逐浪帆斜畔，隐曜星辰月忽明。

六盘云蒸

盘道高峰顶，云中绕路途。
松风归鹤伴，烟雾返荷姑。

须弥佛光

须弥九万山，三百祖师还。
日照灵光溢，神姿窟塑颜。

丹霞翠色

火寨峰峦密，孤城照壁红。
松坡霞影翠，绿野夕阳虹。

耕读弥新

扶犁丰谷穗，执笔艺文昌。
岁月精神久，春秋习俗常。

朝那遗韵

城郭闻烽火，风云古塔看。
沧桑遗迹旧，岁月展新观。

旧隘新曲

古城思战地，隘口忆风烟。
绝壁惊新貌，雄关喜绿田。

震湖

飞沙走石域边图，地裂山崩堰塞湖。
拔翠青峦云驾鹤，碧波一棹采莲姑。

荷花映日

蜿蜒沟远翠山围，花密参差绿叶依。
白日争光香漫谷，月明咫尺抱魂飞。

古岭雁鸣

古岭思鸣望雁回，原州远目忆尘埃。
春秋尽显山河色，图画如同梦幻来。

古道迢迢

古道风云梦幻真，原城朝夕变迁新。
结情异族邻邦合，同步繁荣塞北人。

中卫市

腾格里沙漠湿地·金沙岛旅游区

日耀金沙岛，银湖湿地林。
长城围大漠，远草泊多临。
闻鸟花前唱，桥中听水吟。
白云浮镜动，冲浪指鱼沉。

黄河宫

黄河千里哮，湿地绿林多。
回落金沙岛，漂流玉泊河。
文篇邻族汇，习俗异乡和。
古址吟新迹，山图大漠歌。

寺口子风景旅游景区

牧羊苏武玉身雕，寺口游人卧佛招。
峡谷摩崖悬石画，观天云汉索浮桥。
瑶台千级高山顶，栈道多层洞九霄。
绝壁攀崖峰上险，雄鹰回看一方娇。

南华山

莲开边塞丽天都，西域山连岭脉殊。
朝夕烟岚吞树嶂，春秋雨雪复峦途。
云蒸白海崖间吐，风锁青峰谷内呼。
旧器篱园留古迹，灵光佛庙过亭湖。

高庙保安寺

围城连远庙，层阁上高台。
古韵奇观集，中卫胜迹魁。

沙坡头旅游景区

沙瀑滔滔泻，金波滚滚流。
长坡黄海岸，大漠绿林州。

南长滩党项民俗村

风光秀丽走长滩，水色晶莹渡口宽。
民俗村楼新拓寨，园林场馆展颜欢。

中宁石空大佛寺

石空云涌复双龙，松啸群峰密雾浓。
崖壁昂观天阙近，寺台俯瞰浪涛重。

踏莎行·北长滩原生态旅游区

两岸高崖，水中滩险。礁岩出没波涛揽。河湾曲展急流多，风帆斜渡惊孤胆。　　路绿田青，果香园范。七仙欢乐花争艳。相依老伴指春光，频头昆仲桃源点。

吴忠市

董府

六院三宫府，南楼北阁通。
卧狮临户外，照壁在堂中。
斗拱飞檐范，雕梁画栋同。
古今荣耀久，杰作拟神工。

中华黄河楼

九台云阁欲飞楼，二室堂深母水浮。
春夏秋冬花柱定，虎龙武雀镇门头。
登临万里蓝天尽，独揽黄河一日流。
风土人情思塞北，凤城有梦望神州。

金沙湾

峡谷黄河入，金沙汇海湾。
山光林野色，滩渚绿园间。

青铜峡一百零八塔

依山三角叠排奇，百塔人生梦幻时。
千佛帛图针刺绝，一坡玉迹独雕姿。

黄河大峡谷

夕照金沙万里边，黄河落日一波天。
劈山峡谷蛟龙滚，拦坝银流虎口泉。

沁园春·中华黄河坛

铜铸牌楼，玉柱擎天，法地月门。望黄河吼盼，归来儿女；自强不息，赞叹碑文。照壁千年，春秋万字，饮水思源赤子魂。三桥上，看碧泓母乳，典泽风云。　四灵守护红尘。分节季、圆坛龙土恩。说农耕脚印，田园一滴；摇篮二夜，唯独情亲。竹简篇章，石书朝脉，巨鼎晨钟暮鼓纹。桑海久，指南车日晷，同祖炎孙。

石嘴山市

田州古塔

往返黄河带，环回绝壁屏。
擎天风月静，立地鬼神宁。
烽火春秋忆，光阴世代铭。
仰观云海近，俯视百园庭。

五言绝句

北武当生态旅游区

绿水高桥过，青山叠瀑流。
坡斜悬石级，波泛曲池舟。

平罗钟鼓楼

钟鼓高楼响，灯多日夜明。
云中天阁看，朝夕伴山城。

马兰花大草原

马兰花季节，时候草原春。
光照青山静，溪流绿甸匀。

星海湖

碧海金星亮，银湖皓月明。
风帆迎曙日，夕照影山城。

石嘴山森林公园

百花风韵一园屏，万树云波满目星。
绿水香荷烟雨远，红山色畔近桥亭。

石嘴子公园

巍峨挺立视黄河，朝夕开怀巨嘴歌。
浪过崖前吞日月，风来山后吐烟波。

平罗玉皇阁

千姿古阁紫金宫，玉殿琼楼万色同。
历尽沧桑风雨迹，精雕日耀月光中。

十六・重庆市

五言律诗

洪崖洞

天挂临江阁，依山吊脚楼。
巴渝传统续，崖洞赶潮流。
异域风情伴，同台友谊留。
飞檐重叠寨，四岸影城浮。

瞿塘峡

白盐光复灿，赤甲染岩虹。
直壁摩天剑，长江夺峡洪。
飞云高一线，万马过门中。
望月犀牛叹，惊心古栈风。

北温泉

久嬉温瀑浴，长泳浣尘池。
别墅墙楼竹，农庄土木奇。
乳姑花妹洞，泉雨壁龙姿。
玉液游鱼赤，银流映月时。

金刀峡

月下金刀耀，威风铁甲前。
狮头探响涧，鹰嘴落鸣泉。
潮涌飞崖壁，飘帘谷底悬。
霞虹迎笑口，凭栈佛光天。

仙女山国家森林公园

奇峰林海阔，草盛雪时长。
地缝流泉洞，天墙过石梁。
乳纱披笋柱，瀑幕挂岩廊。
锦鸟相思伴，肥牛角逐狂。

小寨天坑

深壁天坑陡，长边地缝危。
游云圆一井，片水狭流基。
洞复穿梭异，河多返棹奇。
茅庐思隐士，台寨滴瑶池。

酉阳桃花源

洞外原生岭，平常镜内村。
古城民族馆，乡域广场轩。
溪涧流红阁，桑茶复绿园。
潜翁初指路，此处有桃源。

茶山竹海国家森林公园

蜀汉箕山宿，苍龙一脉缘。
三方茶海绿，六面竹青天。
立谷风思恋，临峰梦幻烟。

凝香迷翠寨，寺院醉湖泉。

武陵山大裂谷

云霞重谷顶，烟雾罩颠峰。
壁立山门掌，擎天玉柱松。
刀崖千米底，峡口一丝缝。
暗水流无岸，深坑不见踪。

中国亢谷

山秀云屏列，清溪峡口涓。
群峰重嶂，谷壁复千泉。
绿叶天涯远，红花海岸前。
神雕岩上月，一线石迷仙。

七言律诗

解放碑

七七精神敬仰碑，朝朝信念缅怀旗。
风霜玉体擎天适，星月银躯立地宜。
云集层楼商务处，繁花蜂拥旅游时。
八仙衣薄同桥会，夫子池平展览期。

南温泉

玉池烟雨漾馨香，浴泳南塘碧水长。
崖壁流泉天帐里，花溪漂浪月中廊。
五湖喷雾银潭液，万树吞岚玉嶂墙。
仙女久思岩洞果，鲜桃不见忆姑娘。

歌乐山

众宾歌乐隐灵音，云顶风回曲笛吟。
远洞悬藤浓雨雾，高岩挂瀑玉潭深。
清泉过石游龙涧，绿叶添岚浴鸟林。
山复马蹄看井月，狮峰陡壁望溪临。

巫峡

曲折江流巫峡长，迂回石塞片舟藏。
屏中两岸青山出，画内千峰夹绿廊。
神女游天迷壁嶂，松峦仙鹤醉云翔。
临亭拂面秋风野，越谷溪漂过玉墙。

小三峡

两山峭壁峡开门，一水长流谷口奔。
银窟鳞岩龙入迹，铁棺石角虎留痕。
天泉飞雨峰含碧，屏嶂浮云玉洞吞。
沙落浅滩鱼破镜，三篙湾过月光村。

万州大瀑布

举首瑶池玉液倾，凝眸银壁乳花盈。
披帘穿洞叹崖断，牵手攀廊栈立惊。
石刻神工看永久，艺雕佛圣望新生。
飞车过海沉林竹，漂筏浮虹听谷鸣。

四面山

七彩光帘伴月星，二洪色镜碧图形。
山围赤壁重烟雾，水困乡台叠石青。
深谷斜飘梯内絮，洞高垂落缝中屏。
游龙过庙田园阁，珠扑银流野外亭。

金佛山

日耀金山佛亮天，石崖禅意谷听泉。
观云绝壁松风唱，戏水长溪鸟舞船。
索道凌峰红海谷，神龟卧岭洞青烟。
浪飞箭竹瑶台看，童子尘埃拜圣仙。

张关水溶洞

乳花笋柱壁帘浮，溅玉飞珠落帐柔。
梦幻雾岚云上阁，朦胧烟浪月中楼。
春秋四季仙人洞，神圣千年海角洲。
古寨高崖茶舞伴，风情岸远望莲舟。

万盛石林

石林山石石浮林，门洞天门洞洞深。
峡壁单人风暗袭，谷崖一线透云阴。
隙流玉液姑私语，溪过银泉自话琴。
关缝升仙修正果，色光岁月万千心。

银杏堂

有无银杏看华堂，玉石盘龙古刹妆。
复翠群峰松柏远，碧流千水涧溪长。
归来白鹤悬天岭，往返红云落海洋。
官渡浮舟崖上寺，深山殿宇密林藏。

白帝城

白帝辞龙井，托孤别武侯。
羽中分鼎足，星落忆春秋。

芙蓉江

碧流穿峡谷，玉带绕峦峰。
舟唱云天浪，风吟鸟岛松。

芙蓉洞

瀑幕浮钟乳，珊瑚映玉池。
繁星流翠壁，笋柱立娇姿。

双桂山国家森林公园

白鹿鸣宾客，仙都圣会亭。
万花探瀑壁，千鸟闹溪屏。

大足石刻

精雕三教佛，巧刻九霄仙。
世纪风云艺，沧桑玉石篇。

重庆南山植物园

万紫千红色，浓云密雾香。
婷婷娇面貌，点点透颜妆。

白鹤梁水下博物馆

石梁思白鹤，水馆隐江心。
题刻波潮久，鱼头兆福临。

朝天门

野马分鬃色水流，天门关口古渝喉。
两江襟带无穷尽，三壁峦峰叠影浮。

码头

舱高百尺浪波颠，万米长途客满船。
江景露台迷夜色，码头灯火半边天。

朝天门广场

扬帆轮体两江望，玉宇琼楼绕广场。
野马奔腾双色水，雄鹰展翅碧空翔。

夫归石

夹水沉浮梦石矶，涂山氏女乱魂飞。
招来风浪长流远，逝去春秋不见归。

慈云寺

玉佛慈云结善缘，金身普雨为桑田。
僧尼一庙峨眉阁，士女同祠五岳连。

朝天门缆车

驾索飞崖半岛台，逐波跨浪玉门开。
镇妖黑白安祥塔，浮石人头不见灾。

朝天门大桥

拱高二引挂苍穹，独跨长江笑浪洪。
月夜天门迷水色，夕阳霞复醉光虹。

朝天门灵石

沉浮沙嘴万余年，题记碑文落水怜。
江浪应知斜底久，冬春不见义熙眠。

古巴渝十二景

（一）金碧流香

凌云金碧展高台，环翠亭前玉嶂开。
天渡芳香风送晚，空浮光亮月魂来。

（二）黄葛晚渡

竹埠灯多两岸明，轻舟棹远一江清。
归心黄葛千人渡，落日篱门百步迎。

（三）统景峡猿

碧井观天一点云，枝头落水挂猴群。
流泉飞峡花溪溢，钩落鱼惊乐洞君。

（四）歌乐灵音

松涛万壑管弦声，山响千峰鼓乐鸣。
雾里瑶池歌女曲，云中玉阁客吹笙。

（五）云篆风清

云盘曲径过峦峰，鸟语花香伴翠松。
明月清风屏嶂叠，溪吟瀑响石流钟。

（六）洪崖滴翠

珠帘滴翠泛长流，曙色霞光滟潋浮。
古洞穿崖看瀑雨，渔归晚唱会仙楼。

（七）海棠烟雨

细雨轻烟朝夕好，淡妆素裹色香宜。
溪流谷涧高山瀑，云雾村田泼墨奇。

（八）字水宵灯

万家灯火看巴字，一树山崖望古城。
无尽波光飞月远，琼楼落影玉池清。

（九）华蓥雪霁

白玉银妆四面峰，琼楼珠碧一坡松。
风前初霁千山雪，日映流光万谷彤。

（十）缙岭云霞

日升日落复红霞，一早浮天一晚华。
奇异九峰争独秀，娇容狮子峻莲花。

（十一）龙门浩月

石破龙门浩月弯，浪波平急断梁关。

奔腾万里涛今古，泊静渔歌一夜间。

（十二）佛图夜雨

佛图一石识风云，关口春秋统万军。
烟雨夜来浮镜岛，临江暮雾野寺纷。

江城子·钓鱼城

临江三面钓鱼山。插长竿，济饥寒。石壁兵城，浴血夺崖关。护国蜀门高万丈，看栈道、步行难。　　云台梯级九锅盘。寺忠缘，义祠贤。独眺中原，历史绘桑田。暗洞飞檐深隐远，虚卧佛，扑空悬。

太常行·老君洞

凌峰八角紫云亭，不老殿三清。涂氏盼夫情。多神洞、雕图迹明。　　玉皇楼顶，梯阶陡壁，独览一方城。碧带两江屏。灵气盛、君山雾醒。

醉花阴·华岩寺

百丈华岩荣古寺，夜梦莲花丽。洞小院宽双，舟荡清湖，绿竹红墙系。　　月落天池钟晓启，两翠峰屏美。风啸看松涛，曲水流霞，仙女祥云睡。

十七·辽宁省

福陵

碑楼成就德，恩殿佛缘知。
人兽灵魂石，精神玉磴基。
地宫声势壮，宝顶秀风姿。
凝目望无断，青林万柱弥。

星海公园

星海浮星石，沙滩浴浪沙。
潮亭望浅底，波岸远看花。
日夕迎欢笑，喧哗月送霞。
谷深崖洞出，水溅彩虹斜。

棒棰岛

三山浮紫气，一岛出神童。
蓝海风波隐，沙滩日照红。
琼楼天上阁，碧殿水中宫。
绿柏青松罩，群峰复彩虹。

发现王国主题公园

疯狂争宝险，翻海倒江穿。
沙漠飞峰瀑，丁车过谷川。
闻歌宜近舞，深壑好听泉。
城堡云中阁，灯明耀九天。

仙峪湾

沙湾微浪浴，仙女玉池中。
舞袖蓬莱梦，歌喉幻月宫。
风荷看露滴，望海滚潮洪。
烟雾云穿洞，天姿出雨虹。

山海广场

云台歌舞乐，烟岛玉箫欢。
贝壳浮潮浪，鱼人立海滩。
仿图雕像活，生肖刻模端。
明月平桥夜，长堤日照澜。

天龙洞

钟乳莲悬顶，林浮石笋头。
三层高曲径，千米洞深幽。
吐液银龙口，金蟾汲水沟。
苍穹云锁海，仙府伴春秋。

五女山风景区

一山争陡秀，五女巧屯兵。
仰望幽天隙，回看远石城。
凭栏云雾骤，点将虎龙惊。

翁钓浑江浪，归林百鸟鸣。

平顶山

绝壁高平顶，凌云耸秀山。
碑林烽火迹，庙宇佛身斑。
翠柳园中色，苍松谷上颜。
回看峦起伏，俯视子河环。

千山

支脉千山秀，莲花泛九天。
云台仙鹤立，佛圣坐崖巅。
飞落无根石，龙穿有趺泉。
峰林姿态异，松海翠翎翩。

象牙山风景区

山林花果挤，陡壁抱桃源。
怪石奇观阁，惊看险谷轩。
藏君烽火洞，卧佛顶峰门。
曲岭长城托，高壶吊岳魂。

乌兰木图山

峦峰齐兀立，崖壁耸刀锋。
虎首昂天啸，风吟卧谷龙。
沙丘浮白雪，堤陌绿林重。
云海临仙境，山图泼墨浓。

兴城海滨风景区

望涛千里浪，赏月古城楼。
一女凌波好，三礁揽水优。
桥前垂日月，亭后钓鱼舟。
沙浴平滩上，抒情绿岛留。

觉华岛

岛外三礁岛，花中数菊花。
香风徊碧浪，寺阁泛光华。
石壁长城曲，斜滩浪细沙。
祥云迎日月，夕渡恋波霞。

沈阳故宫

八角行廊显赫宫，十亭分侧列西东。
午门秀丽云霞赤，金殿辉煌日月红。
快乐凤凰楼看塔，逍遥孔雀阁听风。
集成著册春秋史，香墨长留记忆中。

清昭陵

红门赤壁北陵宏，太极宫妃一代荣。
银雪隆山龙静卧，斜阳玉鼎乱飞莺。
古城灯火相思忆，秋月碑楼梦幻惊。
燕雀风雷高阁宿，兽头吐水角台声。

棋盘山国际风景旅游开发区

仙翁对弈裸棋盘，冰雪辉山玉树寒。
狮吼岭深千兽急，鹤鸣水远万禽欢。
神农献艺春秋定，花果飘香岁月安。
九九峰峦多洞窟，一园夕照八方丹。

辽宁沈阳国家森林公园

独登一脊卧云龙，放眼山峦九九峰。
石士怜尘甘露出，凤池香液惜归宗。
井泉清浊神仙赐，远近天门圣帝封。

立阁趣望元宝色，闲看翠壁玉林重。

老虎滩

群虎生情戏浣姑，鸟林惊客唤神苏。
登舟破浪环滩岛，驾索扶云揽域图。
水兽翻腾来四海，三江浮落集珊瑚。
劈牙斩首双礁静，久卧相思美石躯。

老帽山

青松不过帽檐前，碧水龙潭吐玉泉。
探壑鳄鱼风满谷，苍鹰观海浪齐天。
峰头云雾蓬莱岛，雨露瑶池石侣仙。
白带环山林鸟语，瀑飞极顶望岚烟。

冰峪沟

天壁旋涡谷底流，崖飞九瀑壑泉幽。
水云共渡中天柱，河上孤峰跨窟沟。
庙阁钟声仙佛洞，龙门湖色日霞鸥。
金雕突兀盆园景，雾绕烟岚紫气浮。

月亮湖公园

碧波穿越美人鱼，群鸟来回小岛居。
生物塑雕亭阁馆，归舟刻画贝帆渔。
碟浮海岸迷千客，村落湖滩独醉庐。
浪后金沙柔万米，月湾日照浴人舒。

楞严禅寺

寺园鼎盛古今名，起落雄居宝地营。
十面信徒缘佛意，百方香客是心情。
光环高塔风云满，大殿披辉日月盈。
望水观山临绝顶。独听钟鼓远来声。

笔架山风景区

泼墨三山笔点峰，六层楼阁远听钟。
神龟出海掀飞浪，仙女行桥困卧龙。
玉柱海门高复栱，码头巨臂客船重。
潮来潮落风波岛，佛圣闲游佛树踪。

关门山国家森林公园

双峰对峙守山门，四季风光独醉魂。
泉瀑溪流穿谷壁，花开云雾过沟村。
狮关赤目长河滚，龙峡红枫阔海翻。
色彩明湖沉月影，苍松绿柏秀姿繁。

望天洞

二洞观天左右天，相依双目目望巅。
石梁分道迷宫曲，迎日鲲鹏恋月圆。
窥浴披纱银柱立，垂帘听政挂金泉。
如林如笋莲悬壁，万色千姿泛玉钿。

大雅河漂流风景区

雅河之水九天来，塞北漂流一谷开。
情树长思舟过畔，秋波石侣梦中回。
足池玉液仙人谷，碧水鱼塘老丈台。
白浪惊心终点静，画屏绝妙听轻雷。

玉佛苑

佛阁辉煌气势惊，观音渡海苑区名。
金鹏护法霞光聚，水影银桥众放生。
钟鼓吉祥传富贵，凤龙如意送华荣。
天成莲座神仙貌，祈福鸡公报晓声。

五龙山

龙潭五口溢清泉，卧石青蛙独看天。

圣水迎来攀谷客，峰林送上佛身悬。
金蟾盼月山门出，玉洞升仙幻雾烟。
远绕银溪穿壁泻，莲花并蒂入云巅。

辽宁凤凰山国家森林公园

凤凰翘首凤凰亭，圣女娇姿圣女庭。
日月山门望广谷，风云湖岸看长屏。
两潭玉液仙人悟，金壁神龙九首醒。
眺海暮听西寺鼓，慧缘霄塔揽繁星。

白石水库

晨曦托日复云楼，夕照霞浮返浪舟。
踏水飞鹅惊客钓，凌波击浪喜翔鸥。
白岩拦水莹光远，化石青山物色攸。
狩猎林园探壑谷，风情助乐舞厅喉。

海棠山

佛像云云列谷巅，层层翠岭吐岚烟。
岩妆玉迹阳光艳，海饰花姿月色鲜。
紫柏悬崖风啸壑，红波峭壁石流泉。
登临远眺山村野，闲听晨钟暮鼓传。

龙湾海滨

烟雾苍茫望海楼，朦胧远眺挤峰头。
水天一色青云滚，万里珠花白浪流。
起伏长廊潮鼓听，高栏曲折看渔舟。
岛湾日浴千人戏，斜岸沙平一月悠。

龙回头景区

东海浮云日出红，西山夕照谷鸣风。
千层白浪珠花合，皓月波光万里同。
壁画渔帆村宅见，廊桥阁榭看潮洪。
绿林深处烟岚济，雾罩滨城水色中。

金沙广场

泰山顶上见金沙，趣闻虾兵蟹将家。
日月风云回海角，花岗岩石寄天涯。
仰望仙宿高楼耀，俯看民居大厦华。
滨畔浴场多伴侣，闲翁垂钓日西斜。

安波温泉

秀峰流玉液，翠壁溢温泉。
云阁逍遥馆，乡情浴客缘。

世界和平公园

白鸽和平苑，蓝图世界巅。
祥云华夏色，龙马日光天。

熊岳温泉

香雾林山绿，青烟日色云。
月明天水漾，温浪客舒筋。

本溪湖

小湖犀角近，梦泽洞中深。
山路斜崖壁，松峰半顶林。

汤岗子温泉

汤岗温浴理，泥疗健肤身。
古苑农家乐，龙宫忆君臣。

罗汉圣地

观音滴水莲，罗汉洞飞烟。
素食宜三教，常祈万圣缘。

蒲石河

群山镶玉镜，叠洞滴银河。
林密听莺语，深崖看瀑波。

獐岛

獐卧波中岛，渔村浪上浮。
朝霞携两日，堆雪托群鸥。

玉龙湖

飞舟戏玉龙，风拂碧荷重。
客浴金沙浪，银波照黛容。

朝阳双塔

北望重檐式，南看叠级姿。
九霄屹立久，月伴两相思。

云接寺塔

风铃鸣四野，铜镜照九天。
莲座浮高塔，重檐佛圣千。

兴城古城

登城迷四野，五景伴楼台。
珠璧风情岛，云山玉门开。

七言绝句

沈阳怪坡

上坡简易下坡难，逆道平常顺道叹。
斜径稀奇多幻说，怪山误入客心寒。

沈阳世博园

百合重开色印天，塔层独秀复香泉。
万花争放玫瑰胜，鸽展和平艺美全。

星海广场

碧浪风帆万里悬，蓝坪云复一方川。
五星玉柱擎天地，九鼎炎龙日月圆。

劳动公园

云台观景忽然新，花草朦胧伴友亲。
峡谷漂流多骇浪，水涡沉落石湾邻。

大连观光塔

九天欲望见仙宫，玉塔登高一顶虹。
俯瞰山田图色万，凌云风月托苍穹。

望儿山

望海呼儿泪洒溪，闻涛披月母声嘶。
园祠朝夕贤人孝，塔石风霜渡日西。

万佛堂石窟

窟区依窟窟层重，佛处高低佛佛纵。
刀笔沧桑留古艺，风霜神韵忆姿容。

崇兴寺双塔

双塔凌云傲雪霜，莲浮高体九天昂。
层檐角脊风铃兽，座佛金冠日夜光。

东山城市森林公园

登塔东山瞭美城，公园好看景生情。
绿林深处依华厦，市井芬香百鸟鸣。

药山风景区

四峰联背石开花，分谷千云顶复霞。
山立古城三椅刻，二台错落看天涯。

五龙背温泉

活水温池上下泉，琼浆健体万千年。
五龙吐液香山翠，云雾烟波玉女翩。

大鹿岛

烟雾朦胧复海风，苍茫峰洞叠云洪。
沉浮鹿岛珠滩浅，月亮湾波涨落中。

瑞应寺

寺庙纵横绕岭齐，立堂佛像见高低。
清风明月含灵气，福地祥云伴日霓。

绥中九门口长城

长城穿过九门桥，片石雄关万里遥。
隧道洞多留梦幻，月悬林苑色光娇。

望海潮·海王九岛

汪洋千里，屿匀星点，渺茫九岛天娇。形异怪姿，神工鬼斧，蓬莱境外奇礁。不尽目中遥。看红波托日，鸥起云飘。骇浪风掀，肥龟偷渡瘦猴号。　　沧桑岸线迢迢。裂山峦大小，狮象争骄。游雪鹭飞，沉鱼鸭落，鸣啼乐曲留宵。再望月宫姣。有楼台迹址，今古名昭。冬去春来，画屏岁月更添骚。

满江红·圣亚海洋世界

海底长廊，悠闲步、水中见泽。穿通道、漾波晶馆，龙宫玉壁。漂浪黑豚迎伴友，白鲸浮体依来客。美人鱼、天使月光环，南鹅急。　　功夫象，狮舞术；歌台曲，桃源室。艇飞湾窟峡、雪崖车出。万尾珍鱼稀类贝，珊瑚千朵奇形石。幕天屏、梦幻乐章仙，王朝迹。

鹊桥仙·天桥沟

百花争艳，青山滴翠，石缝攀崖莲顶。壁开一线看高天，侧身过、游云携影。　　远光岩孔，弯圆明月，梦幻嫦娥宫静。红枫漫处跨霞虹，鹊桥上、流烟仙境。

浪淘沙·小岛

三处列峰屏，南览帆行。长堤接岛海风迎。相伴开关看各异，浮落滩平。　万丈浪花凌，珠舞波争。礁岩出没焕心情。欲望祈求神圣庙，独钓安宁。

十八·吉林省

辽源龙首山

龙首探辽水，园林护市山。
雀屏迷返道，惊鹿过桩关。
亭阁风云绕，星楼日月环。
古城新景貌，近苑百花颜。

北山寺庙群

九龙山上庙，胜迹列双峰。
佛道精神盛，儒文意思浓。
药王由百姓，关帝独缘宗。
日月雷公阁，祥云玉殿容。

长春动植物公园

狮虎荒山吼，林深凤鸟歌。
红坡重绣菊，白岭锦梅多。
石竹浮云海，花蕉泛浪波。
阳光留友谊，月色伴人和。

文庙

儒文碑石敬，壁照状元师。
公德行天地，仁缘岁月施。
桥头龙榜首，池岸凤屏姿。
神兽凌云柱，星楼入庙祠。

红叶谷

枫叶红山谷，清溪复石流。
瀑飞千尺壁，百丈雪莲浮。
坡道通村舍，梯田过涧沟。
五花迷特色，情趣醉金秋。

冰湖沟

高峰云雨色，山下日光天。
盛夏冰凌洞，深秋碧玉钿。
蓝湖鱼见底，白练涧观泉。
百鸟齐鸣舞，轻风绿叶翩。

二龙湖风景区

六孔飞天水，龙山抱玉湖。
云楼松海啸，风浪岸亭呼。
花树争奔放，鲢鲈竞疾驱。
鸟禽空好曲，野果锦添珠。

聚龙潭景区

皓月穿山洞，榕枝上黑峰。
乳花分雅色，亭阁聚娇容。
沐浴皇妃恋，漂流幻玉龙。

暗河环曲壁，舟济碧波重。

磨盘湖

黄土余波坝，青山泽国加。
鹿鸣松上日，鹤啸月前霞。
鱼跃云烟浪，风吹鸟语花。
舟头疑出路，湾处磨盘叉。

鸭绿江风景名胜区

一桥临两域，万里独长流。
江口风帆浪，城头虎谷楼。
同天观日月，异国望春秋。
塞北苏杭秀，平波鸭绿幽。

白山湖风景区

两岸长廊石，微波一镜莹。
云峰峦叠嶂，湖浪复琴声。
谷瀑吟花涧，枫林凤鸟鸣。
蓝天舟上唱，神女月崖迎。

帽儿山国家森林公园

风鸣千里远，虎啸一声长。
鼓舞邻邦乐，琴歌客友狂。
小村天地绿，别墅翠山冈。
石塔游人过，梨园恋俗乡。

城子山山城遗址

古址山城貌，峰林怪石奇。
登台天地合，点将聚龙池。
马道风云迹，桑田寺庙姿。
夫妻松立壁，姊妹指鱼龟。

老白山

一山分四季，十里不同天。
云海浮峰顶，松林复壑巅。
清泉垂谷瀑，白雪复花钿。
怪石风光异，奇崖鹤立仙。

灵宝寺

山门钟鼓阁，神像洞城中。
探水天王殿，观音手托宫。
金光披卧佛，宝塔立悬空。
举目望千里，松林复彩虹。

长春北湖国家湿地公园

北城风貌绿廊屏，枫岛塘堤柳桦青。
浮碧影花波抱月，芦摇雪色浪披星。
邻区水上休闲馆，高岸家园娱乐庭。
登阁瞭望湖地阔，流云湿泽鸟林听。

伪满八大部

八部高楼各异宫，一区特色秀无同。
交通檐脊飞林野，司法凌云塔顶空。
文教治安城式古，民生农作阁形中。
多层黄瓦商家聚，长巷园科大厦丛。

长春世界雕塑公园

屹立真容见塑雕，情怀思想夕迎朝。
百花齐放春秋艳，一水分流日月娇。
万刃石书形态异，蝇头千笔迹痕缭。

公园并展珍稀作，艺馆收藏杰品昭。

吊水壶

十里长廊谷底阴，青山万丈远松林。
石崖沸水流壶嘴，玉壁飞泉母子临。
云绕龙头高谷口，天宫梯曲洞厅深。
图腾雕柱神灵聚，火井无烟有炭沉。

吉林北山

鸾佩双峰挂鹊桥，苍穹添翠两屏娇。
朝暾云曙天开日，夕照霞光月出霄。
东阁松前关帝庙，西亭山下岛舟潮。
余音钟鼓香烟客，紫气轩风目尽迢。

龙潭山公园

卧龙峰顶进天门，潭落山峦近古屯。
玉石岸长斜叠影，碧波深底月重圆。
地牢坑窟风云迹，水浪岩池雨露痕。
老树参差千百岁，新花烂漫在桃源。

拉法山

九鼎参差峻百峰，嶙峋群石独娇容。
穿山厅道千人洞，日出风云万谷松。
佛面玉身青壁叠，仙翁足迹紫烟重。
通天一线天梯落，五步龙岩跨卧龙。

伊通火山群

七星落地列西东，万柱峰林大小同。
孔雀开屏鹰嘴谷，鲲鹏展翅玉莲宫。
石牛望月相思夜，盼日金龟梦幻虹。
裸露神雕奇百怪，深藏传说妙无穷。

鸡冠山

晓鸡不语见冠冲，三海奇观渡夕虹。
春漫红花冬艳雪，夏滔彩瀑赤秋枫。
莺歌燕唱松林里，蝶舞蜂鸣谷涧中。
别墅风情迷古道，长廊幽雅幻仙翁。

龙湾群森林公园

水火交融列七湾，吊壶倾瀑一行山。
相依两顶风云合，三角长流日月还。
湖泊龙栖天镜色，风留峰岭玉屏颜。
脉岗神化清泉溢，黑白池潭碧液潺。

白鸡腰森林公园

前后鸡腰坠硕星，东西分扇远波汀。
梳妆天女三帘瀑，沐浴人参两浪萤。
花小木兰千米白，槌峰松密万年青。
云桥渡客思缘鹊，龙庙坑潭望水亭。

五女峰国家森林公园

五女峰姿玉立佳，飞天一线虎岩排。
壮阳泉景仙人洞，圆月风光石佛崖。
峡谷虹桥观级瀑，云台山顶望池涯。
关东三宝家乡福，老岭松涛塞北皆。

长白山天池

十六峦峰托玉池，二山一峡瀑添姿。
龙潭圣水无来处，海眼烟波出口知。
堆石补天娲女恋，鹊桥郎盼渡河痴。
云遮雾罩江洋浪，日月光环四季奇。

长白山迷宫

洞中生洞往来迷，花石浮花左右齐。

万里明城看海角，天涯一睹白云溪。
神龟斗鳄重烟雾，仙女分霞复曙霓。
拜佛童心缘济世，送子观音爱人妻。

吉林满天星国家森林公园

峰峦叠嶂石岗华，春夏秋冬草木花。
白雪复崖倾索道，黄金展馆洞厅斜。
天星湖畔青山岸，角岛龙龟绿水涯。
古墓旧城桑海迹，蓝天明镜夕重霞。

六鼎山

海东六鼎展雄鹰，振臂开怀一脉承。
国泰民安金大佛，风调雨顺庙多僧。
莲池鹿母鸳鸯浦，玉苑童身孔雀陵。
古墓疆场留史册，祖祠皇室忆长恒。

仙景台

云台仙景列群峰，烟雾朦胧绕劲松。
北斗七星悬佛庙，一潭甘露济龟龙。
浮光日出明天地，复色清波夕曙重。
孔雀开屏迷峭壁，月落白海比娇容。

长春万寿寺

万寿江山惠，僧祈一帝皇。
小城缘古址，新寺盛文商。

吉林莫莫格国家级自然保护区

飞絮芦苇浪，流云拂草苔。
湖洼留风月，仙鹤恋蓬莱。

南湖公园

百花妆北国，千鸟唱南湖。
云水虹桥乐，风亭柳岸娱。

双阳湖

鹿鸣庄上厦，啼鸟水中洲。
起伏群峰秀，清波一叶舟。

玄天岭

玄天图避火，八卦为安求。
吊柱浮云阁，悬梁挂庙楼。

金蟾岛

碧波帆浪影，林翠鸟魂歌。
风月金蟾岛，烹肴野味多。

亚光湖

玉湖镶石饰，碧镜印妆山。
辽野风云颂，微波日月颜。

天佛指山

天佛龙山指，沟分壑谷崖。
松茸流远海，云雀过长涯。

吉林八景

（一）长白飞瀑

二龙破水雪千堆，天女扬花十万枚。
吐雾吞云锁白壁，天崩地裂玉门开。

（二）高句丽遗迹

五女山城五女山，隘关千垛隘千关。
碑图石室云天佛，土墓神仙壁画斑。

（三）鹤舞向海

鹤舞明池皓海天，云飞湿地浪青烟。
神奇情结繁星梦，古木凌霄寺幻仙。

（四）一眼望三国

三国临村塔望疆，楼中观海一湾庄。
群鸥穿越山河好，邻域风云往返翔。

（五）伪满皇宫

御花园里假山头，画籍书文载史秋。
移步风情宫阁殿，休闲趣味帝王楼。

（六）松江雾凇

玉叶琼花雪柳湖，松江树挂串珍珠。
波中五虎浮神岛，浪里金龟一石凫。

（七）净月风光

净月荷塘隔岸香，松依楼塔色浮妆。
凝脂千里冰廊美，鸟聚花林四季芳。

（八）查干冬渔

冰封万里雪江天，鱼跃龙门一网千。
北国疆场添乐趣，春秋意思有湖泉。

金鼎大佛

北南二体佛同天，下上齐光八面缘。
大小圣神祥净地，金山六鼎绕云烟。

莲花山滑雪场

飞碟悬空雪地飞，滑梯冰道滑杆依。
马犁越野珠花落，伞挂云天日照辉。

吉林世纪广场

天桥飞架广屏场，跨越神舟海浪扬。
锦色园林芳韵挤，霓灯泉雨彩旗廊。

凤凰山

龙卧祥云绕宝山，凤栖吉顶彩霞环。
朝阳宫殿鸣钟鼓，万佛香烟寺庙间。

牧情谷

九情梦幻雅园舒，七彩相思谷秘殊。
凝月星楼桥看鹊，花香鸟语望亭湖。

寒葱顶国家森林公园

皇家鹿苑扑芬芳，山脉纵横狩猎场。
百日春光仙境雅，千年秋色胜天堂。

洞沟古墓群

洞沟古墓祭将军，高丽王陵土石坟。
万座碑亭荣耀久，七区展示硕星群。

云峰湖

两岸青山绕白云，明珠一界紫烟纷。
天光水色浮霞曙，鸟语花香古木芸。

辉发古城

齐山古址望江亭，临水新楼看浪屏。
铁马蹬前烽火迹，寿长凉面示家宁。

长白山大峡谷

风雷三日谷天成，石柱峰林一峡惊。
洞府自然人兽迹，瑶池玉液白山倾。

长白山温泉

群龙吐液聚温泉，数眼飞流玉露涓。
皓雪白云同色韵，天池山伴共风烟。

日光山

奇峰兀立日光山，色水回流过月湾。
云雾苍茫浮碧浪，朦胧林石复花颜。

洞仙歌·吉林官马溶洞

六厅宽敞，托天唯支柱。复洞长廊挂钟乳。望千奇，佛塔人兽花禽，看万异、卧立吼奔飞舞。　坐仙人小睡，披法衣威，高顶龟嬉石狮怒。可入地通霄、渡海追翁，驼峰上、逍遥官府。八宝殿、猿头笑歌姬，曲梯口层层、瀑云崖处。

醉花阴·半拉山门

鞭劈拉山峦叠嶂，有杏花奔放。揽月到天门，石阶穿亭，百米长廊敞。　庙里二郎雕玉像，犬吠神堂上。碧水泛烟云，目送帆舟，太后乡情旺。

鹊桥仙·吉林三仙夹国家森林公园

三仙三宝，群峰南北，古木参天绿海。珍禽稀兽野生园，鹤飞过、林蛙静待。　牌楼场阔，风光寺庙，欢笑歌声复再。荷姑醉月望龙亭，极乐处、观音慈爱。

临江仙·通化溶洞

林海葱葱云罩洞，浑江斜影峦峰。长廊俯视两清宫。厅堂穿贯曲，乳石饰苍穹。　王母风姿悬玉壁，乐欢群佛真容。雄狮山啸塔吟龙。莲花池上瀑，白雪复霞虹。

水龙吟·望天鹅风景区

天鹅展翅云霄，开屏孔雀峦峰丽。奇岩怪石，四棱六角，阶梯绝艺。银瀑风帘，碧泉花涧，雾烟紫气。看层林绿叶，汪洋波浪，蓬莱岛，仙翁醉。　七彩霓虹接水。绕光环、蜃楼霞济。相依母子，吊壶九叠，珍珠浮美。狮虎猴头，金童玉女，茫茫涯际。拨琴弦、立柱回音透壁，万年成势。

吉林农安县陈家店

陈家店村

云集民楼雅，庭园绣锦妆。

枝头迎鸟语，坪地伴花香。
车道桑田绕，溪环果木场。
休闲仙境梦，娱乐幻天堂。

葫芦岛

清风拂动万泉河，一月明光滟潋波。
滴翠蓬莱千鸟舞，瑶池泛碧七仙歌。
假山流瀑探花鲤，浅水浮香叠玉荷。
木叶参差烟雨挤，亭台亲水幻嫦娥。

幸福广场

明月清风玉女翩，琼楼玉宇逛神仙。
莺歌燕舞人间境，独醉乡情万众缘。

十九·安徽省

江淮旅游区

城隍庙

天时游庙阁，地利逛宫堂。
古韵辉煌貌，新型锦绣妆。
神仙分十殿，圣母会三王。
迷恋家乡戏，繁华聚客商。

天鹅湖

碧水托天鹅，群鱼拨浪波。
真情怜志合，实意惜缘和。
芭蕾楼台上，樱花鸟岛多。
金沙柔海岸，明月复泉河。

包公园

铁面清廉迹，无私效孝忠。
木棺安俗骨，脚印度凡翁。
立阁风光好，浮庄柳色同。
寒窗留古井，昂首九狮雄。

淮河路步行街

万人街步挤，群厦顶云飞。
热舞迎宾到，情歌送客归。
花坛香韵异，灯火色同辉。
古迹新标秀，商家店铺依。

醉翁亭

醉翁无醉酒，山水鸟林图。
香影同池月，流芳铁骨殊。
洗心今古唱，朝夕让泉呼。
知者怀贤二，登台见远途。

狼巷迷谷

狼巷迷魂谷，纵横暗壑沟。
石崖书古刻，窟洞久雕楼。
泉涧吞星月，峰林吐塔头。
千姿人瘦影，一线透天幽。

丰乐亭

丰乐清泉美，风情醉翠山。
白云相挤色，红树互扶颜。
草绿长郊复，花多赤道环。
碑文双姐妹，珠碧两亭间。

万佛湖

漂浮湖上岛，万佛拜观音。
新月斜幽谷，高泉古洞深。

云台呼客钓，崖挂柏松吟。
奇石梅山窟，汤池拨浪琴。

逍遥津

明湖翠岛待逍遥，高阁回廊伴月娇。
亭榭看舟漂浪远，微风听雨到虹桥。
卧坡狮虎迷精刻，龙凤飞檐醉巧雕。
古墓碑林山水苑，莺啼燕语寄云霄。

大蜀山

曙重春晓蜀山红，玉叶含珠滴翠虹。
白雪游天龙锁海，青云环日渡江鸿。
陵园风月花姿异，朝夕峰湾鸟语同。
古寺流泉烽火迹，高台吟客祭苍穹。

岱山湖

天鹅岛上度夫妻，湿地公园百鸟迷。
圣像浮芦望远水，心经立壁看长堤。
莲台九九花灯乱，五佛金堂一体齐。
复翠林场多古址，情人谷下有田溪。

巢湖风景名胜区

巢湖八百里波汀，九顶狮山一石屏。
古镇廊桥三汊口，香炉四鼎月边星。
紫微井洞云光瀑，柳眉丹重圣姥形。
秋露春风花卉盛，登舟漂过凤凰亭。

三河古镇

古街风貌聚新商，青瓦飞檐画栋梁。
三水长流穿村镇，一人巷窄透天光。
桥亭堤岸春秋色，云阁茶楼日月妆。
烽火桑田文史馆，徽肴川菜百家香。

合肥野生动物园

曲径通幽起伏山，斜坡深岭坎回还。
参天密树阳光弱，复地多花月色闲。
黑麂逐鸣穿谷口，飞啼白鹳过巅关。
骆驼昂首双峰巧，孔雀开屏一顶颜。

紫蓬山国家森林公园

紫蓬山上一平巅，寺落云峰见字千。
佛像高崖悬五百，群峦十万聚花莲。
湖湾荡漾望秋月，石堰听风泛滥泉。
鸟唱古林迎孔雀，儿童欢乐笑翻天。

琅琊山风景名胜区

醉翁亭记醉翁文，石刻碑书石刻闻。
古道蜿蜒遮日树，无梁老殿绕缭云。
清泉过寺山中友，明月浮池竹下君。
雨后听风幽叠嶂，夕阳晚照复霞纹。

明皇陵

神道天威进墓城，金门显耀御桥横。
红墙紫殿雕龙啸，朱阁青檐刻凤鸣。
玉马银狮羊后虎，文臣武将侍前兵。
碑中无字缘机遇，土石长存忆末明。

白鹭岛

曲弯千里碧湖幽，万树参差绿岛浮。
白鹭红云三叠浪，青天蓝月一波流。
歌山远听林中鸟，庵寺高瞻海上舟。

龙苑山庄溪过瀑，花田草地绕亭楼。

韭山洞

古道幽深点将台，一夫关隘洞门开。
云梯百步留星月，舞女千姿圣母来。
走兽飞禽探谷壑，驱云散雾看花苔。
二乔出浴仙翁恋，舟泛清溪玉嶂回。

天堂寨

云绕峰峦白海湾，瑶池舞女散花颜。
长坡峻岭仙人道，峡谷深沟虎首关。
玉瀑斜岩悠复壁，碧潭溢井浅溪闲。
奇松怪石天堂寨，凤羽龙鳞岁月斑。

大别山国家地质公园

白马尖高伴两峰，青崖绝壁出奇松。
云天落水流潭石，峡谷飞帘沸井龙。
仙女梳妆莲洞聚，玉湖含黛岛影重。
西看古堡山中室，南望碑文露旧容。

横排头

白鹭凌空十万翩，峦峰立地耸三千。
清风拂去层林雾，明月携来叠浪烟。
高阁云平观海阔，长湖波远见斜船。
九公山上迷人洞，七级飞檐醉圣仙。

皖西大裂谷

绝壁微开一线天，三关入口脊梯悬。
高崖举首千人洞，深谷横眉万丈泉。
好汉亭思攀石路，大王井忆渡风烟。
曲弯地缝溪流小，潭水朦胧日月圆。

五言绝句

欧洲风情街

华街欧式厦，仪节仿洋堂。
雕立天仙女，花坛隔道香。

清风阁

云素清风阁，飞梁落沼鱼。
千里明月路，功德万年誉。

坝上街

坝上商街闹，争来浪埠舟。
惊看瑶海盛，今古各春秋。

清流河

清泉沉日月，明镜渡春秋。
夕照风波岸，银光白雪浮。

七言绝句

翡翠湖

特色风光翡翠湖，天然景色碧波殊。
人文书院高楼厦，花木田园绿市区。

徽园

四方特色八区园，大厦高楼独一轩。
风貌皇家宫内殿，英姿徽派苑中村。

女山湖

八千里地裂山湖，七亿年岩断水图。

二女神灵岗上庙，仙人洞下一村姑。

皇甫山国家森林公园

水井斜痕岁月留，火楼残迹记春秋。
南谯寺外茶园客，瀑下龙潭巨石浮。

滁州长城影视基地

乾清宫殿帝皇争，府址风云将帅平。
徽派楼亭雕塑景，图腾华表石狮惊。

临江仙·安徽博物院

点墨新姿凡不屈，江淮珍品精微。文房四宝雅中稀。弄堂穿古宅，变幻看今徽。　　龟石凤壶凰尾鼎，花纹图迹华姿。西周五柱紫铜奇。金钟珠蕊合，三足白陶肥。

谢春池·碧云湖

菊海花乡，湖泊天堂波翠。影蓝空，山环见底。芬芳啼鸟，岛游轻舟济。画风情、豁然惊喜。　　飞鹰入谷，圣女伴夫诚意。太公台，悠闲钓智。银帘无瀑，看高峰云丽。八仙狂、跨虹漂水。

西江月·铜锣寨

明月铜锣山寨，清风银瀑溪楼。珍禽异兽谷峰游，怪石奇松坡陡。　　杜鹃天门岩缝，壁崖孔雀泉沟。金龟探首沐阳悠，叠洞迷宫姿诱。

皖南国际旅游文化示范区

西递宏村

溪绕凌云阁，桃梨复榭轩。
久雕精画壁，古宅绘华门。
泼墨岗山雾，浮烟野岭村。
插天林木聚，跨岸拱桥存。

潜口镇

潜公居蜀地，梦幻又桃源。
碧树参天泛，穿山玉带奔。
十桥分九貌，万户合三村。
堤白清潭月，檀干水口园。

新安江山水画廊风景区

百里长廊画，三潭复菜花。
古村穿瀑水，樟树挂新芽。
川岛浮烟浪，山峦落暮霞。
发音听巨石，好客到农家。

白际乡

彩云留白际，碧水恋乡间。
雾远沉千岛，风长进万山。
飞来天上瀑，谷下涌泉环。
绿野香花果，松林见海湾。

雄村景区

岑山存佛国，一品立牌坊。

书院林屏竹，桃花石苑廊。
慈光庵助胜，善御寺求昌。
松柏千年色，山茶十里香。

丰乐湖

高峡平湖静，青松碧嶂宁。
几峰池岛是，有谷为洲汀。
舟去看帆舞，林留鸟唱听。
仙游天上月，人入水中屏。

许村

五马牌坊耸，廊亭两拱挑。
任公台岸钓，邦伯祖祠雕。
御旨双枷锁，神缘独木桥。
千年金桂胜，三进学堂娇。

渔梁村

垒石南江堰，渔梁坝闹华。
千帆临埠客，依岸百人家。
卵道穿街巷，通商店铺茶。
晨观飞雪浪，暮赏逐波霞。

采石矶

翠螺螺五彩，牛渚出金牛。
绝壁凌空立，长江破峡流。
山亭云海过，崖洞渡帆舟。
神府三元会，诗仙捉月楼。

赭山公园

玉峰屏百丈，赤石饰双山。
塔立飞来顶，烟岚往返环。
览亭云雾近，观浪远江湾。
垒石鸣泉过，池花日月颜。

丫山花海石林

峰峦灵石聚，白练涧沟洪。
狮子思人像，犀牛恋月宫。
笋林千笔挂，天坑独披虹。
花漫香浮谷。银桥十二同。

岱鳌山

吐雾龙王顶，招云庙宇仙。
狮山池客钓，虎洞挂神泉。
石姐公婆护，桃花女爱莲。
牡丹香越谷，风啸岱鳌巅。

谢朓楼

登楼叹目尽，回首惜云穷。
阡陌烟霞合，山川日月融。
琴来天外阁，歌在海涯宫。
独醉春秋梦，醒迷四野风。

湖村

门楼雕技艺，壁照刻文风。
大小云桥月，高低闸口洪。
街前商店挤，巷内院堂通。
古墓千年树，仙山七女童。

蓬莱仙洞

海内蓬莱洞，瑶池世外宫。
帘纱烟雨隐，山水透霞虹。
乳石浮花练，天丝坠玉戎。
镜前王母黛，仙女浴泉中。

花亭湖风景区

橘子洲浮水，情人岛合欢。
西风烟入洞，东寺石悬竿。
月夜庐来客，天桥筏过滩。
九龙崖聚瀑，二祖佛迷观。

白崖寨

寨城门洞固，垒石绕峰墙。
石刻飞龙凤，泥雕立殿堂。
百花迎鸟语，一曲送秋霜。
老屋山庄聚，听风九道廊。

七言律诗

黄山

日照三千万仞巅，云浮七十二峰莲。
奇松攀岭迎朝曙，怪石悬崖送暮天。
帘落珠飞留月镜，披纱绕带过风烟。
狮鹅北海光明顶，揽胜桥边有御泉。

齐云山

黄山依恋峙双峰，白岳峥嵘两甲容。
傲立奇峦云海复，怪崖挺拔雾烟重。
真仙洞府多神圣，胜境宫楼聚凤龙。
一石擎天天地境，悬空空壁万株松。

屯溪老街

青瓦层楼享酒茶，招旗赤匾墨书华。
老街穿巷重鱼骨，新铺归堂复店家。
玉石纵横商客挤，粉墙凹凸落泥沙。
美人靠伴风流阁，潇洒飞来椅看霞。

徽州古城

三绝三雕得月园，石坊八脚一高轩。
南楼州府繁华阁，西院亭台富丽门。
井巷风云留旧宅，山街岁月老房存。
碑廊天阙池桥榭，太白江边醉古村。

塔川村

翠竹堆青六谷前，村头五树色光悬。
粉墙黛瓦留晨曙，郊野风霜带暮烟。
神圣安宁回庙会，悠闲牛马到山田。
春花泽地啼千鸟，红叶深秋百里泉。

太平湖风景区

一桥飞跨太平湖，三峡波来荡漾殊。
山舍楼堤浮水阁，鸟林花岛嵌云珠。
神仙洞里相思客，鳄鹭洲前梦幻姑。
舟济门湾疑返路，观鱼池处到天都。

牯牛降风景区

牯牛斜卧挤刀峰，翠凤飞回挺拔松。
四叠浮帘长玉壁，九龙复水曲池重。
情人谷里缘由好，洞内仙姑意思浓。
风啸林涛惊鸟语，三君谈笑故乡逢。

凤凰源

凤凰源里凤思飞，石美人中石恋依。
三叠潭欢和合佛，双重壁喜浴盆妃。
吉祥台唱琴流瀑，如意泉歌岭鸟归。
珠落鲨池龙戏水，白云浮过翠屏晖。

搁船尖

光明顶上教坛连，大小峦峰紫阁千。
门道十关穿腹洞，九狮龙脉谷通天。
仙姑石屋云烟绕，神圣金身日月悬。
高脊平川花草漫，园林佛国合尘缘。

浮山

妙高峰峻聚峦嵩，奇顶飞来挂壁空。
立马凌云沉月兔，抱龙曲尺日斜虹。
灵猴对语迷岩洞，美女孤吟恋石宫。
双眼观泉帘帐阔，烟波江上鹤携童。

敬亭山

云雾山中凤雀争，峦峰顶上佛光盈。
诗书杰作牌坊迹，亭阁琴歌曲胜名。
花海杜鹃人寄意，梨园江雪客留情。
蓬莱梦遇神仙醉，日月招魂两塔迎。

太极洞

浓雾轻烟绕窟宫，云开月照两圆通。
金龙盘柱双边塔，孤岛银舟挂壁中。
滴水石穿愁卧兔，壶天垂落喜飞虹。
悬关隘口泉环谷，太极图纹洞听风。

障山大峡谷

峡谷天泉万窟流，凌云百丈巨岩浮。
龙门挂水藏珠石，凤尾披帘涧隐头。
南岳瑶池仙女浴，蓬莱东海渡神舟。
银装素裹琼花漫，燕语莺歌日月秋。

九华山

九华山上九芙蓉，一顶花岩十面松。
天柱倚天云滴水，莲台托石石浮龙。
观音院内悬崖阁，甘露园中挂晓钟。
峡谷灵猴惊竹海，瑶池歌女会峦峰。

九天仙寓

高阙山门峡口深，瑶池仙寓九天临。
鸳鸯戏水浮千里，孔雀开屏百丈沉。
雷震玉龙潭浪啸，金龟撼谷石蟾吟。
银河泻碧飞帘迭，复雪桥亭一曲琴。

巨石山

巨石飞悬织女峰，庄园花海草香浓。
立猿指印知心意，日照风情识卧龙。
莲上浮桥迎喜鹊，梦中寄语鲤鱼逢。
聚仙宫内千姿色，金带溪湖凤泪溶。

五言绝句

南屏村

梅园书屋忆，影视恋南屏。
十景冰图阁，贤堂孔圣亭。

九龙峰

金龟阳彩臂，林啸九龙峰。
飞瀑穿千谷，溪流万壑重。

木坑竹海

滴翠深山谷，云涛碧海涯。
夜来探谷月，日出辨人家。

九莲塘公园

桥下莲波碧，亭间玉石廊。

步移多一景，回首百花香。

鸠兹风景区

鸠鸟凌空塑，浮雕玉柱高。
百花甘露育，人杰地灵豪。

徽杭古道

过往山梁道，来回石级梯。
倚天关隘险，绝顶见天低。

龙眠山

三脉龙山卧，峰湖一水闲。
浮云游玉峡，天瀑挂崖间。

六尺巷

六尺长廊巷，牌坊百米间。
诗书留境鉴，礼让过情关。

卢村

一刀浮现万姿图，块木层楼落实躯。
古韵风情留岁月，多型意思百千殊。

翡翠谷

日照晶星碧玉溪，莹光翡翠复池霓。
波中竹影阴阳底，石上浮珠黑白堤。

芙蓉谷景区

百步云梯近九霄，千层帘帐一泉遥。
银屏点墨天书读，高峡平湖月下娇。

徽州大峡谷

飞速漂流十八湾，急驰曲折一千关。
碧潭银瀑浮奇石，翠谷青峰泛异颜。

汤口镇

龙园怪石岭奇花，凤谷珍禽异兽蛇。
竹屋七贤仙女会，溪泉千里暮重霞。

濮塘风景区

竹影婆娑叠嶂幽，参差古木复深沟。
随心踏地传钟鼓，玉乳龙泉溢谷流。

镜湖公园

垂堤细柳绕双湖，烟雨浮波闪万珠。
池月伴舟亭榭曲，霓灯白昼到天都。

雨耕山

云中独秀列洋楼，地下稀存窟室幽。
天上人间风格异，休闲度假各春秋。

铜陵天井湖

二堤曲折柳条围，错落三湖玉液依。
孤岛岸亭烟雨里，灵泉天井水高稀。

五松山

风云独秀五松山，日月通明一海湾。
悦耳涛声枝复响，江流入目不知还。

绩溪龙川

云雾山中落一川，四周峻岭岸边船。
木雕祠院飞龙凤，古迹沿街艺貌全。

杏花村

西湘烟雨缕千纱，十里桥亭有杏花。
迷醉香泉闻古井，梅轩风雪看人家。

平天湖

云雾浮山远洞天，烟波渡客泛湖船。
红楼日照留光曙，绿岛霞飞月出前。

踏莎行·呈坎

八卦田园，环山绕水，参差曲折天都异。东南西北走迷宫，云屏雾嶂风波丽。　　老宅纵横，街长巷挤，雕梁画栋楼厅美。人文会萃古今优，一方沃土三生仕。

满江红·马仁奇峰

峰对阴阳，看两谷、玻璃桥碧。望绝顶、悬崖栈道，二龙横出。穿越丛林惊滑板，往来层竹叹浮室。益寿源、楠木焕精神，山庄客。　　攀奇洞，音石立；回怪屋，风声泣。五花迎日照、月明青壁。香火长存今昔塔，墨文久在春秋迹。拜观音、罗汉各争先，祥云吉。

江城子·江村

荷花湖翠碧波清。曙光迎，白云明。箬岭浮烟，雪舞饱峰晴。天都古松重叠秀，飞瀑涧，挂鳌琼。　　锦涛红海泛春屏。见秋醒，赤枫盈。暮雨狮吟，夕照石羊惊。月下溪楼吹玉笛，香野景，老街宁。

调笑令·妙道山

山妙，山妙，百丈峰峦云绕。披崖挂壁瀑飞，潭溢清流涧溪。溪涧，溪涧，怪石奇林思恋。

皖北淮河旅游区

圣泉寺

古寺情缘殿，三仙圣士台。
神泉留碗水，龙液济尘埃。
二子言书喜，天涯一女哀。
洞悬崖上月，怪石出枯梅。

永堌古镇

古镇城墙固，群山傍水娇。
桃庄人善宿，灵石寄仙桥。
夕照炊烟绕，浮云泛海潮。
砚池夫子墨，月下济舟遥。

张公山

云处望淮塔，园中看水滨。
长廊亭伴埠，茶社半山邻。
珠蚌迎情客，舟游姊妹亲。
烟波探梦幻，花草醉阳春。

相山公园

云绕相山庙，登楼日月前。
奇峰观鹤立，危瀑看崖翩。
石画横千里，碑文百丈悬。
园花环市树，鸟兽乐翻天。

龙湖公园

龙湖诗圣岛，迎客上高山。
天水晨曦谷，莲池暮曙湾。
园中花草挤，竹木聚崖间。
亭榭探风月，游舟棹浪闲。

皇藏峪国家森林公园

瑞云复绕卧真龙，月夜天门望两峰。
斜影樱桃三谷景，底泉浮竹一溪容。
倒流河滚金寨里，逆向林涛石上松。
果老弃驴迷迭瀑，乳花洞内黛香浓。

龙子湖

蛟龙探水浪滔天，浮碧云桥半岛前。
一峡让流波尽目，三峰夹阻聚渔船。
九沟渠复华山雪，谷壑梅桃叠翠千。
破晓曙光双海赤，悬岩古塔饱风烟。

颍州西湖

颍州湿地有西湖，垂柳苏堤北闸殊。
万木清阴波色绿，百花明朗日光朱。
聚星六士诗书屋，馆列碑林八卦图。
古曲三桥游舫绕，梳妆台处轿无姑。

迪沟

一夜清风竹叶鸣，佛光千丈寺钟声。
立堂罗汉姿容异，孔雀开屏面貌惊。
沼泽浮莲灰鹤戏，湖心白鹭绕芦争。
小桥流水迷亭客，花径穿池日月盈。

花戏楼

步步登高紫气楼，清歌妙舞唤春秋。
砖雕各异姿容展，木刻均匀体貌浮。
关帝神威钟鼓殿，岳王武杰铁蹄洲。
五龙八卦风铃柱，香火朱公院内留。

磬云山国家地质公园

云山灵石出奇妆，泉水清悠漾月光。
浮玉深崖遗古矿，雕形刻迹列长廊。

八公山

八仙阁上聚星辰，合院堂中十殿神。
白塔寺高凌绝壁，青琅馆雅满园春。

鹊桥仙·龙脊山

三山错落，一峰独秀，果老洞中修道。神驴滚地上天梯，渡仙石、瑶池舞蹈。　　平台观日，卧牛望月，宴请龙王炊灶。杏花谷缝出奇枝，滴水响、湖环脊峭。

安庆太湖县

情人岛

神岛烟波托，花香寄浪流。
清风音韵伴，明月色光游。
日复琼宫梦，霞重幻蜃楼。
凤凰山脚下，恍惚小瀛洲。

狮子山

山石嵯峨秀，深幽玉洞奇。
江河悬月好，日复谷峰宜。
雅静岩廊貌，娇柔圣女姿。
狮吟云雾里，笋柱俏参差。

花亭湖风景名胜区

碧波荡漾曲岸环，绿岛沉浮翡翠颜。
泛色流光千顷水，轻烟薄雾万重山。
朦胧金凤蓬莱落，恍惚瑶池圣母还。
瀑吐九龙花鸟伴，天桥漂浪月悬湾。

五千年文博园

根雕艺术耀千年，一幅河图展锦篇。
楼阁亭台花草伴，儒文佛道圣迎贤。
画廊十里摩崖立，星月探岩万丈悬。
独揽徽州迷博物，人间天上有歌仙。

赵朴初公园

双凤山娇起伏峰，花亭湖上幻游龙。
广场添貌陵园雅，争俏高坊玉石容。
风返月塘光滟潋，蜿蜒神道级梯重。
碑亭忆故常瞻仰，刻壁雕屏屹立松。

二十·天津市

五言律诗

蓟北雄关

正关悬北极，寡妇筑高楼。
点将长城阁，分兵小寨沟。
黄崖穿水洞，白石挂峰头。
八卦迷魂道，碑林博物留。

北塘古镇

盛园怀古韵，街闹集风情。
酒巷沿河厦，场围炮垒营。
书楼滩畔苑，会馆海滨城。
移步通幽境，悠闲听水声。

天津热带植物观光园

梦幻森林阔，朦胧见小村。
千图蝴蝶馆，孔雀百屏园。
云里峰峦涌，潭中瀑雨翻。
鸳鸯争戏水，鸟语在高轩。

七里海国家湿地公园

湿地蓝天海，林园绿岛洲。
飞来丹顶鹤，白羽鹳徊游。
麋鹿群奔逐，金雕独赴浮。
乌云迎紫燕，雪浪伴银鸥。

水上公园

翠岛沉浮浪，长虹卧碧波。
柳堤悬阁榭，桃岸隔菱荷。
石破飞天瀑，分泉曲伴歌。
舫楼书画展，百寿示人和。

七言律诗

三盘暮雨

蜿蜒曲折欲飞龙，起伏参差滴翠峰。
玉石千姿云出入，林岚吞吐万株松。
银波白浪天池溢，峡谷清溪乳洞溶。
暮霭朦胧环谷雾，晚风拂过雨烟浓。

龙潭浮翠

三湖桃柳绕堤长，七岛桥穿曲岸廊。
天舫楼中书画友，碧波庄上寿人堂。
红墙沉影游鱼出，绿水漂舟飞雨扬。
明月清风龙戏水，莺歌燕舞凤求凰。

海河外滩公园

百米高喷彩雾扬，平台曲道一坡廊。
碧波帆影争天远，玉柱花灯夺广场。
日照金沙迷海色，月悬银浪醉秋光。
东方公主迎宾客，娱乐商街水岸长。

石家大院

步步高升过院堂，云台级级到楼房。
书房孔雀屏雕扇，宅室鸳鸯照刻床。
听曲人迷天阁上，楼中观戏梦君王。
白银十万门图活，半日来回又进廊。

梨木台

绿林叠嶂复高峰，曲道斜坡紫雾浓。
万卷诗书崖壁合，谷分五指架神农。
池潭映月飞帘帐，仙女流泉照黛容。
太古界闻奇寿石，长城过岭见游龙。

九山顶自然风景区

一峰独秀九霄间，皓月金星翠岭颜。
谷顶赏花观日出，云头听鸟看霞还。
西天不去登崖脊，只到桥中铁索攀。
风啸瀑飞穿石洞，苍穹挂碧万图山。

九龙山国家森林公园

峰峦叠翠万山青，群洞通天望月星。
穿谷九龙盘玉石，横空千树托云屏。
流泉凤眼悬崖壁，虎口飞珠复岸亭。
花果浮香庐客曲，枝头啼鸟竹楼听。

蓟州溶洞

白云岩洞乳花奇，玉石天成异万姿。
越海飞龙悬首尾，穿崖挂岭月星移。
黄河瀑布三千谷，青壁泉帘一百池。
笋柱长廊烟雨阁，灵霄神殿普陀祠。

毛家峪长寿度假村

万亩山林育寿人，二区风貌激情真。
石龙聚岭仙湾展，玉凤临巢谷显神。
飞瀑黄崖留贵客，青峰落帐伴佳宾。
悠闲古洞鸳鸯戏，花果深园孔雀亲。

沽水流霞

穿市流沽水，斜阳渡海霞。
高楼望曲带，长岸看琼花。

故里寻踪

故里牌楼道，天妃庙宇宫。
华街新特色，叫卖百年同。

贝壳堤

贝壳精雕画，云堤绘雅图。
滩脊奇海岸，光影浪浮珠。

七里海生态园

白海芦花浪，清波月伴星。
银荷浮玉洁，鸟岛挂林屏。

天津之眼

天虹卧海河，神眼月奔娥。
百里春秋色，风云一目过。

五大道

五道繁华胜，层楼万色娇。
故居多博览，新苑聚精雕。

天塔旋云

云环天塔塔凌云，瀑雨珠飞雨瀑纷。
直上九霄星月伴，俯看廓野画图群。

海门古塞

万里沧波古塞屯，天桥跨岸海中门。
灯光塔照清江静，细水长流锁月魂。

双城醉月

静观月下醉双城，闲看楼中万色惊。
借宿群英豪宅聚，充餐雅味伴风情。

御河景观

御河两岸柳杨青，绿水风帆万里屏。
石刻精雕花草苑，金枝玉叶伴琴亭。

北运河

碧水清流日月沉，花红木绿色光深。
浮雕龙壁诗歌路，万里河图赤子吟。

天尊阁

吞云吐雾阁三层，悬挂风铃四角鹰。
赤柱通天悬虎脊，欲飞龙凤展鲲鹏。

翠屏湖

翠屏山伴翠屏湖，碧水泉流碧水珠。
鱼落鸥翔天照镜，春堤秋岸闹村姑。

菩萨蛮·盘山

五峰争耸云霄插，沉浮八石悬山峡。壁缝出高松，深崖泉吐龙。　风烟沟挂月，雪浪峦礁没。塔上揽光天，庙中迎圣贤。

清平乐·八仙山

八仙山舞，奇石飞来聚。林浴松花观日曙，探海玉龙吐雨。　藤萝枝蔓遮天，深沟无洞流泉。曲折蜿蜒小路，幽情怀古崖前。

念奴娇·白蛇谷自然风景区

白蛇恋俗，待千年、得道红尘情逼。深谷神泉仙洞寄，沟宿瀑流安泽。山舞群龙，百鱼闹海，岭上闲龟石。清凉盛夏，风云星月添碧。　绝壁托玉悬空，天梯凌顶，一线穿光日。只到长城贪览景，幽境木林探密。怪臂猕猴，核桃古树，榛子延年极。奇枝女儿，单身童体欺泣。

二十一·湖北省

五言律诗

黄鹤楼

神龙留紫阁，黄鹤去仙楼。
闲客歌中醉，身边梦舞悠。
风云游海角，日月照江洲。
欲伴瑶池笛，琴音寄浪鸥。

归元禅寺

古木参天盛，新花复岭繁。
飞檐浮紫脊，坐地落红门。
玉佛藏经阁，庭连石塔园。
观音高圣像，罗汉胜归元。

锦里沟

土家依山寨，吊脚店街楼。
月落廊桥下，崖间瀑堰流。
长堤垂柳雪，小岛雨烟浮。
兰浦花溪漫，驱车锦里沟。

仙岛湖风景区

曙色晨湖染，霞光水泛天。
烟波云万里，礁岛浪间千。
圣迹归陵寝，仙名寄谷巅。
钟鸣闻巨变，岁月唤流年。

富家山

独秀双龙角，天姿百岭环。
洞中重叠窟，泉瀑合分间。
古刹高峰立，鲜花漫远山。
风雨穿谷壑，日月绕崖湾。

四方山植物园

天池神水浴，崖壁揽风亭。
怪石披烟雨，奇岩托月星。
林深闻瀑啸，鸟唱小轩听。
四季常青木，花香百卉屏。

太极峡风景区

吞云龙首举，太极绘山图。
破谷纵横爪，沉浮瀑溅珠。
月斜沟壑里，曲栈到天湖。
长峡溪流唱，松涛鸟兽呼。

虎啸滩

登峰醒虎啸，凌谷悟龙吟。
绝壁斜高石，孤崖叠瀑深。
天梯迷静月，岛洞醉悠琴。

鏊口龟蛇出，滩泉过嶂林。

龙潭河风景区

虎豹游天堑，龙潭伴谷沟。
银河垂碧瀑。石洞玉泉流。
舞女云中阁，歌姬月上楼。
圣人悬一线，佛祖卧山头。

野人洞

野人迷古洞，隐士恋荒山。
虎口风云绕，龙岩日月环。
四宫仙圣醉，三殿梦尘寰。
乳滴金盆沸，银河瀑落湾。

三游洞风景区

洞幽时梦幻，壁柱鉴诗文。
悬栈单人过，三游复友君。
天钟高石听，地鼓步中闻。
至喜江亭峡，霞楼楚塞云。

三峡竹海生态风景区

天挂千条水，人居百竹间。
泛舟湖峡里，漂筏在峰湾。
玉兔思宫月，龙王恋洞山。
翠楼郎对曲，乳石瀑溪环。

西山风景区

七溪溶六涧，二瀑一池沟。
目远松风阁，高天椅子楼。
秀园宫避署，门峡读书优。
击壁涛声久，飞帆过绿洲。

明显陵

双龙盘壁照，城夹一瑶台。
九曲明河护，圆塘守独魁。
像生分左右，前后拱门开。
神道浮阶远，天桥入墓来。

黄仙洞

乳石红黄白，边池漫溢流。
云盆沧海合，门拱彩虹浮。
难为将军貌，当年有圣猴。
洞中双宝塔，潭内聚龙头。

美人谷

世外相思谷，香潭睡美人。
觅芳山水韵，探险谷峰神。
浮瀑层层玉，飞珠点点银。
临池云雨幻，沐浴梦三春。

仙女山

仙女翩翩舞，霞云袅袅飞。
繁花吟百鸟，千兽啸山威。
林海浮屏嶂，蓬村草地围。
回看知汝伴，春夏不思归。

荆州古城

城古添新貌，沧桑鉴璧州。
道中车返急，墙上客闲游。
亭榭天桥顶，龙溪浪底舟。
屏廊横十里，双凤立高楼。

沲水风景区

碧水浮群岛，青云锁巨龙。

峦屏前后拥，左右挤湾峰。
林里春花鸟，秋风月下松。
怪潭天照镜，奇洞乳岩容。

吴家山国家森林公园

瀑飞沟十八，云绕万千山。
溅玉浮花海，喷珠林雾环。
漂流悠峡谷，穿越壑风闲。
堂内闻钟鼓，仙留殿阁间。

天台山

云上挂天台，悬崖峡谷开。
奇峰新泼墨，怪石出枯梅。
湖岛帆舟绕，河湾水浪回。
老君思道观，门洞瀑飞来。

五脑山

五峰悬兽脑，双虎托云亭。
狮洞愁风雨，宫娥戏瀑屏。
鸳鸯迷谷顶，林海凤凰醒。
蓄水游鱼聚，茶花放异馨。

通山隐水洞

洞窟莹光碧，屏浮乳石林。
峡悬天上月，溪过瀑下琴。
车绕黄金岸，舟穿白玉岑。
通山环隐水，移步诱人心。

星斗山

临顶上天宫，扶云脚下风。
依星波浪里，伴月舞台中。
滴水长崖瀑，高岩挂雨虹。
寺楼悬谷脊，钟响醒仙翁。

七姊妹山

姊妹娇容貌，峰峦雅体姿。
茫茫浮树海，滚滚泛云池。
怪石参差险，奇崖曲折危。
红尘留梦幻，七女久相思。

腾龙洞

穿壁纵横洞，吞江出没龙。
厅堂深寄穴，石窟借高峰。
瀑落池潭叠，泉流谷涧重。
凉风吹暗壑，坑口吐烟浓。

玉龙洞

玉龙深卧洞，钟乳复迷宫。
雅象风情里，娇姿面貌中。
八音泉石曲，万步坝堤虹。
大厦云姑舞，冰川幻女童。

格子河石林

九龙环叠嶂，千米石屏姿。
银杏杉松语，神猫凤蝶嬉。
洞穿岩壁怪，峰顶落泉奇。
曲折迷宫格，浮云一线移。

野三河

三峡天姿水，雄关绝壁门。
风云峰谷返，泉瀑涧沟奔。
黄鹤桥神圣，仙人洞白猿。
烟波浮画舫，老树复山村。

东湖公园

凤眼溢三泉，风波四岛连。
廊桥亲水雅，亭榭伴娇莲。
浪里观歌舞，台中望海天。
朝朝含日月，展翅欲翩翩。

东湖风景区

湖风半岛独听涛，琴阁重云九女号。
三水环城花漫苑，六峰倒树梦生桃。
沉鱼落雁叹长笛，白马青龙惜月高。
赤壁祭天分鼎足，行吟泽畔感文豪。

木兰天池风景区

九天倾液落双池，飞瀑多潭百丈披。
云雾飘流奔雪马，沉浮波浪玉龙驰。
青屏绿嶂参差异，白日红霞复叠奇。
皇阁高峰堆片石，木兰坊上凤娇姿。

湖北省博物馆

烽火千年一剑争，三层八组乐钟鸣。
青铜献意尊盘托，鹿角呈祥白鹤擎。
四爱梅瓶留锦品，独遗花鼓惜精英。
屈家岭上山城古，墓葬梁庄九帝荣。

云雾山景区

云雾峰峦出没娇，杜鹃起伏俏花潮。
恐龙仿塑神奇谷，蜡像冰模巧妙雕。
千丈瀑飞悬石壁，柳溪八里挂堤飘。
竹林环抱亭台寺。佛圣留纱渡世桥。

木兰山风景区

石梯千步石姿千，一顶山门一顶天。
险异棋盘浮裂谷，箭崖奇巧壁开悬。
虎头滴水深风洞，龙尾流云远雾烟。
高峡瑶池添浪漫，平湖月镜照婵娟。

雷山风景区

石姿精髓小雷山，景色神奇变换颜。
龙凤池边双恋急，天门阙下独思闲。
鼓台目远云烟海，笋顶风长谷雾湾。
牛口吐泉沟上瀑，林涛鸟语月潭间。

东方山

倒插青松见祭香，高撑石舫壁中航。
晨牛懒卧听经法，莲暮频开诵佛堂。
仙履日暄浮巨迹，云滋道洞雨微扬。
灵泉卓锡峰巅井，月涌禅关盼寿长。

西塞山风景区

北望江流逐古今，波滔西塞鉴浮沉。
悬崖刻壁千秋迹，垒墓题碑万木林。
洞外桃花香客钓，牡丹窟内透芳心。
山中独胜风云幻，日月悠闲梦里吟。

武柱峰

天生真武视苍穹，佛去岩留古迹中。
黑虎洞深烟雾窟，红花高岭女神宫。
双峰左右披星月，千石高低挂曙虹。
绝壁凌云重绿嶂。林崖谷寨听鸣风。

龙吟峡

三仙三洞访神灵，千佛千人盼久宁。
二窟雾桥悬梦幻，相思一曲寄云亭。
龙吟深谷惊蜂蝶，虎啸高崖凤雀醒。
绝壁余音穿响水，月潭浮碧影香屏。

五龙河旅游风景区

谷乐天机梦幻多，花香鸟语戏嫦娥。
游龙依恋翔云凤，织女相思渡鹊河。
会客厅中添舞友，聚仙桥上有人歌。
峰回九曲封神像，瀑落千层托玉荷。

十八里长峡

曲峡丹青万米长，高峰色翠九霄廊。
古楠盘石神仙阁，悬壁秋波圣女塘。
玉乳形成东海域，银泉造就北冰洋。
清风明月飞云伴，异鸟多情草木香。

三峡人家风景区

依峡临江吊脚楼，帆前姑曲伴长流。
溪边集竹人家寄，山上丛林村寨留。
立地擎天花鼻石，路回峰绕月湾舟。
名泉四季香茶客，五色奇音乳瀑柔。

柴埠溪峡谷风景区

三千绝顶破云重，百里溪流峡底溶。
虎啸大湾烟雾锁，风台断口挂吟龙。
异花复叠天仙谷，奇石参差玉女峰。
莲上观音施圣水，穿崖落瀑壁悬松。

宜昌车溪

飞珠溅玉舞车溪，稼作田园又习犁。
石谷仙人高庙乐，圣姑乳洞笑天低。
江龙穿壁分崖瀑，峰塔凌云复曙霓。
峡响琴泉梅海梦，风情月意曲中迷。

古隆中

隆中三顾表千秋，羽内分疆鼎足洲。
耕读草庐持一国，观星阁看两朝谋。
清泉明月龙眠洞，林绿花红谷瀑流。
水镜山庄名士隐，云川鹤子牧羊牛。

龙蟠矶

探水蛟龙久卧波，飞来佛阁秀冠峨。
墙头古叶参差醒，老井泉源醉蹉跎。
云影沙鸥霞独揽，晨曦风曙一江摩。
中流砥石沉浮浪，闲听渔姑月夜歌。

青峰山风景区

青峰千仞破长天，白海风云万里悬。
童子石崖三拜佛，观音独坐乳花莲。
暮鸦扑水狮吞雨，晒日晨龟洞吐烟。
高峡平湖飞玉瀑，仙人对弈伴琴泉。

漳河风景区

碧波浩淼复蓝天，挺拔山峦叠雾烟。
星岛春光迷乐士，月潭秋色醉神仙。
芳菲林苑听歌鸟，梦幻桃源见客船。
巨坝龙腾盘古刹，观音浮渚石香川。

大口国家森林公园

柳门口落虎山泉，鹰子银帘百洞穿。
白鹿峰巅观日出，林开叶道看青天。
两池玉液浮星月，九级云溪过谷川。

高峡壑深风鼓响，窟中一线有流烟。

元佑宫

华殿皇家万寿宫，精雕壁照吉祥融。
禧坊层叠凌云耀，独立宏门落彩虹。
留听晨钟悠日月，闲闻暮鼓伴宵风。
绿林穿道芳菲苑，镶嵌龙湖百色中。

千佛洞国家森林公园

宝塔浮墙石托亭，将军立谷望峰屏。
百花争艳霞重岭，千佛添容聚洞庭。
山道虎关台上月，湖心潭畔镜中星。
仙翁垂钓清泉静，鸟语林深隔岸听。

双峰山风景区

双峰对峙峦峰绕，走兽飞禽万兽山。
托日云台先破雾，石崖抱树欲穿关。
风吟龙洞惊东海，虎啸西天震壑湾。
瀑落苍穹千谷响，泉潭涌溢一溪闲。

章华寺

高楼十丈接云霞，层塔披霓万尺纱。
唐杏春秋君子貌，娥眉风月楚梅花。
观音甘露飘龙口，卧佛香烟泛海涯。
金碧掩波翔翡翠，银辉托日凤檐斜。

东坡赤壁

赤壁迎霞夕照同，碧波沉月影摇风。
竹楼听雨朦胧里，湖镜观荷豁达中。
飞瀑过桥龟盼鹤，留仙卧阁待云鸿。
高堂曲赋沧桑忆，还酹江亭有钓翁。

龟峰山

三叠龟峰首顶天，云开双剑破风烟。
老人静坐修成道，狮子闲探盼为仙。
崖壁银旗沟迹朗，金钟晴雨色光巅。
异姿立石围罗汉，滴水观音踩玉莲。

桃花冲

桃花源处有无同，梦入潜公胜镜中。
复水龙门疑出路，洞天回道问山穷。
浴泉仙女浮姿色，滴水观音泛彩虹。
香果苑重迷宿客，登舟醉月不归翁。

天堂寨

高瀑悬空九影悠，长溪入海五龙游。
啸天狮首雷掀石，剑骨风吟裂马头。
燕穴凌云云出没，登峰仙谷谷沉浮。
银梅金竹琴中曲，书阁花园得月楼。

薄刀峰

过关美人卧龙迷，圆梦舟游翠谷低。
北斗七松天合地，立亭千石日沉西。
金蟾戏凤蓬莱宿，盆浴瑶池借碧霓。
觅食鹰头峰顶薄，细腰宫道挤云梯。

横岗山

密林深处卧黄冈，叠嶂重峦峭壁行。
峰口流云吞浩海，龙头挂谷吐烟茫。
寿松抱石悬崖顶，神庙浮巅佛坐堂。
西域经书龟又渡，舍身高岭道缘昌。

大崎山

云里无峰岭接天，攀梁跨壁陡梯悬。

万斤巨石悠闲动，百丈高岩挺拔翩。
沙海春秋芦旺盛，夏凉龙井暖冬泉。
披霞夕照神奇谷，寻迹探幽梦幻仙。

九宫山

云复湖波泛雾烟，风吞索道送高天。
石龙峡内溪桥挂，蜂蝶金鸡谷里翩。
一线鼓峰凌绝壁，独登雨港数潭泉。
九宫八卦非凡路，神洞奇崖寄足仙。

赤壁古战场

东风纵欲拜灵台，赤壁望江昔夺魁。
梦入海天浮烈火，云波滔尽幻人灾。
碑廊惊忆春秋史，石迹留文国土哀。
银杏千年迎日月，一空烟雨伴轻雷。

大洪山风景区

寺庙群浮白海湾，悬天金顶碧光环。
峰峦屏嶂千年色，洞窟花溪万里颜。
沐浴温泉云雨复，漂流峡谷浪重关。
黄仙山下龙潭瀑，村寨安居绝壁间。

坪坝营

深山四洞入迷宫，一塔穿崖极目穷。
叠瀑迎宾龟鹤戏，悬桥惊客幻仙翁。
杜鹃红白相思谷，乔木朦胧翡翠虹。
峭壁瑶池餐宿馆，花溪过石乐琴中。

水莲洞

长流万米水晶宫，五洞桥连影雨虹。
石柱擎天金玉殿，乳泉挂谷碧波洪。
浮图目晕神仙境，浪泛舟迷海峡风。
鱼腹透明争暗窟，土家妹子舞台中。

陆羽故园

泛壁三湖梦圣泉，浮香五岛醉茶仙。
草堂木叶东岗苑，楼月西洲水浪船。
泻玉喷珠桥上瀑，悬屏托嶂洞中莲。
港关品味多情雁，夫子吟风揽海天。

神农架国家森林公园

高峻纵横赤垭峰，参差密聚紫杉松。
香溪流玉瑶池梦，珠落清波幻面容。
腾柱巨人风雨敬，祭坛岁月拜神农。
竹窝毛发遗踪迹，岭上金猴戏卧龙。

山复晴光起紫烟，水流阴色泛蓝天。
白龙井挂双圆月，千仞黄山峡谷悬。
游乐宫中儿女梦，逍遥亭内幻神仙。
步移探古沧桑迹，泼墨人文四海缘。

丹江口大坝

汉江高坝锁，丹口断波回。
山水悬新画，沉浮托月台。

伍家沟民间故事

老少知今古，夫妻故事多。
春秋常习读，岁月伴谣歌。

上津古城

飞檐娇凤立，翘角卧龙威。

白浪涛津口，风云古柳辉。

天然塔

迎曙风光塔，云头伴月灯。
千峰池锁影，八景壁图恒。

汈汊湖

九曲浮虹卧，流来几汊波。
月明天落镜，姑笑比香荷。

鄂人谷

山间索道连，水上浪帆悬。
飞鼠峰林窟，高空海盗船。

遗爱十二景

（一）遗爱清风

登亭遗爱忆，水幕恋清风。
耳得滨湖曲，山辉夕照中。

（二）临皋春晓

临水立高坡，花香百鸟歌。
亭台观浪远，树影月中娥。

（三）东坡问稼

躬耕禾稼意，百草暖人心。
茶道迎宾曲，桃花岛上琴。

（四）一蓑烟雨

水上浮花岛，林中复雨烟。
芸香春暖阁，寒食恋碑篇。

（五）琴岛望月

长流琴伴曲，双月戏秋波。
千里浮云海。平湖独酌歌。

（六）红梅傲雪

寒雪红梅傲，阳春艳杏桃。
姿容留岁月，群放各争豪。

（七）幽兰芳径

十里浮香韵，幽兰一岛繁。
松坡迷曲径，水月醉高轩。

（八）江柳摇村

古村闻燕语，堤柳送春寒。
月下浮天镜，风中拂浪滩。

（九）大洲竹影

紫竹闻风急，金轩逐浪听。
香山争笋出，水美复深屏。

（十）水韵荷香

风摇浮玉洁，日映碧无穷。
香醉观容客，迷亭水韵中。

（十一）霜叶松风

风啸密林松，霜寒落叶重。
结庐听夜鼓，尽染色情溶。

（十二）平湖归雁

碧波千里静，群雁恋江南。
繁花浮天镜，高楼柳雨探。

王氏宗祠

氏族千年盛，宗祠续万人。
雄伟高殿宇，气势展阳春。

咸安笔峰塔

九霄云雾破，独揽广寒宫。
满目疮残迹，迎阳送雨风。

清凉寨

垂帘千尺复余凉，攀水重寒百丈长。
古寨杏枝留岁月，樱花新雨过山香。

磁湖风景区

碧波万顷托墩春，千里香堤睡美人。
梦幻浮云登月岛，相思落雁伴鱼神。

悬鼓观

悬鼓探云挂谷边，浮烟托观立山巅。
村田林苑桃源里，亭阁瑶池洞内天。

女娲山

补天举石压偏山，夷顶平峰圣庙还。
日月轮回风雨迹，琼楼玉宇瑞云间。

镇江阁

镇江阁上听天风，三水帆前夺曙虹。
广野豁然同日月，铃声惊醒玉皇宫。

梁子湖生态旅游度假区

莲湖浮岛岛重湖，水月眠姑月伴姑。
娘子乡恋梁子塑，云台点将绘云图。

白雉山风景区

曲径通崖峭壁长，吞云吐雾隐山庄。
林屏花海烟尘月，峡谷星河玉石廊。

洋澜湖风景区

碧水长堤曲一湖，花香鸟语秀千图。
风前映月川光媚，雨后浮霞浦色殊。

白云楼

青龙山望白云楼，烟洞三探驾鹤游。
寒宿仙人斜月近，万峰俯瞰各春秋。

惠亭湖风景区

长龙护水水天青，绿岭云低岭挂屏。
红雨香风追足迹，松林竹海罩波亭。

白兆山

白兆山峦紫雾悠，桃花岩畔恋春秋。
谪仙常醉甘泉洞，天上人间月伴舟。

观音湖

玉龙环卧翠云殊，碧镜流莹裂峡湖。
屏落风波悬两月，观音滴液浴仙姑。

罗田匡河观音山

孤峰独傲梦神仙，万谷千崖日月悬。
狮子垴低三尺怪，长城哭倒塔擎天。

三角山

三角参差笔架山，均匀万字壁崖间。

茶花吐色红黄白，飞瀑流云涌谷湾。

刘家桥

翠竹青山古树繁，榭亭秀水绕花村。
一朝皇族留群体，百代临桥聚子孙。

灶背岩

东坡石隙溢清泉，北岭山尖泛白莲。
叱咤风云南海近，峰峦浮落到西天。

咸宁温泉谷

欲来山雨温泉谷，风月浮香浴女姿。
不见西施溪石浣，独看南岳闹瑶池。

人文公安

人文继出展公安，学派三袁示故冠。
饱览卷书求一德，萤光夜读济千寒。

蝶恋花・木兰草原

碧海白云天地远。独有雄鹰，千里冲霄汉。万马奔腾尘土乱。芬芳花草山中苑。　集市风情游客恋。热闹茶楼，歌舞琴声伴。峰岭长廊迷往返。太平古寨望崖断。

石州慢・武当山

井洞池潭，石台泉涧，路盘峰立。黄铜古殿辉煌，聚集太和宫室。柱悬龙凤，治世玄岳扶云，纯阳磨铁龟碑出。得道在南岩，盼升仙朝夕。　迎日。八方光照，四面坡高，沉浮峦密。崖顶神坛，坐像塑金流色。风烟海怒，浓雾泼墨苍穹。悠闲星月层层碧。锦绣复新妆，胜山河奇迹。

菩萨蛮・黄山头国家森林公园

土山黄石群峰秀，云霄宫上风烟骤。寺庙立崖巅，古村屯谷边。　奔腾南闸水，望月犀牛美。龙井示阴晴，甘泉普众生。

水调歌头・巴东神农溪

绝壁九天立，水道急奔腾。耳风穿壑呼啸、浪击石礁鸣。可见飞舟过峡，不问潮来何处，万里饱群星。举目悬山叠，回首复峰凌。　长滩险，危浅底，狭湾惊。崖中溶洞、花乳倒挂影莲屏。鹦鹉吐泉岩顶，梯谷披帘玉瀑，三色托波亭。吊脚楼迷曲，竹寨醉风情。

满江红・恩施大峡谷

地缝游龙，看绝壁、擎天对立。听高瀑、落潭击鼓，穿崖流急。栈道悬峰惊曲折，云桥挂壑叹今昔。日月中、险峻显雄奇，尘寰迹。　青松古，白雾密。香柱久，重霞赤。弃梯登索缆、七星浮出。八百里清江泛玉，九千步暗河流碧。聚洞群、冷热返风来，春秋色。

二十二·福建省

福州市

镇海楼

云环镇海楼，水托翠山悠。
潮浪风帆舞，渔翁晚唱舟。
春光屏嶂伴，花卉色迎秋。
独揽高天月，闲看夕照流。

文庙

圣像昭然迹，贤容异样真。
殿堂红韵古，紫气月台新。
雕石儒家貌，文风木刻春。
辉光星座画，御墨色金银。

马尾罗星塔

情系罗星塔，祈夫烈七娘。
朦胧灯近港，怅望海风长。
烽火高台胜，邮名过远洋。
鸣潮三水泊，铃响几沧桑。

涌泉寺

云头双佛塔，进寺不知山。
钟鼓余音荡，繁光圣祖环。
厅堂峰谷里，殿阁石崖间。
仰望飞龙凤，回看鹤鹿闲。

福州西湖公园

西湖迷水韵，桃柳托仙桥。
孤屿风光胜，长廊景色娇。
荷亭听晚曲，台榭望秋潮。
香桂思奔月，松涛梦幻遥。

三坊七巷

池浮台榭阁听风，堂聚三官宦仕红。
玉尺文豪花木伴，桥亭杰作性情中。
郎孙孝子名扬迹，卒将安民赞誉功。
古宅南街灯坊市，状元如意月梁宫。

鼓山

风雨交加急故山，余音天地泛悠闲。
峰姿十八悬新画，石级三千古径攀。
瀑落峡中长白壁，泉浮高寺紫云间。
楼台姊妹临仙境，题刻摩崖谷洞湾。

升山寺

飞来屏嶂叠峰林，古寺常思隐士临。
唯为求仙人极乐，逍遥独盼佛缘心。
云中探路天梯巧，泉过灵台石上琴。
日落潮初闻虎啸，洞门朝夕听风吟。

万佛寺

万佛生光玉寺仙，环流闵水石松千。
棋盘浮立春秋局，飞展虹云普海天。
崖洞岩门人瘦过，山溪谷涧留残烟。
翠旗刻迹含风月，峰尽坡回见绿田。

旗山

山看姿色瀑听声，散落群星抱雨惊。
高挂索桥穿峡谷，天梯峭壁托长征。
龙潭泉下溪宫石，庵寺堂中玉佛城。
好客猕猴添喜怒，棋磐寨乐雅风情。

青云山

九天城古悬书院，出洞青龙戏月潭。
崖壁峰巅云殿阁，石廊梯谷雾烟岚。
双溪环绕红桃复，八峡纵横白马探。
高叠万藤披巨瀑，花鲜池绿草浮蓝。

石竹山

云雾交融石竹山，参差岩胜异容斑。
梦仙九鲤桃源去，宫苑千姿幻佛还。
百里瑶池星岛鹭，蓬莱一线洞天关。
峰峦烟雨朦胧悟，玄妙神机帐望间。

西禅寺

沧桑残壁画，岁月荔争春。
佛相知缘意，云头塔色明。

林则徐纪念馆

放眼看尘寰，清廉救世艰。
生平民族事，血染虎门湾。

华林寺

古寺异风格，含情触目新。
久经南海雨，独自焕精神。

乌塔

凌云八面揽苍穹，挺拔披霞饱雨风。
含月吐星光釉碧，娇姿泼墨挂长空。

白塔

白玉浮光复白云，海天泛色色难分。
凌空独伴山河丽，明月清风幻雪纷。

林觉民故居

厅堂书屋寄相思，风雨人生梦幻悲。
满腹经纶沧海鉴，院庭日照俏花姿。

临江仙·金山寺

白浪滔滔浮落寺，玲珑塔上云烟。洪塘古渡盼帆船。金山留殿阁，碧岛挤楼园。　　波泛斜阳霞影远，半洲渔火光天。九山明月照龙眠。探幽情趣异，访古小桃源。

水龙吟·十八重溪

瀑从天上飞来，绕回江海三千里。溪重十八，山峦复叠，洞穿崖底。文笔书图，乌龙珠戏，破云塔峙。望石帆高耸，迎风宿雨，人和马，思难济。　　交颈鸳鸯献美。看纹岩、多层悬异。清潭泛碧，峰头落影，知音谷水。玉女相依，漂流筏艺，猕猴同喜。柱凌空、大帽神仙出没，梦中灵地。

厦门市

鼓浪屿

浪击传天鼓，风惊啸海潮。
白帆云水托，绿岛雨烟飘。
闲竹依楼厦，悠琴过鹊桥。
独迷滨畔浴，沉月泛双娇。

日光岩

横竖相依立，争光与日同。
虎山江岸望，龙窟听海风。
曲径穿寒洞，高台寄故宫。
狂波千顷啸，岩岛雨烟中。

菽庄花园

花墙挡浩海，借水漫园辽。
交错通天洞，纵横跨岸桥。
茅亭悬窟壁，月阁寄波潮。
静舍环篱竹，千姿顽石娇。

天竺山森林公园

群峦浮翠嶂，乔木叠新屏。
浣月云波渡，龙潭浴宿星。
静观林百竹，千鸟苑闲听。
寂寺增香火，仙人聚洞亭。

曾厝垵

村古洋楼久，华居客栈新。
穿街庭院近，绕巷社村邻。
艺术多乡俗，风情普海滨。
蓝天溶水色，浪浣月中人。

南普陀寺

双塔凌云剑倚天，银光紫气复环巅。
重檐翘脊神王殿，斜级层楼玉殿仙。
风舞龙飞留旧墨，雕梁画栋古钟悬。

立堂罗汉惊威武，金顶香炉日照烟。

厦门同安影视城

故宫玉宇借同安，店铺长廊伴宿餐。
金水桥前龙托壁，石狮场后立天坛。
雕梁画栋浮光赤，翘脊飞檐复色丹。
春夏秋冬亭组合，风云日月幻奇观。

厦门北辰山

峰回路转胜风光，鸟语花香景色常。
十二龙潭天水异，石岩百万各姿妆。
剑神三拜今王庙，古刹千年竹坝藏。
精刻悬崖烟雨迹，环回画壁寺辉煌。

厦门五缘湾湿地公园

五桥交错乱飞虹，孤岛沉浮鸭梦宫。
翠鸟翱翔烟雾里，青芦荡漾浪波中。
平台木栈观花草，水榭长亭望潮洪。
日月伴游船醉酒，滩湾垂钓听闲风。

野山谷生态乐园

月桥瀑布雨林源，玉女潭边凤鸟喧。
深谷恐龙凌绝顶，高崖情侣独登轩。
银溪过岭环新寨，金石浮沟到古村。
栈道悬峰探野洞，攀梯岩壁出天门。

厦门台湾民俗村

海峡风情民俗院，金门担岛水环回。
景州苑伴龙潭月，蝴蝶园留竹菊梅。
松石奇姿迎客到，洞天异地盼仙来。
峰亭姐妹云霄悦，白鹭亲波鹤上台。

五言绝句

梵天寺

古寺扬名久，辉煌岁月中。
万千图一塔，七十二庵宫。

厦门海沧野生动物园

海边狮虎吼，岛上马牛嘶。
鸣鹤常亲水，飞鹰展舞姿。

七言绝句

厦门金光湖原始森林

两山六岭仿金湖，万木齐天曲径殊。
旭日初生林海色，月临光满古风图。

胡里山炮台

暗探古炮忆威风，傲立山头护海空。
烟雾仿真今古叙，岭悬独木托苍穹。

厦门市园博苑

碧波千顷过林湾，九岛花园复翠颜。
云聚天桥浮海阁，风情博苑月宫间。

词

江城子·厦门方特梦幻王国

狂风呼骤半空凌。急飞升，惧长

鸣。极地机车，滑上雪峰停。圣镜悠闲情侣恋，牵手伴，羡真情。　旅途魔法兽嘶惊。谷巅行，坠渊争。生命之光，奥秘幻虚城。宇宙神奇金字塔，千古色，万颜屏。

漳州市

三平风景区

昂望狮头举，蛇峰俯瞰眠。
高幢凌氏洞，深谷虎爬泉。
异殿三堂半，奇碑万字全。
碧波垂柳济，瀑上曲桥悬。

九龙江北溪

北溪三峡景，西水一江流。
怪石沉潭口，沙滩落异洲。
金山悬叠嶂，复谷玉桥浮。
月到风来晚，渔灯挂浪悠。

漳州马銮湾

滩岸重沙白，蓝天复海滨。
绿林春意沐，碧浪浴情人。
烟雾仙山近，风云月岛邻。
有声私语恋，渔火伴潮频。

南靖土楼

东斜西倒五层楼，浮泽飘洋一片丘。
俯瞰梅花争宅苑，昂望玉蝶夺山头。
河坑仙阁环星月，云水神溪过石沟。
古道穿梭村寨合，田园风貌展春秋。

漳州云洞岩风景区

摩岩刻壁异书篇，奇谷分开脚迹仙。
月峡浮辉三照镜，瑶台泛碧七姑翩。
朦胧明暗千人洞。恍惚高低一线天。
烟雨云岚风动石，鹤丘久卧得朋悬。

风动石

玉兔悬崖欲食丹，蟠桃挂谷盼饥餐。
长风意思逍遥动，恍惚精神曲指弹。
五丈万斤云罩壁，一层百米复峰峦。
凌空不坠疑仙迹，日月添光巧好看。

漳州滨海火山国家地质公园

气孔纵横视九天，黛丝密集列岩千。
广场闲看双池水，静悟高峰两乳莲。
望月相思湖畔客，听风梦幻阁巅仙。
朦胧龙脉探头美，见证盘台海誓缘。

东山岛

古城环岛海滨雄，武庙临波赤屿洪。
高塔远浮屏嶂谷，仙桃巨石动长风。
礁湾沙白蓝天洁，河港云清黑夜朦。
墨刻悬崖残岁月，归舟不见妇村翁。

灵通山

凌峰观日九霄翩，卧佛望天过八仙。
捧月摘星闻曲寄，扶云抱雾听流泉。
寻鱼袅袅瑶池女，眺海蓬莱冉冉烟。

五鲤飞湖呈雅景，菊花引路到山巅。

天福茶博物院

茶道闻知礼艺情，挥毫见识主题清。
相传薪火精神贵，继往诗文意思精。
垂影碧湖春色泛，悬空翠竹月光盈。
兰亭曲水宜茗乐，满溢天壶赐福荣。

漳州东南花都

浪漫来花海，休闲到乐园。
荫生科技馆，奇石仿书轩。

白礁慈济宫

九龙江漫龙须港，大帝三宫鹤寿宫。
国母狮威神道术，诗联竹叶药锅翁。

菩萨蛮·九侯山

天开门立牛眠石，重崖叠谷风云急。禅寺佛精神，登楼望海邻。　喷泉松涧雪，鱼嘴飞星月。穴室二仙争，插花千鸟鸣。

泉州市

泉州东湖公园

古亭悬绿岸，碧水托轻舟。
七岛沉星宿，深居一苑洲。
香莲依凤阁，月色伴烟楼。
鲤口飞帘雨，松屏石瀑流。

蔡氏古民居

民居四百间，姿色泛千颜。
细琢游龙急，精雕戏凤闲。
花开探木阁，泪落守云鬟。
书画留风韵，琵琶过艺关。

永春牛姆林

景色重牛姆，春光染绿林。
水松迎寿鹤，宵月送泉琴。
云圃浮芳草，香园泛竹岑。
海涛迷揽胜，百鸟伴风吟。

西湖公园

虹桥探碧岛，长岸伴烟波。
双塔凌云剑，登舟一棹荷。
繁花山色密，孤月水光多。
潋滟游鱼乐，霞浮白鹭歌。

戴云山

峰峦云复海，盘谷曲山坡。
石壁悬松挺，天池漾雅波。

朝钟鸣暮鼓，峡口线泉歌。
夜露花迎月，风烟托日过。

七言律诗

安平桥

石板浮墩五里桥，烟波万顷急流潮。
雨亭隔道通关胜，风塔穿云逐浪娇。
执剑将军今昔守，蟾蜍狮立护晨宵。
茫茫曲折雄千古，横跨滔滔一水遥。

开元寺

重檐百柱托雕梁，万木参天荫殿妆。
甘露戒坛多舞女，圣人挤寺佛分堂。
东西二塔浮云叠，上下千莲坐像行。
泥沫金银书页著，经文刺血贵收藏。

洛阳桥

千米石桥悬岸远，一江碧水过天湾。
潮来看雪层层急，日落观虹处处闲。
祠庙碑文飞凤迹，风亭图画走龙斑。
浮云复塔降烟雾，威武将军岁月间。

清水岩

绝壁悬崖庙宇依，长泉深壑瀑珠飞。
狮喉穴内听风过，罗汉松边望月归。
入洞窥天樟腹暖，进门探水湿衫衣。
蓬莱祖殿神灵帝，方鉴塘杉不动稀。

清源山

裸容屹立老君神，曲尺山门古木春。
千手岩墙浮赤色，佛光三世坐金身。
流泉虎乳因星伴，悬谷天湖月为邻。
洞内听风迷树腹，凌霄绝壁幻仙人。

岱仙瀑布

岱瀑雷鸣白马奔，琴吟油漏玉潭吞。
日光飞翠霞虹挂，月色浮颜落帐轩。
绝壁林涛千里嶂，花香万谷一天盆。
鸟声悦耳回深壑，高阁仙亭钓客魂。

雪山岩

曲折云桥挂雪山，蜿蜒木栈壁崖环。
一巅宝殿飞龙凤，五瓣莲花泛海湾。
日照层峦浮净土，月悬重嶂复峰闲。
柔泉碧液倾新雨，风雅香来百花间。

五言绝句

府文庙

学宫楼阁显，游泮圣人祈。
玉振金声殿，龙盘石柱飞。

黄金海岸

屿湾潮独胜，水秀一沙滩。
长岸林源海，波涛怪石丸。

七言绝句

涂门街

浮雕文庙挂龙檐，精刻花墙武殿瞻。

望月台思宣礼塔，阁楼棋女幻垂帘。

泉州天后宫

玉龙金凤舞高天，海阁云楼久待仙。
喜鹊登梅如意殿，吉祥松鹤百花鲜。

深沪湾

缓浪柔沙细语声，潮平滩阔伴风情。
礁岩古木无前列，独揽三江四海倾。

满庭芳·崇武古城

海岸雄关，古城新貌，烽火台望风云。箭窗墙蝶，方位拱高门。石屋街奇雅静，民俗居，岁月斑纹。花头巾、姑娘娇巧，服饰醉香魂。　　雕群。英惠女，双龙夺宝，狮子威神。指波浪游人，妈祖施恩。宫内天妃听曲，峰庵庙，佛圣阳春。金滩胜，沙湾美水，烟雨雾纷纷。

天仙子·仙公山

绝壁云霄天洞巧，奉祀九仙山顶庙。佛堂岩寺供观音，高阁耀，棋盘妙，流米口封留迹少。　　沟寨异峰奇石俏，观日台前寻鸟道。盼枝落叶品茶香，杉井宝，亭月皓，双燕携桥崖谷貌。

三明市

瑞云山

峭壁瑞云山，珠帘洞复颜。
窟中留诸佛，石上聚遗斑。
悠谷看天小，观鱼细浪闲。
避邪贤士德，马背过峰湾。

仙人谷国家森林公园

松峰涛碧海，峡谷泛云潮。
飞瀑沉烟里，溪流石上飘。
仙坛移夜月，虎脊立神雕。
果苑香迷客，古村歌女娇。

十八寨

蜈蚣街上闹，桥看一帆舟。
古寨叹风韵，初惊气势楼。
家祠雕凤立，官宅刻龙游。
商铺标旗艳，清溪过洞悠。

洞天岩

二树同根石，齐云一寺屏。
遥遥天洞看，滴滴壁泉听。
尽处悬仙府，高攀宿月星。
碧岩浮石刻，翠谷托雨亭。

九阜山自然保护区

长峡横空立，溪流过曲滩。
飞帘悬绝壁，起伏尽峰峦。

云阁仙人乐，风亭鸟语欢。
凤凰山上塔，鲤库举龙冠。

白岩公园

台级上天庭，风吟白塔听。
门楼新貌雅，娇色古桥亭。
桂苑环千石，瑶池落万星。
嫦娥思月意，螺女恋湖屏。

九龙湖

九龙穿碧岛，花草复群峰。
绝壁迷风貌，珍珠恋蚌容。
百仙居石洞，岩谷寄千松。
舟泛潭坑口，溪流坠跌重。

七言律诗

泰宁世界地质公园

鹤鸣猫卧峻山峰，城古新姿气氛浓。
五虎登崖风啸岭，落潭云雾九吟龙。
金湖星岛浮丹碧，银瀑珠帘复翠彤。
合掌观天多线谷，索桥挂壁石悬松。

金铙山

雌雄双瀑伴雷鸣，复叠千崖虎啸声。
白石顶峰观海角，天涯红曙看楼城。
蓬莱仙境清风伴，圣水瑶池盼月明。
龙脊探台云阁近，朦胧索道鹊桥行。

鳞隐石林

鳞隐多姿怪石林，迷宫交错洞奇深。
千峰笋立烟云暗，三鼎岩悬谷壑阴。
八戒探山先照镜，寄波七宿倒流琴。
美猴极乐仙桃抱，卧岸神龟望鹤吟。

天宝岩自然保护区

山脉纵横峡谷悬，群峰起伏夺霄天。
九龙绝壁探深壑，一洞双桥望远船。
叠瀑落潭吞雨雾，密林复嶂吐岚烟。
云亭极目迷尘海，鹤立风长梦圣仙。

淘金山

千年铁树又开花，三叠岩前到海涯。
图复百金金字胜，一堂罗汉堂添华。
锭光卧佛经风雨，莹色浮池女浣纱。
塔耸云头悬圣迹，峰峦晨曙暮重霞。

桂峰

群山环抱桂花村，悬月浮桥一水吞。
酒座清风观石笋，明泉卧影看家园。
街区曲巷通官宅，侧道民居到谷门。
虎啸龙吟云雨济，金鸡耀日告天喧。

仙亭山森林公园

古木参天挺拔姿，山花烂漫鸟声宜。
凉风过谷香迷蝶，寒雪留崖色恋枝。
烟雾朦胧山叠嶂，云霞明媚月悬池。
依栏眺望春秋画，静寂仙亭恨梦迟。

大鼓山

仙人抱鼓不思归，绝壁环峰气魄威。
平地凌云浮小草，高岩托雾曲池依。
杉枝竹叶涛林海，月影星光峡谷飞。

玉女翩翩娇石拥，泉流隘口送芳菲。

玉虚洞

观音殿托柱三支，密聚千人石洞奇。
玉宇琼楼天色胜，金溪银瀑曙光宜。
鹰鹏守谷分烟雾，岛岸龟蛇共护池。
曲径环崖观滴水，梅园花圃饰峰姿。

天鹅洞

异奇神洞水晶宫，钟乳华屏梦幻中。
百景多姿围玉宇，九天仙女护群童。
石林飞瀑参差峡，曲折龙湾泻瀑洪。
古乐客家邀伴舞，高层宝塔独吟风。

大佑山风景区

清风仙骨舞，寒谷隐烟云。
日月山河伴，霞虹幻蝶纷。

十里平流

急水下平溪，微波十里堤。
泛舟穿碧嶂，沉影复山霓。

万寿岩

洞内行人石道间，帆船欲渡谷中湾。
溶岩万寿天然色，罕见千姿古迹山。

二十八曲

小道环峰石级多，登高绕壁曲弯坡。
亭台楼阁云霄立，草木花禽伴月娥。

吕峰山风景区

雪霁峰峦玉素妆，梅花吐翠漫山香。
竹葱争碧涛天海，木叶吞岚夺曙光。

南溪书院

半亩方塘育圣贤，浮亭活水乐神仙。
起家之本缘书院，日月徘徊寄蓝天。

石州慢·桃源洞

远见桃源，入门非洞，断崖高绝。花盈曲涧长流，独听泉声吟悦。小桥幽谷，巨龟守岸迎宾，观音遗迹香炉屹。峡口线天光，看临亭霄月。　　风拂。破岩浮液，汲井茶香，弈台仙决。几叶扁舟，过壑穿虹披雪。凤冠鹤顶，金鸡白马悬巅，奇峰怪石层层叠。山寨竹楼高，聚清风云洁。

减字木兰花·七仙洞

七仙游洞，飘落瑞云栖玉凤。华丽厅堂，疑是天宫寄阁厢。　　参差石笋，岩乳莲花相挤紧。水暗长流，唯见烟波一叶舟。

莆田市

湄洲岛

祖庙湄洲岛，瑶波万里遥。
绿岩分道口，白雪送音潮。
碧海金滩雅，银堤皓月娇。
石林浮落苑，里外洞生桥。

莆田三坊七巷

街巷纵横古，商家焕发新。
灯笼檐外貌，石板道中人。
往返呼佳客，来回唤贵宾。
所需华物尽，极乐艳阳春。

凤凰山公园

凤凰欲展不思飞，高塔凌云峦翠微。
楼宇静观千里耀，地宫闲看八方辉。
岩崖姿色层层拥，果树风光片片依。
石室流烟仙阁绕，环溪花草吐芳菲。

九龙谷国家森林公园

峡谷峰峦卧九龙，五漂瀑布碧帘重。
湖光山色金屏貌，鸟语花香玉嶂容。
日复云霞探夜月，雾烟朝夕抱崖浓。
千年古刹春秋客，目尽高天万顷松。

九鲤湖

鲤湖飞瀑九重泉，三洞花崖出入仙。
寄水蓬莱云雾里，丹山星月谷中悬。
千峰峭壁参天木，万壑长溪笋石穿。
祈梦名人求效应，心思圣女伴流年。

菜溪岩

玉石飞来立笋巅，金门泻落碧帘泉。
云梯登阁扶星月，花径凌峰抱雾烟。
古木参差高叠嶂，新虹迢递谷中悬。
菜溪借问仙人处，绝壁龙潭寺洞天。

木兰溪

溪长千里目，浪远一帆舟。
半日观潮涌，残阳看色流。

古谯楼

七间面阔拱门楼，高脊三层凤举头。
古朴雅姿浓韵味，精神新艳焕春秋。

宁海桥

跨溪吞吐一江洪，观日沉浮万道虹。
急骤烟云天海阔，长波目尽助涛风。

奇松争绝壁，怪石夺高巅。

仙楼山

仙林古木春，夕照浦宫新。
赤洞霞光普，丹台日色匀。
天堂云阁客，铁笛鹤亭人。
竹画摩崖迹，香池伴月神。

乌君山

岩口飞泉出，仙桥美女翩。
蟒头探玉洞，龟尾石崖悬。
日挂凌云脊，登峰托月天。
风涛林海啸，鸟聚伴花仙。

洞宫山

观音南海望，象鼻汲清波。
姊妹悬天谷，池潭泛玉荷。
怪圈岩石画，溪异浪虹坡。
楼阁花桥古，雷鸣级瀑多。

江城子·麦斜岩

花岩狮穴卧峰峦。石奇丹，洞多环。斜麦之光，恋谷士居山。猴臂抱桃龟又睡，雷劈壁，线崖悬。　　鲤头张口望高天。欲成仙，待千年。莲漫瑶池，玉露化清泉。曲径通幽香草木。风雨过，碧云冠。

南平市

玉女峰

玉女妆花鬓，含情俏立姿。
清泉留梦幻，明月伴相思。
雪复香容好，云环色貌宜。
登崖迷汝早，涉水恨来迟。

九曲溪

盈盈流一水，浪过九弯弯。
峡谷看天小，高峰望渚湾。
仙游千仞壁，日照万重山。
侧耳波吟悦，滩潭筏闯关。

辰山

望谷而生畏，登峰怯步前。
诸山依一柱，独立九霄天。
日出沉云海，星河托月悬。

武夷山

遗香古桂武夷宫，岩脊峰高绝壁雄。
百丈流泉长涧浪，溪河九曲远湾洪。
大红袍树山崖上，小白龙潭线瀑中。
花月春秋花海色，水帘洞底水无穷。

和平古镇

长街九曲十三弯，千尺高楼二百间。
威武衙门桑海迹，和平书院岁月斑。

殿宫旧市留仙圣，古巷神龙宅室环。
摆果台前灯烛舞，聚奎塔上瑞云闲。

茫荡山

鸳鸯偎守似神仙，石佛观音点化缘。
日落天湖峰挂月，崖托云瀑坠龙泉。
廊桥跨涧溪河滚，山谷横空木叶翩。
典雅古村珠宝岛，三千八百坎高悬。

黄岗山

绝壁争魁峡入霄，黄岗山峻诸峰娇。
临崖望月迷云浪，登谷听风醉雾潮。
并列七星雷劈谷，一关独守射神雕。
野花古木重屏嶂，草甸禾田广野遥。

宝山风景区

霞云夺目泛莹光，跨岭霓虹复锦妆。
千石岩台观日出，孤峰望月到天堂。
水晶洞壁金身佛，玉瀑银潭峡谷廊。
万丈深渊烟雨密，依庵伴庙百花香。

华阳山

玉龙潭内泛琼花，虎跳银泉瀑复霞。
翩舞嫦娥奔洞月，鸳鸯戏水到天涯。
神龟探谷思星落，金鹿携桃盼日斜。
异石悬峰云海里，瓦房木屋竹篱家。

九石渡

金斗丹崖怪石山，银溪碧浪渡滩湾。
仙人洞里居贤士，老鼠岩前过险关。
狮岭绝佳观日落，笔峰独秀望江还。
码头古镇争风貌，庵寺楼亭叠嶂间。

湛卢山

拾级登山听啸松，凌云探顶见峦峰。
冶炉铸剑遗痕石，吟室成才寄迹容。
伏虎蹲狮千谷叠，卧牛奔马万崖重。
清凉寺院多邻宅，村舍家园古韵浓。

白马山

静隐深山白马庵，蓬莱仙境恋江南。
梦床天阁寻姑嫂，幻石夫妻瀑雨探。
狮子腾云游虎谷，凤凰入洞浴龙潭。
孕猿观月相思泪，花散芳香木吐岚。

佛子岩

崎峰重叠展娇姿，屹立奇岩寄谷宜。
曲折溪河环玉嶂，交错瀑泉过瑶池。
夫妻连手描彤体，姊妹同台画黛眉。
绝壁天墙延月入，朝阳探壑醒神龟。

万木林

万木缘功德，长丘善济林。
月悬看碧海，日照望天阴。

九峰山

出水芙蓉九翠屏，悬桥百步碧云亭。
幽香寄谷溪浮石，猿洞秋风月夜听。

溪源庵

纵横岩洞吐云烟，曲折溪流峡谷泉。
古木林中啼凤鸟，香风庵里梦神仙。

鹊桥仙·归宗岩

峰峦起伏，参天古树，一壑千姿万状。吞云吐雾雅亭轩，看寺院、丹山合掌。　　仙游十景，神居三洞，曲折盘岩叠嶂。登台日出蜃楼重，望线谷、珠飞瀑唱。

龙岩市

冠豸山

古木寄高天，溪流石上泉。
风亭云浪托，兰阁脊浮莲。
舟济环双乳，飞龙绝壁穿。
丹霞屏嶂复，竹寨剑峰悬。

龙岩国家森林公园

江山睡美人，古木万年春。
交错重崖洞，吞云吐雾频。
日悬金谷色，复壁月光银。
飞瀑惊鸣鸟，天娇恋女神。

上杭国家森林公园

冈峦交错秀，峡谷贯穿幽。
岭内探香寺，云中看蜃楼。
溪潭天水落，崖壑雾烟浮。
榕树环山翠，鲜花不恋秋。

龙崆洞

洞中探水望无边，溪内悬崖见洞连。
三色门迎长寿客，线光一谷伴高天。
神针定海千人会，亭阁凌云聚八仙。
曲折迂回迷宵日，时空浪漫幻流年。

梅花山

梅花山隐梅花洞。十八溪流十八关。
绝壁金盂吞日月，孤崖银瀑吐云湾。
绿林翡翠浮奇色，赤苑芬芳泛异颜。
谷地温凉仙客恋，风涛蓝海雾烟闲。

王寿山

古道登峰入洞天，云桥跨海幻神仙。
棋盘破石千姿笔，香合铜炉万缕烟。
爬壁螳螂思出米，乌龟奔月梦飞船。
风涛林茂吞岚雾，雪霁银妆蜃市悬。

东华山

仰望千仞九弯峰，曲径攀登八角重。
云雾迂回帆出海，烟岚吞吐入江龙。
鲤鱼浮塔披星月，燕子悬崖泼墨松。
寺庙香炉迎客早，清风拂过鼓鸣钟。

卧龙山

盘龙屈卧一湾天，九道分支绕外田。

圣境峰高城阁托，风云亭上凤携莲。
千松倒挂瑶池碧，浮落蓬莱独秀泉。
月照魁楼听玉笛，金沙寺胜半空悬。

朝斗岩

仙阁闲观山水色，云峰静看彩云霞。
泉飞叠壑珠帘帐，烟雾重环玉乳纱。
日挂青天娇石立，月悬蓝谷巧姿斜。
参差古木凌空碧，异洞迂回到海涯。

赖源溶洞

似雾非云梦幻中，登凌恍惚到天宫。
迂回曲折桃源谷，清澈瑶池冷暖风。
岩壁涌泉琴作浪，山崖舞女化霞虹。
乳花玉柱千姿色，石燕惊飞闹海空。

客家土楼

土堡成群雅，坑楼聚集娇。
飞来天外碟，星坠暗云霄。

龙湖

碧水青山绕，明湖翠岛浮。
龙舟听客唱，月照曲波流。

云霄阁

翘首凌空塔，环云复彩霞。
碧波新影挺，透目玉姿斜。

九鹏溪

两岸青山古木廊，一溪碧水戏鸳鸯。
风云环翠参差谷，复日茶园泛色香。

茫荡洋

双峰对峙峻山门，十里三洋碧浪源。
倒插泽中稀见竹，沧桑造化落奇痕。

汀州古城墙

依谷临溪卧古城，啸天翘首吐月清。
丹霞复壁珠门胜，月照飞星十里盈。

忆秦娥·梁野山

风云急，山巅古母悬空石。悬空石，摇摇欲坠，巧浮依立。　　巍峨峭壁沧桑迹，仙人洞里莲姑出。莲姑出，定光佛圣，护神家客。

宁德市

鲤鱼溪

五弯波六曲，东海鲤门开。
观色亲情伴，闻声友谊陪。

彩鳞翻浅底，流碧上高台。
鱼冢鸳鸯树，仙姑入梦来。

牛郎岗

石探吞巨浪，观海揽风亭。
远望礁岩色，涛声近岸听。
沙滩烟雨复，龙眼落金星。
登岛天桥梦，临岗幻月屏。

西浦村

东山观日出，西看月沉泉。
百米三桥跨，两堤千柳悬。
状元坊古朴，玉女雅亭前。
鼓岭涛云海，民居合院连。

九龙井

万竹长廊远，茶乡臼石千。
银河垂九井，玉瀑独悬天。
桥古斜沉月，秋波落日偏。
阴阳琴鼓乱，重叠雪花莲。

白水洋

万米丘波白玉光，晶莹十里浅平洋。
五峰独揽滔滔浪，一饱遥遥两乳妆。
峡瀑惊心仙鲤舞，奇泉潭洞戏猴王。
秋江吟曲鸳鸯宿，水上游龙滑道长。

太姥山

石奇峰峻插高天，洞异溪平接海川。
绿岛云头猴照镜，蓝湖滩畔鲤探泉。
长崖瀑寄瑶池溢，深谷风烟借窟穿。
碧水青山迎玉女，银装雪霁待仙船。

白云山

白云急骤佛悬光，赤鲤悠闲戏浣娘。
临海八仙争宝贝，九龙入洞夺潭床。
玉容大帝歌台殿，太后金身乐府坊。
铁锁沉泉浮寺阁，冰川石臼巧姿妆。

临水宫

依山临水靖姑宫，气势恢宏错落雄。
雕梁画栋高檐脊，流光溢色画屏中。
降妖伏怪思仙母，济难扶危忆德功。
相继婆官缘汝伴，戏台天府借乡风。

南漈山

南漈飞淙托雪莲，秀才少女隔纱翩。
神龙入海涛声悦，光浴浮台戏洞天。
探壁金龟船泊涧，书崖文笔玉屏悬。
溪流过岭携风月，幽谷仙翁独听泉。

洋中镇

千仞高峰插九霄，三溪十景古村遥。
东坡月色银川艳，西水霞光碧岛娇。
闹市民居环画意，天湖静卧忆情桥。
竹林深处香茶醉，梦里田园听玉箫。

东狮山

狮岭雄姿狮插翅，山门威武入天门。
穴泉喷雪银崖貌，日出峰头玉壁颜。
仙女散花云雾里，龙溪飞瀑井池间。

杜鹃一绝相思鸟，梦幻桃源万里湾。

三都澳风景区

咽喉良港口，门户海湾优。
礁岛滩涂浪，风波月夜舟。

翠屏湖

千顷平湖寄岭坡，长堤百米借风歌。
轻舟绕过云中岛，寺伴良宵月恋波。

杨梅州风景名胜区

银帘瀑布落天池，像石悬崖面貌宜。
峡谷云屏浮梦幻，廊桥古道伴相思。

雁溪

倒流溪水卧龙沟，玉液翻飞石上浮。
冰臼盆池悬断谷，曲阶分瀑叠帘柔。

浪淘沙·九龙漈瀑布

飞瀑破天来，峡谷峰开。千层万叠托云台。四海三江倾绝壁，玉泛尘埃。　　花乳碧莲佳，争艳浮阶。奇岩怪石夺高崖。龙眼游鱼吞水返，仙女归涯。

水调歌头·鸳鸯溪

万米平洋浅，百丈瀑齐天。腾云驾雾来佛、卧谷望移莲。巨鼎串珠沸液，水雾有声翻卷，玉女浴流泉。情岭鸳鸯聚，虎嘴吐风烟。　　溪岩白，冰棱碧，断崖悬。山梁双月门洞、独木渡神仙。潭阔九龙夜宿，笋柱参差林立，北寺牡丹环。日照湖心岛，霞复笔峰千。

平潭市

三十六脚湖

脚湖三十六，万水百千波。
山海重交错，礁岩出没多。
朝潮携日复，夕照月悬坡。
龙屿龟探岭，莲舟峡口过。

龙王头海滨浴场

白沙千米浴场宽，万顷蓝波浣浅滩。
木叶参差云雾滚，沉浮礁岛浪烟漫。
海涯日出望双日，悬月天边两月看。
蓬帐不眠听夜籁，曙光霞色啸风欢。

东海仙境

井深三洞到龙宫，水映高天二月同。

飞雪吻岩涛浪啸，浮云吞壁扑鸣风。
仙游谷里蓬莱托，神浴瑶池挂岛中。
巧遇观音形象显，峰峦难得卧彩虹。

五言绝句

海坛天神

天神卧海滩，罕见体容安。
奇石模型巧，孤男寡女欢。

坛南湾

白沙海岸秀银妆，绿木丘陵美玉冈。
激浪千层礁岛雪，百重港澳曲波廊。

二十三·新疆维吾尔自治区

乌鲁木齐市

国际大巴扎

闹市幻仙都，琼楼玉宇殊。
丝妆绸复铺，服饰锦添珠。
笑语欢歌汉，惊心动魄姑。
灯明悬彩柱，游乐日宵无。

天山石林

林石幻雪松，长坡乱卧龙。
悬天亭貌雅，玉女立娇容。
大窟流烟密，游云小洞浓。
桃源欢乐兽，鹿镜雾烟重。

红山公园

赤岩分体两峰华，翠塔凌云一影斜。
双鹿迎宾登虎首，九天来客到仙家。
阁楼远眺云姑梦，地洞探幽幻海涯。
绝壁临亭听瀑响，南湖舟泛暮重霞。

一号冰川

河源穿峡谷，冰雪复峰峦。
岩坎吞云海，天光泛浩寒。

丝绸之路国际滑雪场

万人滑雪燕凌云，千里飞车驾鹤群。
榕树盘根天外屋，溪流室内百花芬。

南山西白杨沟

密林绿野峻高峰，绝壁飞泉舞白龙。
林立小楼披日照，毡房星点月光重。

蝶恋花·天山天池

玉石门开天一线。浮碧瑶池，浴瀑流金钿。月镜悬空峰乳岸，南湖龙女翻江看。　　裸露基岩冰雪伴。日出东山，泉挂千条涧。水下蜃楼情侣恋。风帆放木宵灯乱。

水龙吟・水磨沟名胜风景区

涌泉峡涧飞奔，弧门古阁波纹影。龙桥护岸，石狮守岁，长河绕岭。官驿华亭，雕梁画栋，财神殿并。看参天木叶，重峦叠嶂，香妃浴，温潭井。　　泼墨花岩诗赋。见高坡、博望庐静。浮容刻迹，图腾信仰，广场仙境。今世来缘，女娲授意，观音留径。望银流、破谷千条一渠，磨坊该醒。

吐鲁番市

火焰山

无火朦胧焰，飞云赤土光。
繁花疑秃岭，重谷惑平廊。
万佛天宫坠，云梯独挂冈。
红山炎烈日，难忘渗泉凉。

吐鲁番郡王府

洞府天棚顶，金栏玉拱廊。
登楼迷野色，入院醉花香。
刻画辉煌室，雕图锦绣房。
郡王留恋府，歌舞殿前场。

沙山公园

丘峰平脊滑沙波，金浪沉浮泻谷坡。
日出辉煌闻鼓乐，朦胧月下听风歌。
草坪花圃游人密，艺馆科园植物多。
碧水湖潭舟伴客，凉亭寄岸会仙娥。

艾丁湖

洁白晶莹一泽盐，湖心光耀矿材兼。
骆驼刺盛枝芽壮，花花柴丰叶骨纤。
游鸭翔鹰消逝失，飞虫遛兔变迁添。
山间盆地多遗迹，不减来年恋客瞻。

吐峪沟

峡谷凌云万丈深，群山壁裂线天临。
日悬赤石双崖彩，月挂青峰独秀林。
岩窟图经千佛洞，墓坟一圣信徒心。
民情习俗村庄古，黄土窑房泛色金。

库姆塔格沙漠

八百里沙河，三千座火坡。
路留驼马骨，灰雾旱风过。

高昌故城

故城内外见沧桑，宫殿探幽曲折墙。
庭院门楼风雨迹，图纹壁画记高昌。

盘吉尔怪石林

风穿石破洞窗开，雨打岩斜立嶂台。
浮想联翩容貌显，迷形幻状圣人来。

哈密市

庙尔沟

举目山重雪，杉松复浅沟，
飞帘垂百尺，万里漾溪流。
花草春风漫，秋波日月浮。
登高云海揽，悦耳牧歌悠。

天山风景区

寒潮吞吐袭斜沟，岚雾翻腾古木幽。
白石乳姿天寄客，毡房绿野伴羊牛。
风鸣起伏望金谷，滑落银坡听响丘。
六月冰场千里雪，歌男舞女闹银州。

五堡魔鬼城

悬崖陡壁乱岗山，鬼哭狼号夜闹湾。
城堡奇观风雨迹，海涯驿站巧望颜。
神龟长寿滩边守，高岭人狮护谷关。
烟雾腾飞迷怪境，天南地北笋峰间。

回王陵

蓝光绿顶泛苍穹，百步梯望万里空。
木叶成阴环古迹，画图为色绕幽宫。
墓群素雅丘冈上。娇俏亭多谷岭中。
白墙红柱棚下寺，辽场高殿目朦胧。

大河唐城

地泉荡漾大河长，万顷良田备谷仓。
寒雪客商迷古道，冷风秋月幻天堂。
小城雅貌辉煌迹，俏色高楼锦绣妆。
举目八方烟雾济，平川一马过黄冈。

拉甫乔克故城

一渠绕三城，残墙曲壁横。
土山遗古址，佛寺忆乡情。

白杨沟佛寺遗址

断崖悬石窟，曲壁画图疏。
佛塔千人小，残墙古址墟。

哈密回王府

百间内外古王宫，大小门楼九道中。

翘脊飞檐游龙凤，环围桃柳又春风。

伊水园

水上行球百步浮，岸边千处客垂钩。
登山小径风云伴，烈士陵前碧水流。

阿克苏地区

柳树泉

垂柳柔新发，环回古树墙。
蓝天娇比碧，绿水雅争妆。
桥挂探泉口，亭悬接画廊。
溪流姑伴舞，驰马对歌郎。

托木尔峰

银坡白脊耸高天，寒谷峰林万里悬。
错落山崖列卧虎，参差岩谷聚浮莲。
光探钟乳冰河漫，雾托云菇泛岭川。
杉木塔松时季色，秋冬春夏浴温泉。

塔里木河

荡漾莹光汇内河，参差峻岭隔清波。
破堤野马奔腾水，穿谷蛟龙跨越坡。
积雪消融千丈落，化冰流逝一湾过。
湖山相映春秋色，走兽飞禽悦耳歌。

塔克拉玛干沙漠

万里金沙四面山，蘑菇风蚀两三颜。
悬空流动丘重叠，落地沉浮坎曲弯。
不尽苍穹长线岸，无穷浩瀚远边关。
雾凇频现胡杨色，赤带泉河缠绕湾。

天山神木园

神树稀奇异状生，圣泉造就怪根撑。
相思古杏鸳鸯恋，梦幻春风蜡木情。

满江红・天山神秘大峡谷

劈地摩天，巨龙卧、九弯十曲。高绝壁、千层万叠，遥遥极目。石峭崖奇狮虎立，洞神窟秘仙人宿。望峰头、赤色泛朝阳，双重旭。　　气蒸壑，声荡谷；卷阴雾，青烟扑。远观歌女舞、近看光复。风动吐寒来去速，含羞水漾潜浮促。柱千斤、倒挂滴清泉，鸳鸯浴。

喀什地区

帕米尔高原

遥遥千里地，重叠九霄山。
春夏梦中雪，风云日夜间。
河川连谷脉，湖海合盆湾。

边境高原市，情歌热舞闲。

乔戈里峰

凌空金字塔，神女裹银装。
壁裂冰崖脊，分槽雪坎梁。
参差危谷远，起伏险峰长。
玉岛寒风寄，苍茫雾锁冈。

卡拉库里湖

皓谷银峰挂玉屏，清波碧浪托金星。
山湖同色千图静，日月齐光一水宁。
峦脊影重沉黑海，高原天镜落云青。
牛羊奔逐雄鹰远，鞭响歌甜诱客听。

喀什老城

西折东回又一弯，南交北错再三环。
道穷目尽盘街返，柳暗花明绕巷还。
庭院贪看盆景里，楼台独览土房间。
门廊幽静高檐脊，龙吐清泉九眼斑。

达瓦昆沙漠

沙海波涛起伏丘，苍茫烟雾白云游。
月悬千里朦胧静，日出光辉一片柔。
玉女化泉留梦幻，相思寄棹伴龙舟。
古城风貌多神话，民俗歌谣过五洲。

棋盘千佛洞

佛洞砂崖里，残存壁画稀。
消灾公主宿，遗物罐陶儿。

香妃墓

富丽堂皇耀墓宫，庄严肃穆塔楼雄。
香妃玉洁还乡愿，彩绘千年日月同。

宗朗灵泉

草场万亩绽兰花，百米岩崖复彩霞。
注入灵泉求赐福，神奇古柳发枯芽。

和田地区

白玉河

长流银色水，高岸护晶波。
野草溪吟伴，迎风古木歌。
探源余玉石，寻迹客商多。
坝子观光胜，舟游到白河。

尼雅遗址

梦中精绝国，尼雅幻繁华。
水渠环南北，东西果苑叉。
田园沟曲折，城址往来家。
消失民居弃，千年谜入沙。

其娜民俗风情园

星级农家乐，田园示范先。
风情山水恋，歌舞伴神仙。
月下瑶池女，蓬莱上客船。
九霄悬巨木，遮盖半边天。

英艾日克水库

绿洲环抱碧波遥，起伏金沙泛海潮。
翔客滑坡千里远，驾驼结队八方辽。
园林情趣花姿俏，柳岸相思月影娇。
日照浮台垂钓乐，水天一线伴云飘。

乌鲁瓦提风景区

山外清波谷口流，长堤绿木雾烟浮。
玉龙大坝云中瀑，深水天桥浪上舟。
日出红霞千里静，白光万道月悬悠。
风前闲看神仙岛，雨后奇观叠蜃楼。

沙漠观景台

登台千里目，无际叠沙丘。
银带悠闲绕，云楼恍惚浮。

恰哈泪泉

三沟归一渠，绝壁泪流千。
清冽甘甜水，新陈代谢泉。

昆仑公园

碧波荡漾柳枝飞，浅水鱼梁起落依。
亭榭楼台悬月镜，济舟迷岛不思归。

板兰格草场

高原平地草场宽，野兔牦牛逐跳欢。
目望水天留线岸，白云可及雪山看。

昌吉回族自治州

玛纳斯国家湿地公园

沙湾围湿地，流域古河床。
水草蓝天合，葱林集柳杨。
滩涂翔鸟戏，鱼闹跃池塘。
湖库烟波尽，农垦小李庄。

石城子遗址

河沿城址古，绝壁陡崖依。
俯视溪流胜，高瞻裂谷威。
龙松岩上立，梁下玉泉飞。
坡远花香漫，丘陵望鸟归。

石人子沟

平沟穿万里，小草复千坡。
渠口纵横密，参差木叶多。
春风垂柳舞，夏雨泻洪歌。
鹿石人形显，婷婷幻月娥。

铁瓦寺遗址

三面松林一寺环，独留视野万重颜。
青龙穿壁流泉眼，白虎探崖复雪山。
月下瑶池天照镜，云中瀑布挂海湾。
仙踪古刹求宁静，留住凡心梦幻间。

博格达峰

千山竞秀白云天，万壑流芳赤雾烟。
雪海滔滔风挂谷，祖峰济济玉龙悬。
瑶池月照冰沉影，草地留羊日复川。
古木参差图泼墨，瀑流穿壁绿洲泉。

中华碧玉园

步移光彩满街浮，举首辉煌耸宇楼。
玉石奇姿呈市馆，异妆宝贝显春秋。
草场台地商家聚，亭榭花园客户留。
交错纵横廊室雅，河图锦绣绘琼洲。

江布拉克

远山近水伴长风，雪海峰林日照中。
草色闲观青泛地，花香静看映天红。
苍松翠柏云霄顶，牛壮羊肥麦浪空。
月下雅房吟小曲，神仙不恋广寒宫。

鸣沙山

沙滑声如鼓，闻雷九霄鸣。
远观潮入海，近见瀑洪倾。

北庭故城遗址

沙丘内外古城存，墙垛高低旧址痕。
寺院沧桑岩洞故，壁画千佛刻由源。

原始胡杨林

龙盘沙岭满天飞，虎踞岩岗遍地依。
雨过神狐千尾坠，风来万首怪蛇归。

博尔塔拉蒙古自治州

艾比湖

蓝水向阳湖，晶盐闪烁珠。
劲风沙石落，尘土复征途。
野鸭波中画，天鹅浪上图。
影重红柳岸，追日絮花芦。

甘家湖白梭梭林

戈壁濒危木，沙湖水渗河。

天然屏障密，植物野生多。
鸭子穿梭浪，胡杨重叠坡。
杜鹃云涌赤，红柳伴风波。

赛里木湖

群山环抱水茫茫，一目千里谷岸廊。
日出霞红金色叠，悬天皓月复银光。
草原游牧来回逐，湖畔飞禽往返翔。
冰雪峰林探险乐，浮云绕岭百花香。

哈日图热格

峡谷凌云一线天，陡崖峭壁隔深渊。
仙桥跨顶高峰托，神洞飞檐巨石悬。
急瀑奔腾环曲涧，漂流长水绕轻船。
松林草地花香万，游牧童歌鸟语千。

怪石峪

海枯石烂历沧桑，雨蚀风侵岁月长。
峡谷纵横泉瀑异，像模重叠怪姿妆。
龙吟高谷千峰色，虎啸长河万浪光。
林密深山存古墓，陡崖绝壁画岩廊。

阿尔夏提风景区

冰清玉洁俏姑娘，赤裸岩崖俊汉郎。
云涌九霄天岸远，松涛千里海涯长。
茫茫草地蓝波泛，袅袅炊烟白鹤翔。
石壁流泉温七眼，人间仙境醉风光。

博格达尔温泉

深山峡谷梦温泉，绝壁高崖滴石穿。
玉叶金枝迷乳液，古岩稀画忆流年。

博格达尔森林公园

河谷胡杨两岸看，独望禾草柳榆滩。
风前鸟语花香乐，月下琴声伴舞欢。

巴音郭楞蒙古自治州

楼兰古国

古国楼兰迹，遗墟废址沦。
沙丘悬暗月，寒柳复风尘。
昨见商家盛，今看灭族人。
小河长墓地，美女赤肤身。

相思湖

山影长堤水，风摇半片芦。
浅滩波上逐，小艇浪中驱。
梦幻沉浮月，相思荡漾湖。
游鱼垂钓乐，盆地耀明珠。

莲花湖

芦苇争光曙，莲花泛色香。
鹭鸶成对舞，野鸭聚群翔。
水上平台跨，波中快艇航。

小湖沉月静，日照绣金妆。

阿尔先沟温泉

温浴醒王子，逍遥石涌泉。
过山花独灿，穿壁翠松千。
溅玉垂飞瀑，翔云断谷悬。
争鸣归百鸟，三眼佛迎仙。

巴音布鲁克草原

曲弯十八静天河，大小安家一万鹅。
环绕雪山多径道，草原浮落乱云波。
毡房莲洁仙游唱，乳白羔羊牧女歌。
叠石奇崖温水滴，高梯瀑布挂陡坡。

博斯腾湖

吞吐云波万顷湖，高山碧水映辉图。
观鱼听浪舟游岛，望海闻风鸟返途。
木栈塔台迷夜月，廊桥亭榭幻莲姑。
沙丘滑雪飞天境，汊口纵横广茂芦。

罗布泊

涸水沙湖万里烟，苍茫耳泊逐流年。
龙城丹雅看浮谷，烽火台望赤俏悬。
孔雀河存芦草旺，楼兰街巷灭亡川。
无穷大漠沧桑迹，岁月蹉跎复变迁。

塔里木胡杨林国家森林公园

百弯游道曲途深，姿态胡杨两岸林。
冬复银装春吐绿，秋浮蓝影夏流金。
耳听风柳芦吹笛，目送湖波鸭奏琴。
豪气冲天昂首啸，英雄树挺海沙阴。

铁门关

两山夹峙一门通，绝壁穿关独立中。
榭阁亭台望巨浪，谷沟壑涧听长风。
百花斗色峰前月，万木争光雨后虹。
公主岭间生死恋，将军楼上揽苍穹。

巩乃斯国家森林公园

班禅沟内蝶迷香，瀑落高山雨雾扬。
风袭银湖仙女舞，金泉逐浪济牛郎。
云梯独揽层霞色，捉月亭台万道光。
松挺花浮环雪岭，白羊绿草过山冈。

巴仑台黄庙

峰峦崖谷耸高天，沟壑烟云绝壁泉。
庙宇辉煌经卷百，殿堂华丽物文千。
金身菩萨环围圣，玉体观音绕列仙。
古画奇稀真迹贵，神迷香火旺终年。

米兰古城

荒漠中遗址，城墙外土台。
长河环古堡，呈现垦屯灾。

金沙滩

千米湖滨复细波，沙滩一色绕长坡。

飞舟扑浪雄鹰展，亲水天仙化白鹅。

芳香植物生态观光园

万亩芳香梦幻中，相思一目色光同。
朦胧踏遍繁花苑，恍惚仙游月桂宫。

天鹅湖自然保护区

雪岭冰峰玉嶂屏，湖光山色影云星。
白衣天使归千岛，独揽银流落万翎。

克孜勒苏柯尔克孜自治州

阿图什天门

恍惚天门望，高瞻梦幻间。
漂浮云雾济，烟雨吐吞环。
登脊寒宫近，攀岩过险关。
寄言仙女答，壁画万千斑。

阿图什大峡谷

峡谷悬天立，凌云怪石浮。
山深云雾漫，溪涧水长流。
双鹤高空戏，群鱼浅底游。
古桑知岁月，巨柳又春秋。

奥依塔克风景区

摩天托日冷杉雄，林立冰峰九霄中。
蝶舞莺飞芳草地，泉流瀑落日光虹。
断崖动魄千堆雪，裂谷惊心万丈洪。
坡上牛羊云浪远，毡房琴曲闹寒宫。

慕士塔格风景区

三山耸立擎天柱，荡漾千波幻浣姑。
挺拔雄伟雪峰塔，蜿蜒豪壮玉龙驱。
石奇洞怪冰湖雅，草异花稀谷岭殊。
绝顶凌云探日曙，寒流独揽月光图。

吉鲁苏温泉

五泉温玉液，四季暖长流。
波漾西施恋，嫦娥弃月留。

博古孜河

日照清流漾缓波，风吹白浪急奔河。
玉龙跨卧洪堤锁，果木参差鸟放歌。

公格尔峰

起伏冰川万叠梁，参差山脊两峰昂。
狂风卷过惊崩雪，夏日寒流乱玉墙。

喀拉库勒湖

日照明湖溢色波，雷鸣乌水黑云过。
浮光潋滟成天幕，悬月晶莹影山坡。

托云地质公园

雅丹七彩显神奇，赤土清泉独展姿。

边塞风光遗址胜，人文特色总相宜。

伊犁哈萨克自治州

奎屯河大峡谷

天山过雨水，海底玉门开。
峡谷云霄立，山崖卧坎台。
河滩平绕阔，壑壁曲弯回。
日照重沙卵，长波复月来。

提克喀拉尕依林海

云杉悬陡壁，曲折幻长城。
林海风吹啸，山泉雨打鸣。
光移浮日出，影动复霞倾。
壮美凝红染，攀坡尽漫生。

琼博拉森林公园

擎天白石峰，高峡碧坡松。
雪厚茫茫海，层层草甸浓。
溪流迷风貌，仙迹幻游龙。
静听风云语，闲观日月重。

喀拉也木勒风景区

两岸垂丰柳，牛羊万里游。
繁花迎鸟戏，客钓伴孤舟。
赛马新娘盼，追姑好汉求。
毡房听曲乐，草地牧歌悠。

双龙沟风景区

双龙吐水流，一道曲弯沟。
木屋林间隐，亭台石上浮。
雪峰凌腹地，攀壁谷冰楼。
松柏重苍翠，崖悬白练悠。

五彩滩

一河奇两岸，异色万千姿。
绿地浮图碧，丹山翠画移。
岩台岗起伏，沟坎谷参差。
日照云腾岛，光波骏马驰。

阿拉木图亚风情园

湖闪珠光日照烟，鸭潜色水柳条翩。
小桥流碧云沉浪，溅玉群鱼沸瀑泉。
亭榭闲观千片雪，花堤静看一扁船。
冰场趣阅江山美，月下风情伴客缘。

唐布拉国家森林公园

冰山积雪色光悬，峡谷深沟荡漾泉。
怪石参差探百兽，奇峰起伏卧龙千。
沸腾细浪飞流瀑，吞吐浓云沐浴仙。
湖畔草丰游牧广，宫城遗址忆当年。

惠远古城

繁木丛中绕惠城，园间千鸟百花争。
雕梁画栋留钟鼓，曲径图廊复院营。
楼阁风悬朝夕啸，铜铃檐挂古今鸣。
沧桑岁月看文庙，台畔望江逝水情。

那拉提旅游风景区

形如屏嶂岭参差，断谷纵横地势斜。

松塔层层朝复日，毡房点点夕重霞。
山崖瀑落看天水，峡谷溪流望海涯。
裸露奇峰探月洞，云梯石吊半空遮。
霞雾朦胧交织锦，翱翔莺鹤听风歌。

夏塔旅游区

塔河破草泻无终，峡谷天开举目穷。
古道崎岖梯为石，沉浮遗址墓如宫。
峰林豪壮参差秀，锦绣冰川起伏雄。
烟雾卷飞千里雪，风云飘动万条虹。

库鲁斯台草原

目穷千里草原新，万顷翔云海角邻。
无际柳林溪缓过，长空鸟语急归春。
池鱼梦幻思龙女，迷醉天鹅恋月神。
独揽疆场烟雨色，逍遥世外画中人。

桦林公园

碧水分流小岛环，飞扬木叶染重颜。
野花遍地崎岖径，芳草天然曲折湾。
秋听金风霞色迹，冬看银塔雪光斑。
招来百鸟齐歌舞，诱惑游鱼一浪间。

喀纳斯湖

高山湖泊雪峰中，日照瑶池寄碧空。
枯木长堤云雾望，佛光新雨远看虹。
卧龙湾上争桥月，台下飞鱼夺石宫。
色水目穷临季变，曲滩驼颈急流洪。

乌伦古湖

黑山观水两湖波，白絮看芦一浪荷。
浩淼云烟环小岛，蜿蜒沙岸耸楼多。
栈桥垂钓滨场客，餐宿渔村野味鹅。

阿拉善温泉

七彩温泉万色山，水流千顷一丘还。
喷红见血岩中隔，吐白看珠裂石间。
蛙跳冷波潭雨溅，蛇盘热浪滴崖湾。
天池乳液相思梦，恍惚仙游浣月闲。

伊犁河民族文化旅游村

滚滚西流壮美河，翩翩俗舞热情歌。
亭棚海内知音客，世外桃源果木多。

乌鸦岭仙人壁

奇形怪状石林神，木叶参差梦幻春。
巢废乌鸦踪不见，仙人指路岭前滨。

塔尔巴哈台山

密草缤纷复绿坡，野花怒放泛红波。
空中飞瀑珠帘碧，石上流泉影月娥。

阿克苏水上乐园

泛舟亲水乱瑶池，垂钓游鱼展舞姿。
度假休闲风景胜，健身娱乐色香宜。

五指泉景区

巨掌遮天挂五泉，奇峰怪石像生千。
花岩裸露经风雨，峡谷长流日月怜。

金山森林公园

峰峦半绕挂天屏，木叶成林一片青。

碧水长流望静月，登高独揽野风听。

白哈巴村

山花水草雪峰遥，雨雾风云海角飘。
银夏金秋苍翠滴，溪流滩畔浣姑娇。

二十四·西藏自治区

拉萨市

纳木错

天湖浮屋脊，碧水泛苍穹。
高望冰山雪，丘陵上听风。
草原悬静月，宝镜挂闲虹。
神圣相思梦，烟波日照中。

楚布寺

寺殿山环绕，溪流托佛台。
沧桑疑宝贝，文物古今猜。
银像悬空宿，浮云塔顶来。
跳神传舞蹈，祈福信徒徊。

八廓街

圣道传经路，东南拐北西。
纵横街巷岔，相依商铺齐。
老屋观光恋，游民古庙迷。
密宫娇月梦，山远幻新霓。

布达拉宫

高山殿宇贯苍穹，重叠群楼气势雄。
金壁辉煌庭色月，银墙锦绣日光宫。
鱼歌鸟唱雕廊里，凤舞龙飞刻塔中。
工艺闻名看杰作，藏传佛教盛春风。

大昭寺

长明不灭照油灯，高入云端塔顶凌。
大殿信徒祈佛盛，庙多迷客拜神兴。
千年公主相思柳，梦幻观音万代僧。
足迹痕深知岁月，春秋故事古今承。

罗布林卡

奇花异草古园林，高阁层楼曲径深。
石托戏台迷客唱，寄波亭榭醉人吟。
宫中壁画晶莹色，堂内辉煌佛像金。
池畔山崖观走兽，竹溪林瀑看飞禽。

宗角禄康

水映花园复两园，一桥悬岸叠桥轩。
赏花栈道看烟岛，揽柳沙滩见塔魂。

荒石喷泉虹雨落，乱云吐雾玉波翻。
林中哈达通天路，高阁层楼望圣门。

药王山

寺庙山腰石窟中，佛墙坡上日当空。
白云飘过台观景，塔立蓝天听返风。
玉柱高瞻留梦幻，相思长忆恋乡翁。
摩岩造像匀千万，祷告人潮欲望同。

唐古拉山脉

擎天山脉雪峰长，环绕云烟各一方。
急雨渡来冰冻岛，雾悠飘过土坡凉。
壁崖花木葱茏色，峡谷湖泉洁净妆。
古露源头迷美景，草原鸟语醉风光。

宇拓路

宽敞步行街，繁华市貌佳。
观光环境美，娱乐梦中怀。

拉萨河

高山过碧水，拉萨上河图。
滩畔游人恋，歌声寄浪途。

哲蚌寺

三面青峰米寺环，慢坡一片碧波闲。
相依殿宇群楼叠，晒佛台前揽众山。

日喀则市

羊卓雍措

湖岔纵横密，参差小岛多。
沙峰浮白雪，云雾覆蓝河。
天上迷仙境，人间醉月波。
牛羊思隔水，神女恋飞鹅。

绒辖森林景区

峡谷幽深美，溪河碧澈娇。
高崖长急瀑，平地小村遥，
异草争坡岭，奇花比海潮。
珍禽林木戏，稀兽石舟漂。

亚东沟

急水来天上，溪流峡谷长。
山腰云雾里，峰顶雪中梁。
丰草牛羊聚，林深鸟兽藏。
花沟难寂寞，西域米粮仓。

珠穆朗玛峰

昂首参天金字塔，群峰环绕独娇华。
冰川崖壁参差挤，雪海沉浮覆谷涯。
雨过雾腾重玉嶂，风来云滚叠莲花。
登临探险惊心路，触目山巅不见霞。

扎什伦布寺

山前寺庙显辉煌，坡上环围筑翠墙。
经涌两千容大殿，佛祈六百聚宽堂。
凌云高塔沧桑迹，进宇长廊岁月妆。
日照红楼香雾卷，月悬青壁色浮冈。

桑珠孜宗堡

宫楼三百雾云间，宗堡千年一顶山。
红白粉墙悠日照，青灰檐脊月悬闲。
物文珍贵沧桑逝，风貌神奇岁月还。
典雅天骄看胜迹，登临独揽古今斑。

白居寺

三面环山展虎威，四方临水玉龙归。
寺中立塔层楼叠，塔内多堂复寺依。
佛像万尊容貌异，壁图千幅色光稀。
百门远瞩风云绕，独揽苍穹日月辉。

萨迦寺

鹏鸟悬空日月望，经堂手墨见沧桑。
参差佛塔图雕壁，寺殿徘徊画刻墙。
山水溪泉云雾复，花岩草木过门廊。
桃源仙境千年寿，神圣宫楼教义祥。

金嘎溶洞

山羊指路过台阶，鹏鸟携绳到洞涯。
悬谷奇龙天境梦，怪蛇入地幻神牌。
月浮危石瑶池美，日照蓬莱险壑佳。
罗汉风姿留意思，仙师足迹破丹崖。

佩枯措

蓝河浪去听涛声，白雪峰回望玉城。
目送秋波千里静，风闲独揽故乡情。
云来变幻龙宫闹，雨过相思水鸟争。
圣洁超然仙境梦，流音一曲海天倾。

五言绝句

康布温泉

温泉祛百病，乳液幻瑶池。
云厦仙人曲，歌楼玉女姿。

多庆湖

高原浮圣水，神镜照长天。
影挂银峰列，云徊日月悬。

七言绝句

卡若拉冰川

玉洁冰清睡美人，皓沟白岭塔悬新。
蜿蜒山体危岩绝，起伏峰岗雪线神。

洛子峰

挺拔天娇玉女峰，二山耸立一坳中。
冰融急雨频繁坠，崩雪常规卷暴风。

卓木拉日雪山

银装素裹玉容神，相伴蓝波照洁身。
日月交融山水洗，风云席卷浣龙鳞。

帕里草原

茫茫草地牛羊壮，座座银山玉女妆。

日照风情云里曲，月悬梦幻到天堂。

昌都市

勒萨普巴溶洞

曲折深溶洞，徘徊过石廊。
晶莹钟乳色，翡翠宝珠光。
形象玲珑貌，姿容巧妙妆。
高崖探窄口，风格不寻常。

曲孜卡温泉休闲中心

百米温泉泳，风情万种临。
田园烟雨近，云雾雪山沉。
探险迷仙境，休闲醉人心。
日斜香野味，琴悦伴姑吟。

生钦朗扎神山

神山多胜迹，仙洞隐高僧。
佛像悬空异，岩崖怪石凌。
雪峰依水畔，寺庙立丘陵。
猴子风掀帽，天龙破谷腾。

布加雪山

冰峰望洁雪，山底看鲜花。
起伏神龙俏，参差玉塔华。
高瞻迷谷顶，远瞩幻天涯。
西寺兴香火，南乡复彩霞。

多拉神山

转山功德意，欲望佛成真。
悬壁经文迹，沿途石像神。
谷深分四季，十里劲风频。
奇洞知心术，平安祷告人。

类乌齐寺

古寺规模胜，豪华大殿宏。
红墙叹锦画，白壁帛图惊。
金佛光环亮，银僧色泽明。
千年稀世物，万代贵知名。

帕巴拉神湖

蓝水神湖照碧天，青山环绕玉峰千。
参差奇树霞虹挂，怪石沉浮日月悬。
蝶舞莺飞花草挤，鱼肥鸭壮浪波穿。
高崖洞穴瑶池寄，潭泽村头借圣泉。

芒康滇金丝猴自然保护区

断裂山崖峡谷高，石岩裸露挂分毫。
陡坡异草云中滚，斜岭奇花雾里滔。
杉紫松红金叶借，黑猴腹白寄银毛。
马熊雪豹嘶声近，斑尾飞龙独自号。

邦达草原

茫茫一片草原长，两岸遥遥叠岭冈。
峡谷送来清澈水，雪山明媚复重光。
浮云荡漾高天碧，追逐群牛挤玉羊。
月下风情琴曲悦，对歌俊汉俏姑娘。

波罗吉荣大峡谷

群崖峡谷仞高千，两岸雄峰一线天。

目望飞云游壑口，耳闻风过壁流烟。
长桥梦幻瑶池女，曲水相思玉岛仙。
佛圣笑迎探险客，无头妖石洞檐前。

瓦拉寺

依山寺庙雀开屏，盘水金鱼闪耀星。
殿宇宏伟重叠静，起伏峰峦豪壮宁。
铜雕佛像僧堂阔，柳刻神仙巨画庭。
绝壁闭关奇古屋，风声悦耳谷中听。

卓玛郎措湖

绿水晶莹度母湖，群山环抱守明珠。
白云流动千莲异，浮落蓝天一浪殊。
花木繁华观倒影，雪山锦绣看斜图。
蜃楼海市平常见，出没神牛戏浣姑。

孜珠寺

六峰突起插苍穹，殿宇环围万佛宫。
峭壁悬祠探月照，陡崖立庙复听风。
异坡谷里登天险，危石凌云怪雾中。
洞穴沧桑留圣迹，古今宝贝类无同。

高山聚水借瑶池，梯级三湖漾异姿。
峰顶皑皑重雪塔，茫茫岭腹叠花枝。
草场岸畔风光好，郊野农田景色宜。
灌木丛林悬夜月，崖中溶洞石神奇。

萨嘎日初宝塔林

参差宝塔林，大小贯风吟。
雕刻沧桑迹，千年石兽禽。

三色湖

日照湖三色，晶莹黑白黄。
风吹浮翡翠，悬月泛碧光。

同卡寺

玉塔悬千佛，亭楼一寺凌。
久藏珍贵物，罕见殿多层。

酉西温泉

四面青山卧巨龙，花红百里绕苍松。
云蒸地热温泉异，脱俗超凡独胜容。

罗荣沟石刻群

苍松翠柏青山远，鸟语花香到赤沟。
造像千年多气韵，一方杰作又春秋。

果布白宗山

密林深处庙烟香，绝壁高居石色妆。
花海风云迷活佛，神山日月照毡房。

布托湖

山高湖阔落蓝天，水美峰娇托雪莲。
丰草花繁鸣鸟舞，羊肥牛壮牧姑翩。

林芝市

苯日神山

精神传佛教，理想信徒求。
五洞修行宿，安居十寺留。
天梯祈立树，拜石鸟仙游。
云雾三山绕，光辉日月浮。

喇嘛岭寺

峰坳高岭寺，金顶耸云间。
四色浮墙绕，飞檐八角环。
仙师留石迹，佛殿塔悬山。
壁画千年秀，花香百鸟还。

南伊沟

群峰环一沟，峡谷白云游。
春到桃花艳，枫枝美在秋。
雪山飘雾洁，净水壁崖流。
小岛芬芳远，村中好客留。

老虎嘴瀑布

断崖开虎口，峡谷吐云烟。
瀑落拦腰石，珠飞托玉莲。
深潭难见底，长涧不知边。
日过浮虹彩，银峰雪照天。

米堆冰川

冰洁川堆玉，山明白雪妆。
举头迷色岭，俯首醉花香。
梯瀑参差远，沟泉曲折长。
风云峡谷舞，林海饰屏廊。

鲁朗林海

青峰两侧草原长，一曲溪流碧水泱。
林海涛涛光溢绿，雪山泛白色茫茫。
野花开放迷途鸟，云雾徘徊幻画廊。
木屋闲居风月醉，田园游牧梦天堂。

帕隆藏布

两岸悬崖插九霄，凌云峡谷托天骄。
索桥高挂寒宫近，江水长流曲壁遥。
昂望雪山光破雾，回看花海色分潮。
绿洲峰上还春日，月下田庄舞女娇。

布如沟温泉

壁崖凹凸渗清泉，环绕峰峦滚白烟。
遥望云开迷屏嶂，近看雾复梦神仙。
山中揽月千姿女，石上听风一洞天。
曲径斜坡花木伴，净身洁体寿延年。

巨柏

千年巨柏密林长，丈体枝繁碧叶扬。
成对交叉留梦境，逢双排列伴情郎。
风摇怒吼云烟变，雨扑闲吟女换妆。
日照影投阴一亩，月悬遮蔽半天光。

南迦巴瓦峰

冰清玉洁刺苍穹，云雾悠闲泛海空。

峡谷流烟千里水，壁崖万丈石悬风。
脊坡起伏登天道，木叶参差托雨虹。
裸露基岩金色顶，神仙聚会在山中。

拉多藏湖

柔波荡漾五湖依，四面青山复翠微。
绿柏红松迎鸟舞，蓝天伴月白云飞。
游鱼往返争餐饱，翔鹭徘徊闹腹饥。
作画提诗留梦幻，扶琴吟曲不思归。

五言绝句

慈巴沟国家级自然保护区

两岸山峰峻，斜坡一谷沟。
雪崩泥石滚，冰化急洪流。

盔甲山

雪化留盔甲，浮云伴黑山。
花纹岩石叠，城堡九霄间。

七言绝句

桃花沟

野桃鲜艳漫沟香，林木葱茏泛色廊。
鸟雀欢歌苍翠谷，溪泉奔放绕山冈。

东久自然保护区

深谷高崖急水流，密林多鸟放歌悠。
冰峰雪岭相辉映，赤色斑羚境内留。

藤网桥

藤网凌云峡谷桥，急流悬月线丝飘。
天空穿越惊心晃，抱雾扶风落魄摇。

梅里雪山

神山傲立显威风，玉女柔情梦幻中。
百万冰川崩地动，十三峰绕托苍穹。

嘎贡瀑布

悬天一瀑九湖倾，百里雷声万谷鸣。
山涧小溪神水聚，绕圈朝拜祷真情。

太昭古城

环绕群山一镇昌，千年经历见沧桑。
雄关漫道咽喉地，佛塔真情恋故乡。

词

满江红 · 雅鲁藏布大峡谷

壁立高天，望峰顶、巍峨挺拔。观云海、万千缭绕，奔腾出没。举视朦胧多险谷，回看迷惘稀奇窟。大拐弯、曲折翠屏长，悬明月。　水流急，崖陡绝；攀石难，登岩吓。远途惊级径、嶂重峦叠。瀑落珠飞波浪怒，参差林木风烟泣。白龙游、仙女舞姿娇，银光雪。

鹊桥仙 · 巴松措

神湖水碧，仙山瑞雪，梦幻天堂

圣地。繁花烂漫睹芬芳，鹤鸥戏、蓝波漾美。　　镜中多画，色浮重影，石岛空心立寺。金童玉女佛盘台，古村里、风情人醉。

山南市

桑耶寺

一寺三风格，千年四塔颜。
殿中悬日月，佛圣坐堂间。
曲壁精雕迹，回廊巧刻斑。
耳闻江水过，目睹万重山。

丹萨梯寺

登寺望江流，云中日月悠。
波前悬渡埠，浪里托行舟。
大殿金身佛，经堂上塔楼。
红墙浮壁画，草木复山头。

曲龙寺

寺前观草地，庙后雪山望。
留迹千年石，遗痕一道场。
风云思岁月，潮浪忆沧桑。
佛圣灵魂塔，修行守洞堂。

那玉河谷

洁清流雪乳，广草泛葱茏。
驹马嬉柔水，牦牛闹暖风。
牧歌崖谷里，游云手心中。
好客香茶醉，炊烟上碧空。

涅尔喀大瀑布

高崖天水落，断谷玉门开。
日挂霞浮壁，珠飞泛月台。
风云穿洞返，雨雾绕山徊。
石上煎香蛋，林中百鸟来。

青朴风景区

三面环山落阔沟，斜坡独揽一江流。
迷看圣迹神仙宿，梦忆天堂日月留。
暑夏逍遥春总在，寒冬快乐又还秋。
摩崖石刻修行洞，泉眼穿岩水上楼。

朗赛岭庄园

十万良田一体庄，九霄独立七层房。
堂楼锦绣凌云阁，牢窟阴寒入地仓。
刻石磨岩登殿室，雕梁画栋过宫廊。
珍禽稀兽探林木，异草奇花夺日光。

拉姆拉措

群山环抱镜中明，独寄瑶池梦幻情。
波动留影看异色，无风起浪听奇声。
彤云密布穿红日，碧液多层皓月行。
天女有魂知欲望，神仙指路各人生。

拿日雍措

色光相映一湖天，日月齐明两海连。
遥望雪峰娇女舞，回看镜底美人翩。
芬芳花草牛羊万，碧翠云波木叶千。

活佛情歌思浪漫，蓬莱岛上洞流烟。

勒布沟

峡谷深渊梦幻沟，百弯山道到村头。
天垂飞瀑倾琼液，浪去波回托石舟。
鸟聚花繁迷圣岛，丛林密叶伴银洲。
琴悠歌美人欢乐，曲水廊桥月照楼。

哲古湖

巨龙起舞雪峰骄，荡漾神湖曲水遥。
倒影蓝天浮色雅，白云留迹泛光娇。
群鱼嬉戏千波乱，鸟聚翱翔闹九霄。
丰草茫茫添梦幻，毡房点点醉歌谣。

洛扎摩崖石刻

风云留古迹，石刻见沧桑。
苯教传观念，盟文朴实章。

库拉岗日峰

绝壁悬冰塔，崖岩坠雪崩。
轰鸣回峡谷，屏嶂叠峰层。

敏竹林寺

群山环抱寺凌空，天井移居佛殿中。
金像光复堂外日，云穿银塔月前风。

拉隆寺

白浪咆哮向远东，雪山挺拔插长空。
高楼寺殿祈神佛，古木参天听啸风。

崔久沟

百米长河急水流，冰融雪化一深沟。
仙居圣宿天堂庙，梦幻神湖玉女游。

诺米村碉楼遗址

碉楼悬谷背依山，挂壁临江望水还。
历尽沧桑残月色，久经风雨日光斑。

宁金岗桑峰

金岗独秀耸尖峰，四面银山卧玉龙。
挺拔危岩凌雪塔，冰川复谷色光重。

卜算子・布丹拉山

五彩乱云飞，七色霞重挂。哈达飘来复雪山，玉立姑娘雅。　　花草醉芬芳，悬月多情夜。薄雾悠闲过密林，俯瞰朦胧画。

那曲市

冈底斯山脉

众山环主岭，雪线绕群峰。

圣水悬天镜，冰川峡谷纵。
洞厅危石叠，崖险雾岚重。
玉洁莲花塔，溪湾卧白龙。

江孜古堡

古堡悬山顶，危崖绝壁浮。
揽天穷一目，千里尽云游。
裸谷重光脊，残岩复色丘。
密林添锦绣，风急扫群楼。

达果雪山

七峰金字塔，八岭画银川。
洁雪飞龙舞，浮纱白鹤翩。
日光云里透，月色谷中穿。
神秘灵岩洞，奇锣玉石悬。

梅木溶洞

三洞穿行不见终，幻迷百种象征中。
神泉过目吟天雨，滴水仙坑响谷洪。
石笋参差披玉乳，珠帘重叠瀑悬空。
豁然开朗云霞彩，日月齐光变色虹。

麦莫溶洞

二柱门前守碧宫，一狮梯下护仙童。
借光红洞花岩挂，青窟悬泉寄色虹。
奇壁参差披瀑雨，怪崖曲折坠山洪。
亭楼高阁居神女，深水云台宿圣翁。

当惹雍错

湖泊高原漾圣泉，神山叠雪耀长天。
七峰金塔参差耸，一峡银波曲折穿。
环绕风云盆内舞，沉浮烟雾口中翩。
陡崖洞寺祁仙女，滨畔村农不过千。

错愕鸟岛

日行千里揽苍穹，夜宿烟波一岛中。
为汝翩翩娇亮翅，相啼果果驾仙风。

赞丹寺

红宫高耸雅光霞，白殿相依玉色华。
壁画辉煌工艺展，慈祥佛祖耀金裟。

象雄王国遗址

象雄王国一时昌，遗址残容断壁梁。
曲折战壕思岁月，风云变幻忆疆场。

阿里地区

冈仁波齐峰

神灵山脉寄，洁雪借仙峰。
绝壁参差貌，高崖曲折容。
冰川泛日色，沟谷月光重。
挺拔凌云立，苍穹舞玉龙。

玛旁雍错

瑶池留梦幻，依恋伴双峰。
荡漾迷神水，漂流醉玉龙。

天堂波里貌，仙女浪中容。
悬月争娇色，莹光日照重。

古格王朝遗址

土山群古址，城堡伴王宫。
佛塔高崖上，残堂栋窟中。
碉楼悬裂壁，断谷挂霞虹。
日月重光美，春秋展古风。

托林寺

重叠飞翔寺，徘徊曲折堂。
壁图娇白殿，红塔雅姿妆。
佛像规模大，尼姑历史长。
宝冠留后世，仙足忆时光。

纳木那尼峰

纵横起伏脊凌云，错落高低峡谷雄。
神女相思云沸腾，仙姑留恋月朦胧。
深崖冰坠雷声里，陡壁泉倾瀑响中。
金顶破天迎日照，银龙飞舞复霞虹。

札达土林

挺拔雄伟怪土林，多姿陡峭谷沟深。
层层城堡阳光近，片片毡房月色临。
错落峰峦天堑望，参差木叶夜听风。
朦胧穿越神仙镜，奇幻河源复叠岑。

班公湖

群山环抱远蓝波。白雪重光起伏坡。
明媚目穷千水异，一湖清澈怪鱼多。
峰间鸟岛探风月，岭上龙舟伴鸭鹅。
滨畔帐篷迷宿客，悠闲琴曲醉情歌。

羌塘国家级自然保护区

星罗棋布泽湖漫，空旷无边草地宽。
起伏雪山穿海角，冰川重叠过峰峦。
云中旭日蓝天冷，明月清风野外寒。
上万羚羊看往返，牦牛千里性情观。

伦珠曲典寺

象山悬寺庙，峰顶立楼台。
百佛辉煌殿，烟香聚客来。

日土岩画

顽石雕岩画，参差绝壁多。
遗留稀古迹，记忆万年过。

边拉拉康

拉康尊百佛，壁画圣人千。
岁月还香火，春秋守寺缘。

科迦寺

起伏峰峦一寺华，环山四面寄天涯。
神容千佛丰香火，百塔奇姿裹玉纱。

二十五·海南省

五言律诗

三亚湾度假区

十里银滩美，相邻两岛妆。
天涯湾水远，滨道岸边长。
日照柔沙色，波浮静月光。
晚霞微浪拥，拖网唱姑郎。

西岛

碧波环绿岛，蓬莱客逍遥。
潜水迷鱼舞，穿山醉石雕。
金牛探海雅，银月照天娇。
欲在寒宫宿，朦胧到九霄。

海棠湾

滔滔蓝水过，碧岛雾茫茫。
风急青山怒，云悠白浪狂。
湾波泉乳色，椰汁子洲香。
垂钓逍遥客，迷看日月光。

崖州古城

海口城门秀，崖州古迹留。
学宫观老庙，书院望新楼。
浪击龟山立，波涛扑石舟。
旧居纱纺忆，故里后人游。

西沙群岛

碧海浮星岛，沙洲白浪悬。
脉通深水底，谷割浅波边。
日色千礁耀，光辉一月天。
啸风云雾急，雨扑泛玉莲。

七言律诗

亚龙湾

长滩万米月牙湾，阔海风波一目闲。
复影蓝天舟落镜，白云追浪雾烟环。
峰峦起伏远线岸，岩石沉浮小岛山。
日照银沙光浴客，千年沉睡百重颜。

天涯海角

海角波涛泛万花，云腾千里到天涯。
伴依朝暮相思石，共度春秋梦幻家。
静看风烟流色雅，闲观日月闪光华。
洞雕渔猎沧桑迹，一柱南山挂彩霞。

三亚南山海上观音

观音百米佛慈悲，三面真容一体姿。
金石玉台重级好，莲花宝座瓣多宜。
春秋同色存天地，日月齐光寄海涯。
净苑众生祈极乐，神桥仙道到瑶池。

鹿回头山顶公园

五峰并列揽云天，环海三方浪托莲。
巨鹿回头留梦幻，相思少女到山前。
闻涛依立夫妻树，登石听风日月悬。
崖刻浮图情侣爱，玉雕龙凤伴神仙。

蜈支洲岛

滔天白水千堆雪，击石雷频百里鸣。
日照沙滩看海色，月悬崖壁听风声。
桥头探浪相思意，廊底亲波梦幻情。
木屋复霞收眼尽，观鱼嬉戏托珠争。

椰梦长廊

日落红霞泛水天，蓝波滨畔月悠悬。
长廊曲岸风云绕，滩浅沙平复雾烟。
万米椰林浮墨画，浪沉岛屿百重泉。
网中鱼跃情歌伴，闲客相思到海边。

呀诺达热带雨林景区

雨林峡谷瀑泉倾，世外桃源梦幻情。
岩隙生花藤挂壁，盘根石径壑悬茎。
葱茏木叶遮光日，瓜果馨香复月明。
琴曲歌台思快乐，美人鱼舞客心惊。

三亚珊瑚礁国家级自然保护区

海内珊瑚异，奇姿种类多。
体彩看娇色，观颜透碧波。

藤桥墓群

墓葬无封土，珊瑚立石碑。
精雕留古艺，特色迄今奇。

黎村苗寨

翠竹槟榔绕寨园，雅妆歌女古风村。
民间特色惊来客，习俗稀奇急宿魂。

藤海海湾

万顷蓝波接碧天，红云千里曙光悬。
风前静看霞浮色，月下闲观浪托船。

小鱼温泉

瑶池天上浴神仙，南海姑娘泳圣泉。
特色百潭长寿客，小鱼极品伴情缘。

望海潮·南山文化旅游区

地灵人杰，碧空长海，吉祥福泽

南山。传教震惊，观音罕见，蓬莱缥缈幻仙。寺塔立云间。看凌霄玉佛，光耀同天。济众优生，四方极乐盼平安。　　蓝波日照风闲。望朦胧图案，万里流烟。舟去点帆，涛声拍岸，龙归神殿奇缘。舞闹广场前。到三门内院，菩萨高悬。罗汉金堂，曲廊怪树月中湾。

蝶恋花·落笔洞旅游风景区

双笔液垂龙凤舞。山小非凡，溶洞多钟乳。崖上参差悬古树。谷中吞吐环云雾。　　仙女盼郎深窟遇。留恋良缘，快乐人生路。井底暗流鱼到处。海天光照神峰睹。

满江红·大小洞天风景区

仙骨临山，望长海、万倾波碧。峰起伏、目穷千里，云深林密。奇洞僧游留足影，怪岩图画浮遗迹。钓鱼台、屋舫石凌空，霞光色。　　见寿喜，人缘吉；看福字，年欢忆。献桃翁欲说、地灵容客。前听浪涛闲日照，后瞻悬月风鸣急。试剑崖、龙血树参差，南天赤。

海口市

假日海滩

海滩千米浪，林岸百重风。
往返分舟艇，参差别墅宫。
柔沙宾客浴，浣月急潮洪。
芭蕾漂波上，歌声落水中。

秀英炮台

五炮平行列，凌峰守海关。
营房通往返，巷道贯穿还。
暗室藏身洞，明台筑石山。
规模威镇峡，怒吼定琼湾。

海口骑楼老街

骑楼多式样，商铺接长廊。
重叠参差屋，徘徊左右堂。
古风奇面貌，遗迹异姿妆。
特色规模久，人流恋故乡。

丘濬故居

残墙忆故人，果木一园春。
仿塑金容貌，模雕桌椅银。
伴居三四院，十八屋相邻。
久看荒花草，门庭续客贫。

府城鼓楼

沧桑耀鼓楼，岁月雅城头。
昂望风云过，回看海水流。
老街多古韵，新景旧容留。
梦幻登高忆，相思寄浪舟。

海南热带野生动植物园

鸟语花香万物荣，珍禽异兽闹千营。

戏猴疯乐叹趣悦，钓鳄狂欢刺激惊。
曲折湖光秋水色，长波古韵海天莹。
野生狮虎相思恋，梦幻探姬楚霸情。

海口石山火山群国家地质公园

火山罕见聚参差，隧道溶岩曲折奇。
玉女峰间云雾色，仙人洞里乳花姿。
古村石屋沧桑迹，金塔高楼岁月遗。
热带雨林台地雅，果园峡谷景相宜。

万绿园

万绿园中木叶翩，碧波千里映蓝天。
苑林景色常云绕，滨岸风光有月悬。
游道广场迷趣味，小湖涛韵醉流泉。
休闲运动逍遥客，翡翠芬芳快乐仙。

海口人民公园

一园景色耀英山，泉吐双湖雨雾间。
翡翠色波穿岛洞，辉煌楼阁月光环。
泛舟梦幻悬天镜，亲浪相思宿海湾。
庵庙圣人香火续，井桥伴侣醉悠闲。

五公祠

楼阁参差曲道横，假山重叠窟波倾。
湖泉井水风云涌，草木花林日月盈。
瀛海人文悠久史，琼台景色焕深情。
五公祠外仙游洞，学圃堂中圣士荣。

东寨港红树林保护区

高岸深湾曲折波，红树参差绕长河。
潮来出没观枝舞，荡漾舟还听鸟歌。
前虎后狮奇状密，左龙右蟒怪形多。
森林水上环云雾，登岛闲游浪里过。

美社村

百户自然村，千人富扎根。
农庄新面貌，花梨聚庭园。

海口钟楼

九天钟响近，水影一姿斜。
昂望风云绕，重光见复霞。

丘濬墓

神道遥遥古墓安，像生石兽历风寒。
久迷山水闻灵地，长忆龙碑胜迹叹。

西秀海滩公园

海风八面漾柔波，高岸平沙十里坡。
古木参天云浪远，滩长月夜伴情歌。

南渡江

白浪滔滔万里烟，茫茫云雾一江天。
桥头滨畔金沙岸，倒灌洪峰急雨泉。

琼台书院

雕梁画栋立奎星，绿瓦红墙翡翠亭。
花木草坪争秀色，琼台书院伴云屏。

三沙市

石岛

裸石礁岩岛，平台绝壁环。
风前观色浪，波远看光颜。
急水穿沟洞，闲云过角湾。
退潮游浅底，舟落巨洪间。

甘泉岛遗址

岛中淡水井，海上见甘泉。
垒石珊瑚庙，唐瓷刻凤莲。
先民迷玉露，古客梦神仙。
遗址沧桑迹，波涛日月天。

北礁沉船遗址

礁岩重叠聚，石岛复参差。
水急奔汹涌，风狂怒吼驰。
沉船留旧址，文物古长遗。
遥望丝绸道，惊心岁月悲。

永兴岛

珊瑚岛上密椰林，曲线沙堤白浪侵。
村寨渔民居木屋，码头舟艇客商临。
大棚蔬菜田园景，花果风光圃苑深。
生物众多漂海底，奇岩怪洞水流吟。

西沙海洋博物馆

海洋生物万千藏，标本繁多聚馆堂。
花石图文分类展，鱼虾龟贝隔窗望。

三沙永乐龙洞

泼猴独盗海中针，水底睁开一眼深。
奇异蓝波生物绝，朦胧黑洞听龙吟。

儋州市

恒大海花岛

海花三岛展，光色伴繁星。
浪上悬楼厦，云中挂阁亭。
沙滩留客醉，舟过玉龙醒。
梦幻鱼姑舞，相思月夜屏。

观音洞

百米观音洞，三层佛圣堂。
壁岩图案密，石眼水源长。
秋色寒冬暖，春光炎夏凉。
温泉迷浴客，古木伴花香。

蓝洋温泉

一石分开冷热泉，千峰重叠色光莲。

观音洞里相思瀑，玉乳潭中梦幻仙。
逐浪扶云群鹤舞，济波捉月小姑翩。
瑶池风韵长流水，鸟语花香日照烟。

松涛水库

碧波千顷众山中，绿岛沉浮万里洪。
狮子岭间云伴雾，马头湾处浪迎风。
水帘石窟娇明月，仙迹榕岩雅彩虹。
梦幻美人天险卧，松涛光色泛苍穹。

白马井古迹

刨沙白马饮甘泉，惜水将军笑指天。
井庙风云留古迹，港湾岁月见新川。
春江游艇徘徊乐，荡漾秋波喜渡船。
海岛歌声涛浪伴，舞姿潇洒美人翩。

鹭鸶天堂

绿叶参差密树冠，高空白鹭惹人看。
翱翔万羽齐天乐，一处鸣啼遍地欢。
错落凌云望色泛，登楼恍惚见光漫。
田园阡陌依山秀，相聚坡堤伴浅滩。

东坡书院

书院常思载酒堂，春秋又忆咏文章。
亭园密叶风云绫，素貌淡装学子望。

海南热带植物园

两园植物万千株，四果三香一毒殊。
斗艳争奇多缩影，金枝玉叶聚繁图。

桄榔庵

竹青木秀桄榔庵，云远天高日月探。
掘井甘泉思百姓，清风两袖恋波蓝。

谢春池 · 石花水洞地质公园

岸窟幽深，钟乳石花奇异。柱参差，珠帘瀑美。单晶纹体，望繁星云丽。月悬天、笋林浮翠。　　清波穿洞，曲折悠闲流水。看娃鱼，逍遥展示。轻舟游荡，幻龙宫来鲤。色光中、八仙游醉。

省直辖县市

南丽湖

翠山沉小岛，碧水漾长流。
临岸花木艳，风云过雅楼。
林间多鸟看，月下望轻舟。
静听鸣琴远，相思寄浪悠。

洪斗坡白鹭鸟乐园

翠山林木密，白鹭乐居园。
万羽蓝天闹，千声绿国喧。
坡滩溪涧乱，潭泽渠塘翻。
春暖花开返，添巢挤小村。

永庆寺

独揽云霞近，天风万里听。
鱼姑投影宿，托顶寄仙亭。
波涌繁花色，光重浪挤屏。
苍穹迷捉月，回首数晶星。

五指山

烟雾含千仞，风云五指间。
漂流穿峡谷，探险绕边关。
凤蝶游王国，松林日月环。
奔腾三叠水，恍惚万重山。

东郊椰林

椰林无际岸，波韵有清风。
半岛青屏复，霞浮一海红。
浅滩清澈水，明媚阔天空。
艇破千重浪，潮来万道洪。

木兰湾

深水浪平湾，长波快艇还。
草坪悠日色，滩畔月光闲。
沙石千姿立，椰林百态环。
居高观海曙，风急雨烟间。

七洲列岛

七岛海中悬，蓬莱幻远迁。
云遮娇裸体，雾绕叠柔泉。
洞穴高山过，轻舟隧道穿。
风前听鸟语，浪里望神船。

大花角

滩湾积万石，探海伴双峰。
百米阳光复，千层月色重。
健儿英俊貌，少女俏娇容。
岩上群猴戏，风涛绝壁松。

大洲岛

二岛沉浮雅，三峰起伏娇。
云烟穿木过，风浪济舟飘。
水底花园漾，滩边涌海潮。
银波携日月，金燕架情桥。

红坎瀑布

空山幽谷抱，红坎瀑天垂。
崖断珠帘落，浮莲少女姿。
月悬重色好，日照复光宜。
云急浓烟雾，风闲细雨吹。

西山岭

三山争挺拔，葱翠万藤悬。
探月神龟出，招风立鹤仙。
侧身崖隙挤，佛手独擎天。
坐石奇榕下，孤村绕瀑泉。

南湾猴岛

高索闯天关，轻舟济海湾。
腾云仙境去，跨水到神山。
奇树飞禽俏，灵猴怪石攀。
翠帘垂级瀑，三面碧波环。

海南热带飞禽世界

飞禽王国鸟遮天，万羽凌云恍惚翩。

种类繁多争起落，稀奇形态夺高悬。
参差乔木风云里，花海沉浮草地前。
龙塔远瞻宽四野，回看凤壁九头眠。

木色旅游度假风景区

青山起伏伴湖天，回荡雷声谷瀑悬。
异兽逍遥崖上舞，珍禽快乐浪中翩。
峰峦夺色环云雾，花草争光绕涧泉。
石上诗人留古韵，壁中乳洞宿神仙。

卧龙山旅游度假区

参差雅色四高峰，起伏娇姿一卧龙。
怪石悬崖吞雾密，危岩挂谷吐云浓。
崎岖盘道多林木，曲折斜坡野草重。
气势雄伟争独秀，九霄绝壁见真容。

济公山旅游度假区

活佛安宁半卧山，乱云环绕锁崖关。
神龟探月天涯静，仙鳄临波闹海湾。
石上猴王心待去，床前公主盼郎还。
南湖瀑下留遗迹，鸟语花香峡谷间。

加笼坪热带季雨林旅游区

山崖瀑布破峰来，峡谷溪泉绕岭回。
林海茫茫云往返，花田艳艳月徘徊。
珍禽异兽居天镜，怪石奇岩寄玉台。
绝壁悬池仙女浴，珠帘风过洞门开。

临高角

仙人指路石堤长，日出云霞岸线妆。
西畔风平观水静，东滩潮涌急浪望。
春花绿木千层色，皓月秋波万里光。
铁塔高悬南岬亮，争流百舸返汪洋。

高山岭

瀑落阶梯泛玉莲，池湖明镜照蓝天。
北望云浪风烟滚，西看波涛海港船。
高谷参差峰上木，小村交错陌间田。
珍禽异兽争鸣啸，古迹新妆绝壁悬。

阿陀岭森林公园

蜿蜒岭脉四方环，古木参天起伏山。
飞瀑悬崖天镜色，溪流落谷月光颜。
鹧鸪展翅烟波里，孔雀开屏石竹间。
独揽翠城浮浩海，凌峰梦幻有仙还。

铜鼓岭

七洲列岛雾烟间，坡曲堤长月亮湾。
乳色沙滩波落浅，银光急浪石头攀。
云龙镜照珊瑚草，灌木林复鼓顶山。
玉台遥望天际水，蓬莱恍惚八仙还。

高隆湾

白沙滨畔浅滩柔，波漾红霞托蜃楼。
急浪滔滔环岸远，和风习习水长流。
千帆迎日彤云伴，孤月晶星送济舟。
复叠椰林堤下影，堆堆白雪海中鸥。

玉带滩

三江出海色分波，金岸长堤两曲坡。
风浪滔滔无际水，云烟滚滚线边多。
渔帆前后徊鸥鹭，石岛沉浮日月过。
玉带尽头天境幻，沙滩滨畔梦仙歌。

白石岭

玉石凌云独秀峰，擎天一柱俏姿容。
昂望险谷千层壁，回看危崖叠万松。
恍惚泉河穿断岭，风烟迷惘锁游龙。
半空梦幻仙人洞，万籁相思月色溶。

万泉河

长流曲水万泉河，两岸廊屏木叶多。
起伏山峦悬险谷，参差湖岛绕柔波。
峰中云涌浮仙境，瀑下漂舟石洞过。
蝴蝶溪边情侣舞，茂林秀竹有人歌。

东山岭

并峙三峰笔架山，飞来巨石秀琼关。
危崖一线天风过，七峡巢云险谷环。
玉瀑游龙穿叠洞，瑶台浮海片舟还。
参差怪石崎岖径，日出霞重夜月闲。

石梅湾

双峰探海碧波悠，两月环滩曲水柔。
绿岛青山云里过，皓泉白瀑石间流。
蓬莱涛岸观飞雪，击浪瑶池望济舟。
天境闲居听鸟唱，村姑常乐伴春秋。

俄贤岭

巨龙昂首破云霄，瀑落高崖乱石摇。
清秀峻峰迎日出，月悬明媚伴天娇。
裸岩裂壑参差谷，暗洞蜿蜒断壁腰。
千仞无缘凌绝顶，梦中少女寄歌谣。

棋子湾

万顷烟波岸线长，沙滩千里泛银光。
海湾怪石多棋子，异岭高峰木叶廊。
情侣迷看龟欲去，帆船留望盼归郎。
参差火焰花纹壁，园景天然复叠光。

尖峰岭国家森林公园

尖峰独秀破苍穹，昂首游龙闹碧空。
松竹浪涛天寄海，谷腾云雾借神风。
探崖飞越高千仞，悬壁攀登万丈中。
虎啸狮吟鸣凤伴，森林木屋复霞虹。

分界洲岛

美人静卧秀姿妆，洲岛神牛隔界望。
首尾阴晴风雨异，色光天地雾烟常。
白帆蓝水波涛韵，绿草红花果泛香。
幽洞居仙悬石屋，寿龟探海福山祥。

吊罗山森林公园

珠帘复壁玉门前，浴女迷潭不恋仙。
层石霞光金谷立，云台梯级托银莲。
古藤茎老空中万，异草花奇嶂内千。
独揽海天凌绝顶，相思流曲洞听泉。

香水湾

银沙明月色光湾，青翠椰林日照颜。
海鸟翩翩追碧浪，渔帆点点彩云环。
凌空一柱擎天石，龙椅悬亭独守关。
临岸礁岩垂钓乐，小湖流水曲悠闲。

呀诺达热带雨林景区

遮天蔽日雨林朦，小径通幽木叶葱。
峭壁悬崖云雾里，陡崖探石瀑泉中。
长溪曲水沉闲月，深谷流烟绕急风。

歌女娇姿翩俗舞，美人鱼乐托霞虹。

仙安石林

陡壁危崖抱石林，狼牙锋刃插天针。
仙容圣貌奇宾客，鬼斧神工怪兽禽。
密洞千龙吞海啸，暗河孤女济舟吟。
风姿妖娆参差立，相映生辉傲古今。

黎母山森林公园

金龟探首望狮归，黎母迷水护翠微。
陡谷参差奇树伴，蜿蜒峻岭石危依。
一峦独秀环云碧，三瀑千泉彩雨飞。
蝶舞鸟翔仙境幻，月悬日照恋清辉。

五言绝句

八门湾红树林国家湿地公园

白浪环红树，枝根交错盘。
济舟穿曲水，波漾浅长滩。

南燕湾

巨燕迎风浪，高崖玉瀑飞。
暗流穿洞底，明月逐波依。

天南第一泉

古井溢甘泉，相依两月圆。
沧桑怀饮马，过客忆变迁。

七言绝句

深田湖避暑山庄

半月悬山宝镜殊，碧波浮谷一奇湖。
云沉交错天光色，日照相依翡翠珠。

西昌银岭山洞探险旅游区

银岭凌空望顶悬，观崖玉石挂高天。
纵横洞密森林里，吞吐风云绝壁前。

南吕岭探险旅游区

瀑雨飞垂绝壁间，溪潭流碧一泉闲。
吞云吐雾神仙洞，起伏峰峦怪石山。

美榔姐妹塔

双塔相依姐妹心，千云作伴听风吟。
林涛竹啸相思曲，石上流泉梦幻琴。

百仞滩

滩中乱石百人头，海上波涛万里流。
天瀑飞来千片雪，游云复仞玉莲浮。

居仁瀑布

苍龙开口吐珠帘，怪石悬崖木叶添。
锁洞雨烟神圣宿，银瀑天落挂峰尖。

日月湾

激浪千层巨石间，依山傍水一弧湾。
沉浮日月清波伴，沙洁滩柔曲岸环。

百花岭

金龙探首吐珠华，天女凌云巧散花。
重宇飞檐悬佛庙，百年古木寄天涯。

水龙吟·神州半岛

依山环水神州，海湾五处蓝波美。阳光岛耀，镜中月皓，暖春四季。东渥青峰，沁宁长岸，金沙浴醉。望参差圆石，浪来堆雪，看涛乐，相思寄。　　六岭凌云叠翠。急潮惊、蓬莱舟济。卧龙牛庙，玉门翁守，凤台华丽。野马回头，莺歌燕舞，卵园迷戏。胜南荣、绕岸椰林挺秀，一方天地。

二十六·青海省

西宁市

五言律诗

东门城楼

望江立古楼，碧水浪烟柔。
万家齐灯火，千峰雾色留。
金波观滟潋，恍惚见神舟。
风绕飞檐响，云翔月恋秋。

桥头公园

花间迎客阁，水上伴龙舟。
笑语逍遥屋，欢声快乐楼。
观山峰起伏，望月浪沉浮。
泼墨风情画，相思一曲悠。

元朔山

山高独秀峰，绝壁雾云浓。
远眺群峦小，听风急骤重。
岩崖悬寺庙，虎洞卧天龙。
怪石参差险，波涛聚古松。

群加国家森林公园

陡崖望绝壁，峡谷看云天。
怪石参差立，奇峰曲折悬。
高坡林木密，巨洞叠花莲。
瀑落空山响，鸣溪泛浪烟。

丹噶尔古城

古阁观山海，云城望月圆。
民居街一院，商铺客临千。
文庙飞檐脊，丹亭石壁悬。
排灯风格异，特色饮餐缘。

七言律诗

柳侯公园

曲桥碧水月沉波，林木葱茏日绕坡。
亭榭闲观秋雨舞，春风静听石泉歌。
罗池独借山台影，寄墨侯祠壁画多。
古韵素容铜塑像，湖滨驳岸冢前河。

娘娘山

凤凰展翅九霄中，虎跃龙腾万丈空。
日月相依屏嶂叠，返游云雾谷重风。
溪流深壑环光带，霞复高岗挂色虹。
目尽山河迷壮丽，置身图画醉仙翁。

鹞子沟

蜿蜒起伏古松林，鹞子翱翔恋昔今。
三角风光迷草木，二沟景色醉人心。
遮天蔽日疑江啸，密雾浓云辨鸟吟。
万紫千红留梦幻，飞珠溅玉听流琴。

塔尔寺

错落高低重殿宇，规模宏大叠堂楼。
参差八塔高空立，千寺徘徊曲径幽。
壁画辉煌遗杰作，神威圣像艺工留。
长沟两岸飞檐俏，翠阁依坡日月浮。

南凉虎台遗址公园

虎台遗址阅兵场，雕塑三王忆古疆。
文物展厅桑海迹，将军浴血在南凉。

新宁广场

天外来音雾雨中，开屏孔雀托霞虹。
百花齐放春秋色，日月光辉草木葱。

海东市

娘娘天池

瑶池崖顶上，神镜谷峰间。
云影浮千里，天光泛一湾。
月悬泉色翠，日照碧波颜。
高处奇深水，凌空庙寄山。

翟昙寺

依山傍水揽云天，青瓦红墙日月悬。
楼阁参差廊九曲，院庭错落侧厢千。
绣图锦壁仙人舞，画栋雕梁凤雀翩。
松柏丛中钟鼓响，碑亭古迹忆流年。

北山国家森林公园

陡壁参差看线天，险峰耸立望云翩。
奇松两岸风涛海，雾涌边崖怪石千。
高谷瑶池游日月，飞龙瀑布雨重烟。
野花异草芬芳漫，十二盘坡一柱悬。

五峰寺

参差五指耸高峰，一寺凌空错落容。
林木奇姿山复翠，溪泉异韵碧波重。
飞云飘绕涛蓝海，穿洞蜿蜒滚白龙。
巧立宫楼悬极顶，辉煌堂殿伴青松。

孟达天池

水天一色泛蓝光，倒影群峰绕曲廊。
往返池鱼掀叠浪，亲波禽鸟复飞翔。
蜿蜒峡谷环松密，峭壁回音荡漾长。
盼月犀牛探石窟，西山卧虎母猴望。

鲁班亭

急流一柱水分流，石立高亭独立悠。
日月探檐波复色，风云过脊送江舟。

峡群寺森林公园

林区葱翠漫芬芳，水秀山青草木廊。
异兽珍禽天地闹，风云日月伴花香。

公伯峡

高山对峙入云端，十丈天桥出水宽。
暗伏石礁档急浪，咆哮峡谷泻洪欢。

骆驼泉

一眼甘泉十尺清，庭园百丈独生情。
沧桑记忆风尘路，恍惚驼铃伴浪声。

积石峡

两岸高崖绝壁山，万千急水峡门关，
游龙探石望天险，日月朦胧过雾湾。

海北藏族自治州

沙岛

新月环蓝水，柔沙漾碧波。
小湖交错聚，巨艇往来多。
岛畔闻风啸，云头听鸟歌。
目穷光岸远，独揽浪烟过。

年钦夏格日山

巍峨悬绝壁，耸立峻高峰。
白雪翩神女，蓝天舞玉龙。
凌空多一柱，击石百音重。
洞穴迷修道，瑶池幻圣容。

黑河大峡谷

峥嵘万仞谷崖长，峭壁千峰曲折廊。
怪石嶙峋探险壑，参差奇树立危冈。
珍禽异兽争鸣啸，碧草鲜花夺色香。
穿越黑河重急水，豁然开朗复霞光。

仙女湾

驾雾腾云鹤舞多，奏琴吹唢聚仙歌。
相思入海龙求凤，梦幻登天伴月娥。
踏浪瑶池添热闹，追风嬉戏到银河。
百花齐放春光醉，碧草茫茫万里波。

尕海古城

古城屹立断残墙，独揽云天四野苍。
草地湖滨山水绕，清风明月伴疆场。

牛心山

怪石嶙峋万佛山，参差峰异谷千湾。

凤凰回首迎风月，狮虎相争夺岭关。

沁园春·青海湖

万顷瑶池，不尽蓝波，水色影天。见莹光闪烁，高空日照；清风拂面，凉夏冬寒。潮涌云游，雾重舟隐，岸线蜿蜒千里烟。冰封碧，望浮银一片，伴月迷观。　海心裸露岩山。小草内、长流眼溢泉。到蓬莱沙岛，鱼嬉鸥闹；礁奇石异，曲折多湾。裂隙生枝，花开断口，百鸟争鸣扑浪欢。闻怪物，似牛身豹首，常幻神仙。

桂枝香·祁连山草原

高山积雪。看起伏冰川，茫茫宽阔。万里银光闪烁，玉莲浮叠。白云深处寒三友，草青青、天丝蚕缀。夏妆依旧，九霄北国，风争龙夺。　绿野上毡房皓洁。望奔逐牛羊，牧童歌悦。蓝海波涛一片，雾吞烟没。峥嵘石骨迷仙境，久相思、梦中惊别。色香花木，溪流听曲，舞邀明月。

黄南藏族自治州

阿米夏琼山

高瞻重白雪，俯瞰复溪流。
陡壁飞云急，危崖绕雾悠。
迎风鸣木叶，啼鸟伴枝头。
四季繁花色，神峰恋绿洲。

李恰如山风景区

三峰争鼎立，百眼溢清泉。
山谷风云滚，溪河沸浪烟。
柏松迎日出，瀑落伴银莲。
巨石天池托，霞浮白鹤翩。

麦秀国家森林公园

茫茫一片古森林，百丈遥遥峡谷深。
瀑落断崖泉水黑，白云穿壑复峦岑。
神龟探月金狮吼，仙女观光玉凤吟。
登塔朦胧多变幻，高桥静听石流琴。

仙女洞

奇妙深幽仙女洞，迷离曲折圣人宫。
纵横破壁高低叠，左右徘徊裂石通。
梦幻天庭潭窟里，朦胧海底玉池中。
久闻神秘山沟隐，怪异常探不见终。

曲库乎温泉

同温四季梦瑶池，五口银泉冷热宜。
神水诱人迷浴客，沙沟风貌久相思。

阿琼南宗寺

林木参差秀柏松，巍峨崖壁俏峦峰。
白云环绕南宗寺，阁殿依山日照彤。

海南藏族自治州

日月山

日照东坡耀，西山雅月悬。
前观云雾赤，后望皓光天。
广野千条道，长空万里烟。
双亭思故地，图画忆流年。

龙羊峡水电站

高崖横巨坝，深谷水长流。
梯级登天境，云层托蜃楼。
闸门洪泻急，渠道溢波悠。
叠嶂黄河恋，山重白浪留。

倒淌河

古今知水向东流，唯见回西荡漾悠。
悄悄蜿蜒微浪静，涓涓曲折细波柔。
晶莹明耀迎悬月，翡翠光辉伴日浮。
万里不归闻怪秘，相思寄语恋春秋。

黄河清国家地质公园

潭泽均匀漾绿波，蜿蜒蓝水淌溪河。
千堤古木迎风唱，野草争光百鸟歌。
锦鲤徘徊池蟹乱，赤狐往返闹天鹅。
鸳鸯交颈鹰翔远，阔海云烟托月过。

南巴滩草原

草丰万顷浅波滩，花盛千层浪后观。
明月清风争阔地，莺歌燕舞牧羊欢。

果洛藏族自治州

班玛仁脱山

参差耸九天，起伏列峰千。
隐约黄羊聚，朦胧叠白莲。
危崖探怪石，异洞吐奇烟。
古迹多岩刻，惊闻窟宿仙。

扎陵湖

白水环流美，蓝波荡漾娇。
朦胧望小岛，恍惚见山遥。
戏浪天鹅逐，游云济海潮。
月悬花草伴，风过暗香飘。

阿尼玛卿峰

群峰千仞耸高天，百丈冰川曲折悬。

雪线凌空龙共舞，草场泛色鸟齐翩。
风涛柳柏山中月，云涌崖间石洞烟。
瀑落银河穿峡谷，溪流曲涧叠飞泉。

洋玉原始森林

古木参天广阔林，野花泛滥色光深。
滔滔溪浪无穷岸，鸟兽群群不尽岑。
日月轮回迷圣境，风云往返醉人心。
独留梦幻添图画，寄曲相思客自吟。

年宝玉则

耸立千峰叠雪莲，百湖错落漾银泉。
嶙峋怪石吞云雾，异木参差吐瘴烟。
日复山头群兽戏，鱼欢海子月孤悬。
思乡之泪星河聚，私语良言神秘缘。

星宿海

徘徊错落潭泽池，密布纵横泊岸姿。
日照云波源地胜，月悬星海色光宜。
凤凰展翅峰峦异，孔雀开屏草木奇。
斑雁双飞黄鸭闹，无鳞鱼过急流追。

官仓峡

险峰陡壁两崖高，峡谷洪波万里涛。
花草芬芳林鸟闹，瀑泉歌唱壑风号。

玉树藏族自治州

通天河

水源滚滚远通天，白浪滔滔目送烟。
曲折支河观万道，纵横叉口望溪千。
环山恍惚银龙舞，越野朦胧玉女翩。
日照霞浮留翡翠，清风明月伴神船。

勒巴沟岩画

通天河畔勒巴沟，岩画悬崖绕四周。
目望临江斑迹久，耳闻穿谷浪声留。
层层图案精雕密，道道花纹细刻柔。
风格神奇增气氛，频繁形象伴春秋。

格萨尔广场

绿树红花绕广场，高楼大厦接长廊。
霓虹闪烁山前貌，神马腾飞月下妆。

隆宝滩黑颈鹤自然保护区

两岸山峦挺拔娇，环回沼泽一沟遥。
珍禽黑颈还乡鹤，绿水环滩异草辽。

昆仑泉

玉液琼浆不冻泉，冰山甘露幻池莲。
吞云吐雾长流水，朝夕奔腾月复年。

海西蒙古族藏族自治州

昆仑山脉

群峰夺碧天，密洞宿神仙。
吐雾危崖舞，吞云险谷翩。
石林探壁挂，花木抱岩悬。
银海昆仑雪，瑶池雨露泉。

哈拉湖

高原藏黑海，白雪复深山。
湖泊峰峦绕，溪河草木环。
翠禽悠扑浪，戏水锦鱼闲。
举目冰川耀，波涛腹地间。

金子海

云浮金子海，碧草牧羊欢。
一眼深泉急，千禽乐浅滩。
滑沙闻雅曲，漂浪俏姿看。
月下风情舞，清波日照丹。

雅丹地貌

沙丘起伏见风城，鬼哭狼嚎听啸声。
黑虎登峰叹怪状，白龙出海异形惊。
参差日照层层亮，悬月沉浮片片明。
天地交融无际岸，相衔首尾叠纵横。

西王母瑶池

琼浆玉液漫瑶池，碧草花香泛色姿。
晨鸟浣波迎日早，野牛汲水月来迟。
游云挤涌飘浮怪，荡漾流光闪烁奇。
不见蟠桃思大圣，神台有梦八仙知。

天峻山

异峰奇秀耸云天，幽洞姿容雅乳莲。
松柏沉浮沟壑里，谷间花草抱岩悬。
高崖瀑落鸣雷急，长水琴吟乱石穿。
走兽飞禽仙境乐，吉祥之地有神泉。

克鲁克湖

曙复湖红细浪辉，风摇芦苇白云飞。
珍禽扑水天堂乐，喜听渔舟晚唱归。

托素湖

风平波静两蓝天，溅玉飞花白浪千。
戈壁岸滩云雾济，神湖烟雨野禽翩。

二十七·广东省

五言律诗

华侨城

海畔花园雅，湖滨秀水城。
广场佳客聚，大厦贵宾迎。
度假春秋意，休闲日月情。
商机通内外，基地百方盟。

西樵山

山中湖荡漾，湖内耸高山。
飞瀑垂千尺，翔云万里还。
流烟龙凤洞，仙馆玉泉环。
鸟语松涛伴，花香峡谷间。

孙中山故居纪念馆

临山迎日出，面水送流波。
老宅常怀旧，新村忆故多。
精神千代颂，理想万年歌。
历史春秋鉴，相思岁月过。

星湖

星湖交错聚，岩岛列沉浮。
寄浪神峰漾，凌波玉女游。
垂虹深落影，悬月远光流。
曲岸留群鹤，轻风送片舟。

中山纪念堂

高堂金碧耀，巨殿翠图辉。
龙首珠光闪，鹰头月色飞。
云台环石级，廊阁玉栏依。
泼墨名言著，神容屹立威。

中信高尔夫海滨度假村

卧虎潜滩岸，盘龙守海门。
巨轮游客闹，戏浪聚鸥喧。
明月瑶池伴，清风过玉轩。
相思留木屋，梦幻在山村。

金山温泉旅游度假区

古木参差岭，纵横怪石山。
珍禽啼快乐，异兽啸悠闲。
日月留泉里，云烟返谷间。
温波亲玉女，如梦八仙还。

圭峰风景区

三峰争秀色，四水夺莹光。
屏嶂悬宵月，云台挂夕阳。
沉浮千里岛，百丈瀑飞扬。

木叶迎啼鸟，奇花异草香。

湖光岩风景区

火山交错绕，滟潋泛湖光。
陡壁岩层叠，危崖石隙长。
神龟探海阁，仙女月宫望。
夕照清风竹，诗潮古色廊。

西汉南越王博物馆

古墓多文物，千年国宝留。
陶瓷工艺胜，玉器缕丝优。
汉帝怜金印，王妃凤佩求。
依山华展馆，原址耀层楼。

碧水湾温泉度假村

炎阳凉水浴，寒雪浣温泉。
梦幻三流意，相思一醉缘。
山中神鸟万，池内玉容千。
戏浪披云雨，歌声伴月悬。

越秀公园

明代古城墙，逶迤跨越冈。
登楼观海色，日出曙光望。
百级碑云绕，悬空五石羊。
故宫文物汇，花草蝶迷香。

三水森林公园

曲折无情谷，迂回小道间。
白云流怪洞，绿木出奇山。
日色鸳鸯貌，湖光孔雀斑。
金装仙佛卧，亭阁古风还。

清晖园

远山含粉黛，近水吐清晖。
曲径环花木，回廊竹苑依。
船厅留绣阁，瀑雨锦池飞。
百寿悬堂缺，仙庐望月归。

仙湖植物园

天上蟠桃苑，人间百果园。
听涛临海阁，揽月到龙门。
异木分来处，奇花各有源。
山泉流洞府，沙漠见新村。

莲花峰风景区

碧海济蓝天，汪洋吐翠莲。
飞鸥堆白雪，舟过复青烟。
日出迷东水，西滩醉月悬。
虎龙雕石活，观浪阁中仙。

碧江金楼

金屋幻藏娇，浮香梦袖撩。
鸟花看细刻，龙凤见精雕。
院内泉流井，堂间玉叶飘。
文人书墨宝，才子画云桥。

金鸡岭

绝壁金鸡岭，天然石骨容。
翠屏千谷立，碧嶂一行峰。
高看长城落，低望卧巨龙。
摩崖神话刻，灵鸟恋云松。

观海长廊

长廊观海色，巨浪听涛声。

绿木披云锦，红霞复绣城。
天星匀月色，花草曙光盈。
梦幻登仙阁，风波寄恋情。

浮山岭

参差凌五指，恍惚九霄悬。
云雾环峰谷，松枫泛海天。
金龙探赤日，皓月照银泉。
庙内夫人立，传奇故里仙。

放鸡岛

鸡鸣望日出，狮吼见霞浮。
滨畔良辰在，沙滩美景留。
辉煌宫殿阁，翡翠榭亭楼。
神洞飞来石，仙游济浪舟。

镜花缘

神秘红颜洞，花仙入梦中。
蓬莱山恍惚，瀑布谷朦胧。
烟雨临亭密，云轩过急风。
悠闲灵鸟伴，独醉济舟翁。

长隆旅游度假区

梦幻天堂快乐州，逍遥仙境万千楼。
飞行宇宙探星月，跨越江河世界游。
水下浮宫龙女舞，神童浪里济漂舟。
精英马戏高台展，鹤上云亭伴客留。

雁南飞

青坡翠岭复茶田，环抱群山叠峰千。
楼阁亭台依曲径，园林风月伴长天。
花开野外桃源景，瀑落瑶池谷中泉。
怪石凌空探绝壁，雁归南国恋婵娟。

清远连州地下河

垂落三层地下河，穿山四座底间过。
蜿蜒吻石依高峡，曲折亲崖绕暗波。
挽棹西施迷两岸，八仙托月梦嫦娥。
洞天世外风情韵，佛祖神灵聚界坡。

丹霞山

赤壁丹霞起伏峰，参差红岭曙光彤。
奇墙曲折危崖貌，怪石嶙峋险谷容。
荷密双池波泛绿，蓝天一线滚烟浓。
花山翠岛仙人洞，日复云岩月挂松。

罗浮山

晨曦万道复罗浮，云海峰千裸露头。
紫气东来龙脉岭，皓光西返圣人州。
洞天飞瀑琼宫挂，松柏浪涛托蜃楼。
白鹤翱翔迷宝地，徘徊翠蝶凤凰留。

广州香江野生动物世界

狮争虎斗闹神州，燕舞莺歌世界游。
倒海翻江天地胜，走南闯北古今优。
雨林广岛逍遥阁，泉瀑长廊快乐楼。
国宝唯存稀物种，异奇分类各春秋。

清新温矿泉

汩汩瑶池送热泉，轻烟袅袅伴云天。
小桥流水花香寄，飞瀑高崖月色悬。
滑草坡斜人刺激，悠闲垂钓曲波船。

亭台楼阁龙宫耀，薄雾轻纱托玉莲。

广州莲花山旅游区

参差峰谷泛花莲，峭壁嵯峨燕子翩。
万丈深渊飞瀑落，长流千里出源泉。
银象金狮城阁守，秋月春风伴浪烟。
望海观音安国泰，九霄塔立兆丰年。

宝墨园

雄伟仿古石牌坊，巧夺天工展画廊。
砖刻辉煌容貌雅，瓷雕华丽俏姿妆。
纵横山水天桥跨，错落亭台绕殿堂。
邀月登舟波弄影，荷花争艳吐芬芳。

礐石风景名胜区

层峦叠嶂拥千峰，海阔天空万石重。
巨蟒朝阳盘塔顶，云台观月卧幼龙。
鸟语花香迷仙境，峡谷溪吟醉色松。
洞穴出奇多胜景，田园客恋俗情浓。

开平立园

曲径蜿蜒水岸长，高层别墅绕回廊。
虎山独处神鞭胜，龙脊牌楼耀一方。
木叶参差迎鸟语，藤茎复叠伴花香。
云环塔顶迷秋月，风过桥亭恋夕阳。

南澳岛旅游区

碧海波平托曙光，蓝天空阔挤云翔。
沙滩浪泛千姿色，礁岛潮流万色妆。
怪石嶙峋悬谷壁，参差奇树立屏廊。
鸟啼滨畔迎新月，风过花山岸线香。

古兜温泉

谷中飞瀑溢银泉，池内云腾托玉莲。
竹木参差探峻岭，峰峦环绕碧波穿。
人间仙境奇宫殿，世外桃源异洞天。
明月清风迷浴影，沙滩小屋伴湖川。

三水荷花世界

暗香浮动与花眠，绝色飘摇共舞翩。
少女含颦宾客梦，贵妃出浴幻神仙。
依亭望月迷波语，临岸听风醉浪烟。
并蒂塑雕飞彩雨，云台泛碧恋情缘。

飞来峡

飞来峡上飞来寺，两岸天开两岸峰。
急水破崖奔万马，闲云穿谷滚千龙。
仙人观月姿悬石，玉女听风日照容。
楼塔亭台仙境里，雾岚烟雨伴涛松。

南昆山生态旅游区

奇形怪石叠池塘，照镜台前玉女妆。
望瀑吐龙迷裸洞，观音赏水幻杯藏。
神鹰立谷看山色，悬壁仙童览月光。
古木参差灵鸟语，先王墓顶托天堂。

惠州龙门温泉旅游度假区

群山怀抱九龙泉，薄雾飘游万里烟。
绿树红花涛碧海，清风明月济蓝天。
琼楼玉宇神州聚，碧水瑶池泛雪莲。
飞瀑雨林环木屋，莺歌燕舞伴村田。

观音山国家森林公园

石岩裸露仙宫岭，普渡神泉玉液溪。

古木成林留孔雀，先人垒殿凤凰迷。
听风崖谷回音壁，观月云亭影落堤。
飞碟滑冰探日出，海洋兽吼伴禽啼。

长鹿休闲度假农庄

神碟环游万里空，摩天轮渡百湾中。
草原走兽逍遥国，峡谷飞禽快乐宫。
梦幻捕鱼迷圣水，相思捉月醉仙风。
奇花异木多情苑，玉宇琼楼挂彩虹。

圭峰山

峰峦起伏玉台山，湖泊天星错落湾。
云浪复琼欢乐岛，松枫叠翠鸟悠闲。
龙潭吞瀑朦胧色，花雨喷泉恍惚颜。
饮水乳香思古寺，莲花宝塔见苍斑。

珠江夜游

千里江流浣宝珠，穿河隧道水通途。
鹅潭夜月望波异，沙岛晨风看浪殊。
大厦云天依玉宇，巨轮仙阁合楼图。
观光登塔迷神话，曲舞歌谣不夜都。

凤凰山

云顶峰峦绕紫烟，山腰寺庙翠虹悬。
登楼远瞩千重海，立塔高瞻万里天。
松径风琴花色舞，玉泉圣水月光翩。
净瓶洒露攀神石，凤恋霞光洞宿仙。

情侣路

海滨环道巨绸扬，傍水依山浪漫廊。
观月轻风迎滟潋，听涛翡翠送残阳。
相思渔女琼楼守，梦幻仙姑玉宇望。
走兽飞禽悬石景，沙滩浴泳凤求凰。

塔山风景区

夕阳挂谷迷灯坞，宵月悬空醉塔峰。
九路通天仙阁乐，四桥入海戏神龙。
凤凰展翅山间瀑，孔雀开屏石上松。
玉鼠偷油惊圣怒，嫦娥遗履闭娇容。

南岭国家森林公园

黄山迎客见蓝松，伴雾观云乳白峰。
音韵飞扬闻啸虎，色光闪烁看游龙。
高崖奇峡仙姿骨，怪石深潭玉女容。
日出挂谷娇屋脊，金蟾望月恋情浓。

广东大峡谷

翻山越岭一平川，裂地分崖万丈渊。
栈道野花香复岸，岩坡古木色遮天。
飞流直下珠帘挂，陡立攀登石级悬。
峡谷听风嘶虎豹，观光断壁线云翩。

盘龙峡生态旅游区

水车错落古农场，女织男耕忆故乡。
捉月飘游波泛色，浣纱荡漾石浮光。
斜梯冲浪龙宫去，高索飞人岭过冈。
山顶风情迷木屋，危崖探险醉花廊。

千层峰

层层叠叠九霄中，曲折高低万里同。
小道石阶登谷顶，玉台云阁托长虹。
五君挺秀迎晨客，一水娇柔送晚风。
鸟语花香疑世外，闲云鹤舞幻仙翁。

小鸟天堂

独木成林湿地妆，枝繁百鸟聚天堂。
高瞻云阁迷仙境，远瞩烟波恋玉廊。
孔雀开屏风竹苑，凤凰展翅雨泉场。
舟穿榕荫民歌醉，花茂田园果盛庄。

双月湾

风平水静左光娇，浪涌波涛右雅潮。
双月沉浮烟雨远，一山吞吐雾云遥。
蓝天复海流重色，碧岛香浓隔岸飘。
凌顶炮台增气势，滨湾港口跨仙桥。

红海湾

巨浪滔天万马鸣，长波半岛隔水争。
金沙潮卷相思意，风拂银滩梦幻情。
三石显姿仙女立，星灯悬塔一湾明。
济舟恍惚鱼姑伴，曲舞笙歌不夜城。

宝晶宫

重重叠叠宝晶宫，曲曲弯弯碧水中。
梦幻天星飞莹火，花林恍惚舞霞虹。
蓬莱寄壁流珠瀑，悬谷瑶池泻乳洪。
石刻月书仙迹胜，乐居世外不归翁。

松山湖

烟雨微波玉女妆，峰峦环碧复朝阳。
松湖花海浮神色，山顶桃源果泛香。
九曲清泉争翡翠，半弯明月夺芬芳。
沙滩亲水迷欢乐，湿地悠闲伴鸟廊。

龙凤山庄

隐约穿行古堡悬，飘浮倩影幻姿千。
佛台夕照金龟卧，神鹊归巢玉凤眠。
月老献花云海复，青峰送瀑谷重泉。
风情万种亭台阁，浪漫笙歌舞女翩。

黄岐山

巨石嵯峨挺拔山，危岩错落古今斑。
游云往返神仙洞，飞凤归巢佛祖还。
立塔高瞻天地色，临槐近看雨霜颜。
月容薄命相思墓，童子心诚玉石还。

罗定龙湾生态旅游区

蜿蜒梯级泻龙泉，曲折台阶泛玉莲。
复谷珠帘留月色，披崖纱帐伴光天。
秋冬吐色峰峦万，春夏含香草木千。
村寨农家怀古址，染池风洞忆流年。

清远黄藤峡生态旅游区

漂流天上水，越谷梦游中。
恍惚三江浪，朦胧四海洪。

玄武山旅游区

古院元山寺，云楼佛祖缘。
牌坊图案胜，石塔福星悬。

揭阳楼

天阁揭阳楼，莲花水上浮。
广场匀翡翠，巨鼎展春秋。

进贤门

天阁鸣晨晓，良辰学士吟。

朦胧仙寄语，恍惚碧云沉。

金水台温泉

瑶池仙境露，金水玉台泉。
山色湖光伴，云烟托碧莲。

观澜湖

万里云天落翠湖，琼楼千栋到仙都。
草坪林苑瑶池伴，滨岸廊桥玉宇殊。

圆明新园

青山绿水伴蓬莱，玉宇琼楼托凤台。
曲院风荷舟上客，平湖秋月幻仙来。

广东美术馆

典藏珍品古今优，陈列精华世代留。
学术交流惊内外，艺文特色各春秋。

雁鸣湖

春归冬去雁留声，悬月知音日落鸣。
鸟语花香仙境韵，绿水青山故乡情。

黄花岗公园

浩气长存石叠坊，默池起敬拱桥廊。
青松滴翠环龙柱，亭外黄花耀土冈。

曹溪温泉假日度假村

一湾圣水伴神仙，云集亭楼别墅千。
误入蓬莱添梦幻，桃源村里忘流年。

顺德碧桂园

不思天上神仙阁，欲望家居别墅间。
碧桂园中留梦幻，桃源圣境在尘寰。

玄真古洞生态旅游度假区

深水高崖急浪漂，长廊曲径过危桥。
乐园梦幻多诗意，歌舞情浓玉女娇。

开平碉楼与村落

星罗棋布碉楼耸，城镇村庄古屋重。
艺术屏廊多特色，侨乡风格国情浓。

灵光寺

香火灰烟不染堂，残枝叶骨瓦无伤。
一生一死千年树，孤独枯荣两色妆。

沙湾古镇

街巷纵横聚古居，阁楼交错幻仙庐。
飞檐翘脊花姿俏，木刻砖雕泼墨书。

寸金桥公园

寸金寸土国之根，万水千山各族魂。
月伴长天花寄岛，云亭湖畔鸟齐喧。

龙归寨瀑布

吞云吐雾泻飞流，倒海翻江出入游。
万朵天花仙女散，千堆银雪托琼楼。

玉溪三洞

轻舟济洞幻蓬莱，明月探波梦凤台。
恍惚三容人兽石，朦胧仙子送冠来。

可园

亭台楼阁在天宫，树水山桥福地中。
扑朔迷离兼特色，清新文雅览无同。

广济桥

十八梭船锁急流，亭台廿四寄琼楼。
一桥一市仙游道，万色千姿伴浪悠。

六州歌头·白云山

群峰争秀，挺拔俏摩天。留梦幻，相思急，盼神还。白云山。歌女瑶池浴，流香韵，娇姿雅。桥鹊恋，西厢会，月娥翩。高岭玉台，灿烂迷花木，风情林园。望青松翠柏，起伏浪波漫。误入桃源。泼猴欢。　到鸣春谷，茫茫雾，层层壁，吐吞烟。攀梯级，岩流液，九霄间。风迎仙。绝顶扶星悦，明珠阁，览浮莲。黄婆洞，逍遥处，听吟泉。碑刻诗词佳作，文豪墨、遗迹千年。有飞鹅雕塑，展馆古城边。溪水悠闲。

水调歌头·海陵岛

十里沙滩上，万步问源头。目望日出边际，明月寄长流。一线曲弯海岸，三面微波光闪，烟雾夺沉浮。大角湾飞艇，马尾岛漂舟。　忠祠古，精艺馆，耀宫楼。登山风啸云涌，别墅在神州。滨畔浴场翡翠，花草芬芳寮岭，堆雪戏翔鸥。欲醉蓬莱客，恍惚八仙游。

念奴娇·新丰江国家森林公园

桃源梦境，幻仙子、不解镜花姿洁。翠谷红颜神洞宿，绿苑香亭迷蝶。怪石凌空，奇松悬壁，少女邀明月。登山风唱，霞光环岭重叠。　星岛错落湖中，波天同色，观浪千堆雪。崖谷蜿蜒容貌巧，凤舞龙飞姿绝。垂钓云台，泳场滩浅，筏上情人悦。观音滴水，泉穿长峡峰裂。

桂枝香·惠州西湖风景名胜区

青山绿水。幻滟潋瑶池，苎萝西子。婷立娇姿玉女，浣纱波美。六湖错落悬神镜，九桥间、雾游烟济。目穷瞻望，景重十八，耀天辉地。　赏明月苏堤独醉。复暮色霞阴，塔沉容细。听雨花洲音绝，晓风迎霁。丹亭点碧迷秋夜，港观鱼、荷香争丽。鹤群歌舞，鼓鸣飞瀑，曲廊环翠。

二十八·陕西省

西安市

秦始皇兵马俑博物馆

一代枭雄帝，千年入土威。
人间多将伴，地府总兵依。
车马连环阵，刀戈列队围。
疆场惊梦幻，恍惚战魂归。

大雁塔

气势悬天立，精神特色中。
门重望异景，层塔听奇风。
诗赋文人合，情缘学士同。
登临迷四野，一目幻无穷。

汉城湖公园

水韵展英风，凌波汉阙雄。
桥头环古道，龙口绕长虹。
仙圣神台候，云天寄阁宫。
湖光吞绿岛，月色伴清风。

朱雀国家森林公园

山环松海色，水抱雪芦花。
怪石参差俏，奇峰起伏华。
冰川晶顶叠，瀑布复珠纱。
神洞吞烟雾，龙潭日影斜。

黑河国家森林公园

长泉穿峡谷，曲径绕峰峦。
栈道观崖粟，云桥望月寒。
熊猫庄上乐，瀑布石间欢。
战址疆场迹，霞披寺庙丹。

大明宫

龙首山中泛紫烟，高居金殿凤冠悬。
沉浮日色辉煌国，复叠星光灿烂天。
昂望长空思岁月，俯瞻广野忆桑田。
巍峨气势千宫阁，特色繁华誉万年。

大唐芙蓉园

翡翠云天托紫楼，丹亭锦绣碧空浮。
龙吟曲水飞娇月，鸣凤高台舞女柔。
十里飘香花漫苑，百重泉幕泛光流。
望春阁上争风采，集市民间盛世州。

西安城墙

城楼风貌忆沧桑，门洞神容岁月妆。
跨地蜿蜒龙骨道，悬空曲折凤冠墙。
灯光梦幻千宵短，暮色相思万步长。
天阙通途疑海角，云中仙阁托朝阳。

骊山

龙岗福地秀骊山，紫气祥云翡翠颜。
大壑深沟登险道，高崖巨壁曲坡攀。
石翁谷上飞泉急，烽火台前舞女闲。
欲遇神仙桥宿客，长生殿梦贵妃还。

翠华山

水秀山青复紫烟，高崖绝壁彩云翩。
参差巨石奇容挂，深洞蜿蜒怪迹悬。
堰塞湖波柔浣月，瑶池细浪济神船。
金童玉女人间乐，鸟语花香世外天。

太平国家森林公园

挺拔奇峰一线天，嶙峋怪石九霄悬。
松林涛海风云碧，瀑布彩虹泛玉莲。
错落池潭龙戏月，芬芳鸟语闹花泉。
环山神道通仙境，穿谷廊桥复雨烟。

兴庆宫公园

绿水青山月满秋，晨光暮色饱神州。
龙堂凤阁红云复，竹苑池潭紫气浮。
玉女留香亭会客，相辉花萼聚仙楼。
天桥九曲三弯岸，十六王宫伴碧流。

关中八景

（一）华岳仙掌

仙掌神崖留五指，瑶池万顷玉泉来。
无穷紫气悠悠绕，不尽红云滚滚徊。

（二）骊山晚照

九龙顶上夕阳辉，绣岭云中万谷威。
古木参差迎晚照，悬亭秋月伴芳菲。

（三）灞柳风雪

春风独恋玉容姿，古韵虹桥伴月宜。
烟雨朦胧垂瘦骨，云天飘雪寄相思。

（四）曲江流饮

杯中美酒曲江波，贤士环池梦里歌。
捉月楼台诗赋意，浣纱西子伴嫦娥。

（五）雁塔晨钟

宵月晨辉屹立神，朝声暮韵醉音频。
朦胧斜影千年迹，斗转星移又一春。

（六）咸阳古渡

一水长流古渡间，千秋遗迹百重关。
往来名利归回客，烟雨风波岁月斑。

（七）草堂烟雾

草堂恍惚挂天庭，烟雾朦胧隐月星。

袅袅云头徊白鹤，悠悠玉女舞丹亭。

（八）太白积雪

银光闪烁九霄峰，云海波涛万里重。
不尽长空悬玉塔，无穷天女裸娇容。

宝鸡市

法门寺

阔寺宏门耀，高姿雅塔雄。
阁楼云里显，地下隐王宫。
瓷器陶模众，罗娟锦绣重。
坛场金佛像，瞩目异无同。

龙门洞森林公园

陡立山峰万，徘徊峡壁千。
深崖云雾滚，古木泛岚烟。
飞雨龙潭泣，垂帘语玉泉。
凌空浮祖阁，风洞宿神仙。

太白山国家森林公园

奇峰林立耸云天，山势峥嵘峡谷悬。
湖泛珠光龙凤伴，音流神洞送风烟。
断崖飞瀑鸳鸯镜，孔雀开屏石竹翩。
岭上高台娇玉女，小桥捉影月中仙。

青峰峡

斜峪雄关破碧空，密枫幽镜夺苍穹。
悬崖青凤喷珠露，白鹤探云洒雨虹。
万谷神容重恍惚，千岑奇貌复朦胧。
峰巅草甸流芳韵，古刹凌霄伴月宫。

钓鱼台风景名胜区

幡溪浪上钓鱼台，唯有文王下士来。
叠嶂重峦云顶锁，清风明月峡门开。
悬滨丢石花岩立，遗玉凌波岛出梅。
龙吐银流天泻瀑，乱琴飞渡雨前雷。

嘉陵江源头风景区

飞龙盘道上云天，玉带环坡起浪烟。
笋石参差探谷壑，瀑潭交错挂神泉。
松林密集千峰挤，花草芬芳百鸟翩。
崖顶浮台观日月，高山风电碧空悬。

鸡峰山

鸡峰独秀插云天，笋石排空俏色千。
玉凤金龙探日月，铜墙铁壁瀑泉穿。
护池神女庵姑伴，守谷将军洞遇仙。
万丈深渊桥跨壑，九霄幽径曲坡悬。

紫柏山

云雾茫茫紫柏山，淙淙溪水碧空颜。
野花似火霞光复，草甸如茵海色环。
重叠石宫无底洞，参差崖谷尽峰湾。
九天玄女迷明月，诸葛悠琴羽扇闲。

中华礼乐城

凤凰展翅口衔珠，孔雀开屏化雨图。

周颂精魂千古迹，人间胜景到仙都。

千湖国家湿地公园

两岸山峦起伏雄，水柔峡峻百湾中。
层林尽染蓝天色，清风明月广野同。

灵山

奇花异木泛云天，怪鸟灵禽闹岭巅。
绝壁高崖披瀑雨，苍穹争艳九峰莲。

吴山

绕云环雾秀千峰，吐雨吞烟翠万松。
伴日凌云宵宿月，悬天戏凤闹蛟龙。

太常行·通天河国家森林公园

云杉叠翠吐岚烟，吠日犬喧天。笋石夺高山。骆驼巷、朦胧过关。　观音遗座，玉潭浴女，岩隙溢甘泉。兵寨月光寒。龟久卧、相思伴仙。

咸阳市

杨贵妃墓

古冢留香韵，诗碑忆旧容。
含情探怨凤，寄意恨游龙。
梦幻瑶池女，相思日月峰。
半坡黄土少，塔上碧云重。

咸阳湖

烟雨濛濛女浣纱，云波滟潋济天涯。
琼楼挂岸依沉日，玉宇悬空伴月斜。
观景台前龙凤瀑，望江亭下玉莲花。
浮雕古渡沧桑忆，廊展风光榭示华。

茯茶镇

关中街道古，镇上茯茶香。
特色红椒辣，风情选秀娘。

乾县八景

（一）唐陵戴帽

陵顶戴云冠，龙眠凤卧安。
松涛花草漫，曲道绕峰峦。

（二）汉宫流泉

残墟思岁月，涸井忆沧桑。
梦幻泉中女，朦胧浴帝王。

（三）五峰叠翠

五峰云海里，十景谷崖中。
神凤居龙穴，灵湫送雨风。

（四）双乳凌烟

双乳凌云秀，仙姑裸卧娇。

风烟环色韵，滴翠涌香潮。

(五) 石马开道

石马前开道，云中玉翅飞。
浮雕留绝艺，立像示天威。

(六) 金龙锁关

卧虎山崖锁，飞龙破谷关。
急流喷峪出，奔泻注峰湾。

(七) 龙岩古寺

前望峰谷叠，回看复沟坡。
不见仙姑浴，龙岩寺客多。

(八) 响石名潭

天坠双龙瀑，银泉落两潭。
雷声穿玉石，破谷碧珠含。

乐华欢乐世界

天地双雄宇宙翔，神舟星际九霄航。
惊心动魄相思久，快乐心情梦幻长。

渭南市

党家村

四合院千秋，民居古韵留。
园庭环绕宅，巷道返人流。
石狮门前立，天龙壁上游。
风光迷典雅，揽胜看家楼。

石鼓山

天牙千仞玉莲盈，石鼓风穿万马鸣。
曲径凌空望险壁，悬崖深谷听奇声。
高坡危岭疏松夺，稀隙重花裸骨争。
梦幻仙姑云伴舞，朦胧烟雨复峰城。

少华山国家森林公园

山峦起伏汇双龙，沟谷幽深四面峰。
绝壁托云烟雾滚，悬崖风啸插天松。
清溪复月花香岸，白玉牌坊日色重。
峪口廊桥探碧水，珍稀凤蝶隐真容。

同州湖景区

红门天落彩霞重，水幕悬空舞玉龙。
滨畔虹桥明月抱，风云堤岸托青松。
探波亭榭仙姑貌，仙岛临池玉女容。
对对鸳鸯留梦幻，帆舟点点雾烟浓。

武帝山

绿嶂青屏耸九天，黄河睡看一湾泉。
神龙闹海含云雾，鸣雨金蟾吐玉莲。
祠后蹲狮迷古柏，庙前高阁幻升仙。
峰峦起伏探危石，错落村田日照烟。

望湖楼

海角扶云醉，天涯伴月游。
烟波帆岸远，梦在望湖楼。

十二连城

烽火台交错，连城恍惚中。
禁沟天险迹，鸟雀返惊弓。

六姑泉

青山绿水六姑迷，翠柏苍松百鸟啼。
魂为甘泉宫女意，心随日月伴流溪。

文殊塔

文殊塔上碧云浓，光耀悬天玉佛重。
复曙披霞迎日照，清风明月伴娇容。

壶梯山

万木林中鸟语迷，壶山梯岭百花齐。
晴光复照澄城秀，环绕村田雅小溪。

铜川市

药王山

参差五指山，起伏百台颜。
恍惚悬空殿，朦胧药圣还。
碑林岩壁上，图画石坊间。
造像摩崖绝，神泉峡谷环。

大香山寺

三石香山起紫烟，鲜花四季泛蓝天。
洞中铁瓦慈悲殿，梁上金龙善寺缘。
绝壁托池明月落，悬崖探口泻清泉。
凤凰立谷琼楼女，蝴蝶溪前梦幻千。

玉华宫景区

五门九殿玉华宫，千米三基石窟同。
峰底碧流烟雨泣，云头滴翠啸松风。
梨花琼树寒冬里，洞穴冰泉炎暑中。
佛座堂前留足印，凤凰谷上宿仙翁。

云梦山

峰高千仞九霄间，万丈深渊十里湾。
石洞两排烟雾绕，百重花木色光环。
层峦恍惚游仙境，叠嶂朦胧玉宇还。
泼墨文豪思隐士，梦中日月夺云山。

龟山文化园

凌云扶日出，立顶托苍穹。
梦幻游天阙，朦胧伴月宫。

龙山公园

捉月仙姑舞，扶云神鹤吟。
天亭观日月，崖阁听乡音。

姜女祠

素色清风哭倒城，目暝抱骨血含情。
泪池浮影关山月，石泣流泉万谷鸣。

太安森林公园

万顷松林碧海涛，千重石骨耸云豪。
梯阶曲径通天道，木屋亭台步步高。

福地湖风景区

山塬环绕一神湖，天水沉浮万色图。
绿岛风云烟雨异，雾吞石窟戏楼殊。

延安市

宝塔山

巍峨宝塔山，独揽八方颜。
楼阁扶云急，廊桥捉月闲。
花香天上醉，日色恋人间。
石刻摩崖绝，碑林古迹斑。

秦直道

目尽通天道，林光避暑宫。
石穿峰恍惚，山破岭朦胧。
绝壁浓云里，悬崖密雾中。
沧桑留足迹，岁月伴长风。

狗头山

拂袖烟云滚，飘衫裹月星。
崖开闻柏吼，穿壁啸风听。
山顶龙泉井，天涯塔阁亭。
狗头探叠嶂，峰峦九霄屏。

龙虎山风景区

游龙思海角，卧虎恋天涯。
仙女留亭舞，将军曲恋家。
池台观日月，楼阁看山花。
七级飞来瀑，珠帘十丈纱。

清凉山

殿宇参差挂碧天，峰峦起伏翠云悬。
九霄景色人间梦，世外风光醉八仙。
叠洞流云披玉壁，长河复日浪浮烟。
摩崖石刻诗湾胜，独上亭台伴凤翩。

壶口瀑布

天泻洪流破壁来，山崩飞瀑玉门开。
神牛汲水千涡穴，仙女梳妆百级台。
崖顶峰城闻谷啸，河心石岛听鸣雷。
无穷潮浪奔腾去，不尽涛声万壑徊。

蟒头山

峰峦起伏耸云天，翠柏苍松绿岭千。

龙脉深山风景聚，高原腹地色光全。
凌霄寺庙环重嶂，日月探崖曲道悬。
极目长空图画万，俯看大地表村田。

芦子关

峙立双崖虎口关，飞悬绝壁石龙湾。
雨烟密布朦胧谷，云雾飘浮恍惚山。

黄帝陵

万株古柏绕皇陵，山岛千云白鹤凌。
玉宇琼楼丘岭聚，岩崖佛洞雾烟腾。

榆林市

镇北台

登台天地阔，南北锁咽喉。
环岭城池立，溪河绕峡流。
高瞻云雾滚，俯瞰狼烟游。
指点风霜迹，凌空日月楼。

二郎山

起伏骆驼峰，参差翠柏松。
长城留雅貌，曲水伴娇容。
细刻神仙洞，精雕石窟龙。
行宫霞色复，庙宇曙光重。

高寒岭

白日飞云急，流烟黑夜闲。
月悬寒谷口，日出暖风湾。
草岭蓝天复，林崖绿海环。
花香留梦幻，鸟语恋仙山。

李自成行宫

盘龙山挺拔，起伏列行宫。
亭阁珠光里，楼台玉色中。
廊披晨曙赤，池复夕阳红。
金碧明千米，辉芒万丈空。

红石峡

夕照红山叠色霞，曙光复水赤溪华。
三山翡翠姿容貌，双谷芬芳草木花。
绝壁流云穿玉洞，高崖飞瀑石披纱。
文豪泼墨千年迹，刀笔锋芒日月斜。

红碱淖风景区

烟波浩渺碧云天，湿地黄沙复雾烟。
归鹭迎风潮十里，遗鸥伴水一层莲。
良人滨畔泼飞雨，携手沙滩秀女翩。
舞醉曲迷歌昼夜，环湖徒步月旁边。

白云山

诸神荟萃白云山，庙宇纵横紫气环。
楼阁参差烟雾里，亭台错落谷崖间。
碑雕飞凤龙腾急，壁刻溪流鸟返闲。
明月清风屏嶂伴，泉鸣瀑唱在峰湾。

榆林沙漠国家森林公园

悬空日月伴溪吟，沙上草坪绕啸林。
娱乐风光仙境梦，休闲歌舞焕人心。

五龙山

神龟驮寺耸云中，盘岭飞龙托碧空。
庙宇悬崖争挺拔，楼台观月伴鸣风。

花马池

月悬同色两池天，日复奇光一泽泉。
不解冰潭留玉液，可疑花马为神仙。

天下名州石牌楼

百幅精雕古画浮，千方石刻雅牌楼。
门通世界同天地，道绕三江过五洲。

安康市

岚河漂流

溅玉飞珠浪，穿崖入谷舟。
绕山环岭过，越岛跨礁游。
瀑落悬天雨，波倾日月浮。
九滩湾十八，一水万千秋。

千层河

三步不同瀑，奇潭五尺间。
层层音韵绕，道道色光环。
日复匆匆急，悠悠伴月闲。
焚香神洞答，汉室久居湾。

观音河水库

凤立观音峡，龙飞库坝悬。
龟山吞夜月，狮口吐风烟。
浪啸千云涌，林涛万木翩。
桃源非世外，回首米粮川。

燕翔洞

岩宫石府洞中天，池榭廊亭水上船。
乳笋参差观异貌，奇姿错落看花莲。
银帘披壁千层瀑，金谷飞虹百道泉。
叠窟九门霞曙复，波含双月伴云烟。

瀛湖

梦幻瑶池浣碧天，蓬莱恍惚落神泉。
斜桥仙过千屏里，高坝人立百丈巅。
日出霞波迷色舞，月悬云浪醉光翩。
沉浮塔影临堤浅，涛远清风一叶船。

千家坪

百鸟齐鸣梦幻中，千红万紫挂苍穹。
春山含笑芬芳苑，夏谷偷欢翡翠虹。
秋岭相思风月夜，冬崖草木雪朦胧。
茫茫云海环仙境，日照琼楼雾绕宫。

香溪洞

层峦叠嶂醉神仙，路绕山环咫尺天。

漫谷芬芳香八洞，溢波滟潋色光千。
云梯百级凌霄阁，崖顶三门石径悬。
空响籁音听鸟语，虹桥落瀑月探泉。

双龙溶洞群

绣球狮夺欲狂欢，戏珠飞龙玉柱盘。
乳笋参差云雾顶，冰花重叠风池冠。
一枝独秀崖中暖，万里孤舟月下寒。
曲径通幽留梦幻，神容异貌石山峦。

大木坝森林公园

百花争艳色迷人，万木遮阴送晚春。
野果飘香红叶笑，流光白雪戏龙鳞。
谷中歌女瑶池梦，云里蓬莱幻舞神。
恍惚小村烟雾托，溪吟瀑唱醉来宾。

龙寨沟奇石景区

怪石争娇势，奇岩夺俏姿。
长风穿古洞，曲径到瑶池。

两合崖圣景

崖开双壁险，一线合奇天。
滴水龙潭曲，流云伴洞仙。

中坝大峡谷

峡谷凌空对峙峰，迎宾飞瀑挂千龙。
步移景异天然色，奇妙风光满目容。

宁陕名胜白帝神洞

白帝长廊玉宇街，洞神高壁草楼佳。
曲阶坎状登天阁，明月清风入梦怀。

六州歌头·南宫山

三峰金顶，笔架插云天。峥嵘秀，巍峨雅，雾浮湾。谷重烟。怪石嶙峋立，如行佛，疑僧坐。走兽入，飞禽出，聚神仙。白玉海螺，接口吹音响，透壁余残。击磬声岩卵，悦耳听惊叹。梦幻狂欢。不思还。　　见无源水，难枯涸，生死树，又千年。巅飘雪，花开底，雨淋前。后蜂翩。高瀑瑶池溢，危崖破，坠深渊。溪流曲，岚吞谷，啸林山。双峡古藤托道，亭台上、探日奇观。迷芬芳鸟语，恍惚换人间。梦幻尘寰。

汉中市

红寺湖国家水利风景区

山峦屏嶂叠，溪水复春光。
仙岛枝头鸟，神崖虎尾梁。
漂舟千谷浪，涛海万松冈。
木屋披云雾，花红月伴香。

古汉台

汉台百尺望江楼，不尽风云一目悠。
钟鼓遗亭思岁月，厅堂古桂忆春秋。
龙吟飞雨桥间瀑，虎啸池泉石上流。
精刻十三碑迹颂，独悬栈道八仙游。

五龙洞国家森林公园

高谷流云万丈泉，深潭披雨数层莲。
凌崖佛洞迎飞凤，神女登台伴月翩。
白虎峰巅云雾涌，青龙峡底滚风烟。
举头先见探红日，回首看霞挂谷前。

拜将坛

余心拜将忠，业复剑光中。
魂宿高台上，千秋伴梦终。

饮马池

凌空东塔雅，高阁秀南墙。
唯见风云过，常思饮马王。

苏景园

小桥流水浪中舟，高阁环云石上楼。
鸟语花香迷日月，沉鱼落雁醉春秋。

兴元湖公园

百鸟争鸣万木园，繁花夺翠聚香魂。
朝霞水赤迎千鹭，夕照波红一棹翻。

谢池春·黎坪国家森林公园

群马奔腾，笋立石林神苑。叠山峦，茫茫树万。天堂奇景，聚风光惊叹。水迷人、逝波心乱。　凌空剑峡，片片龙鳞稀罕。洁冰河，飞珠扑涧。银帘披谷，落台阶云散。七星潭、倒流西远。

江城子·汉中天台国家森林公园

奇峰峻岭托台山。白云环，啸风还。万里花香，蔽日柏松千。霜叶红黄林尽染，冰雪洁，耀光天。　双沟汇堰碧波漫。吸流烟，吐飞泉。太极图中，得道女神仙。昂首青龙迷滴翠，屏孔雀，凤凰冠。

商洛市

丹江漂流

飞舟天上落，入谷伴江流。
两岭风云急，民谣一曲悠。

绕滩悬浪过，环岛托波游。
鸟语空山响，花香月影柔。

塔云山

塔啸插云天，松涛气雾翩。
一巅高佛宇，三面壁深渊。
立顶惊魂骨，临崖梦月仙。
野花香万里，日照色光千。

天竺山

天竺山千仞，苍穹一柱屏。
凌空先捉月，早到摘霄星。
绣女相思阁，情郎梦幻亭。
高台云雾骤，佛洞劲风听。

天佛洞

神奇一洞天，万佛异姿悬。
错落庭堂过，参差立玉莲。
迎宾神女伴，邀客盼歌仙。
梦幻惊魂瀑，春心寄浪船。

金丝峡

龙峡奇姿异色千，高崖绝壁碧空悬。
石生树挺参差叶，马刨溪柔曲折泉。
仕女献瓜龟首上，夫妻迎客虎门前。
白云吞吐仙人洞，青壁披纱瀑下莲。

牛背梁国家森林公园

山体微开一线天，片云欲坠挤崖巅。
珠帘披壁飞银雨，挂石虹桥过玉泉。
林木涛声留梦幻，相思音伴谷风翩。
平台美景浮牛背，目尽苍穹万里烟。

柞水溶洞

洞门佛袖过天廊，神女春心梦伴郎。
万马腾空图刻壁，二龙出水画雕墙。
迷宫曲折听风韵，香阁参差月色望。
红柳彩霞迎跌瀑，金铃响塔聚仙堂。

木王国家森林公园

青龙吐水一江潮，七星天坑白玉雕。
积秀峰林图画美，竹溪映翠女神娇。
马梁屏嶂千峦立，虎岭姿容耸九霄。
鹰嘴飞悬龟石卧，远芳古道到云桥。

月亮洞

洞中生洞月同圆，宫内迷宫梦在天。
峰谷朦胧鸣叠瀑，瑶池恍惚聚歌仙。
飞龙探险望神女，卧虎临危见石船。
寒室嫦娥思玉兔，西施一棹恋山田。

白龙洞

三断身躯泣白龙，千姿乳石滴泉重。
天桥横跨仙人洞，玉佛悬空百丈峰。

太白洞

太白迷居峡谷洞，银帘复壁水中宫。
云桥飞架通天道，梯下深潭浪伴风。

二十九·甘肃省

鸣沙山月牙泉风景名胜区

月牙清映月，日照日明泉。
双色云波舞，重光玉女翩。
奇峰群起伏，错落怪丘连。
鼓角鸣沙滑，轻风乱磬弦。

五泉山公园

甘露五龙泉，丰林古木千。
蜿蜒坡岭叠，起伏壑丘连。
廊阁吞云雾，池波吐雨烟。
复霞新圃耀，香伴月光天。

金水湖

五湖金水美，日出一江花。
浴浪嫦娥月，西施夜浣纱。
轻烟飞海角，薄雾到天涯。
桥挂霓虹复，流云叠彩霞。

大象山

挺拔石旗山，神泉曲折环。
峰峦云雾里，洞穴壁崖间。
楼阁探风月，亭台望海湾。
长廊屏嶂过，啼鸟不思还。

玉泉观

天帝悬崖阁，龙飞凤舞间。
花香迎鸟语，月色伴松山。
洞腹长泉出，岩头密雾环。
文豪留墨迹，风啸过峰湾。

中华裕固风情走廊景区

裕固多情处，苍茫绿野廊。
草原涛海色，林地泛波光。
峡谷鸣溪过，风吟瀑布扬。
峰峦云雾美，香苑胜天堂。

月牙湖公园

林阴环曲径，芦苇絮花飞。
垂柳飘堤岸，浮桥水榭依。
色香漫绿岛，白浪挤鱼肥。
一棹轻舟远，霞亭满目辉。

神州荒漠野生动物园

动物游荒漠，仙翁钓醉龟。
黑熊过峡谷，白马渡瑶池。
林鼠思牛貌，山鸡盼凤姿。

草田花圃美，日月色光宜。

天祝县冰沟河森林公园

高山千里雪，低岭百花鲜。
绝壁风云锁，悬崖罩雾烟。
曲坡多野径，古木密参天。
瀑落冰沟响，神湖济八仙。

晚霞湖

群山环碧水，绿浪托孤舟。
雨后观霞复，风前看月浮。
高空飞鸟乐，浅底戏鱼游。
虎口悬珠瀑，仙湖托蜃楼。

西狭颂风景名胜区

山奇多峡谷，水美涧潭连。
叠瀑峰峦破，浮云壑口穿。
廊桥环曲壁，亭榭断梁悬。
古木参差秀，清风伴月圆。

荆山森林公园

古柏千年绿，长廊万里青。
花香含露月，草色吐晶星。
云涌山间看，风涛谷上听。
瀑垂溪伴曲，观鸟到天亭。

莲花台

苍穹挂玉莲，绝壁绕深渊。
万仞奇峰立，千层怪石悬。
青松迷海色，明月醉光天。
曲径疑无路，飞流戏八仙。

田家沟生态风景区

果香留客醉，垂钓恋仙翁。
亲水龙舟伴，探花月送风。
亭台滨畔上，溪浪石沟中。
恍惚琼楼叠，桃源梦幻同。

莲花山

花开托碧空，姊妹驾云虹。
湖泊高山上，天桥绝壁中。
深崖秋月照，古木复长风。
栈道探林石，峰峦挂庙宫。

大墩峡

绝壁线云天，银河泻巨泉。
沟深流急水，山远叠浮莲。
异木参差立，奇花错落悬。
登台听鸟语，明月伴风烟。

拉尕山

群山抱一峰，密岭托千松。
仙女迎金凤，神童伴玉龙。
高崖云雾复，绝壁瀑帘重。
林寨民歌乐，风情曲意浓。

拉卜楞寺

金碧辉煌殿，雕梁画栋堂。
神龙悬脊看，玉凤立檐望。
佛像精神貌，花图锦绣妆。
沧桑留古韵，岁月伴风光。

七言律诗

嘉峪关文物景区

嘉峪咽喉第一关，城楼独揽秀江山。
墩台错落危崖绕，隧堡徘徊险谷环。
不尽曙光琼海复，无穷月色碧空还。
黑岩雕石图千迹，九眼清泉溢波闲。

崆峒山风景名胜区

洞群错落奇形月，日照参差泛色光。
高谷雷声低壁响，瀑鸣深涧鼓音长。
天梯石级登云阁，花径岩坡过庙堂。
铁瓦金身师祖殿，藏经楼上忆沧桑。

麦积山

乱窟风鸣麦积山，残云穿壁栈桥环。
峰峦恍惚烟波里，云海朦胧峡谷间。
细刻花开迎鸟到，精雕游凤伴龙还。
悬空神洞惊仙迹，瀑落溪吟过壑湾。

吐鲁沟

层峦叠嶂列娇峰，叶盛枝丰密劲松。
飞雨垂崖烟雾复，泻珠滴柱玉帘重。
清风明月诗情涌，鸟语花香画意浓。
绿色长廊神话里，朦胧仙境醉姿容。

兴隆山

无际流云绕万山，飞虹跨峡过雄关。
长廊石级通仙境，高阁台阶玉凤还。
一日阴晴春夏里，秋冬十里雪霜间。
百花争艳听啼鸟，瀑落深沟滴水湾。

黄河石林

玉柱参差色彩悬，笋峰错落碧光翩。
千帆进发穿关口，万岛沉浮挤海天。
独立绿洲戈壁绕，黄河九曲过神泉。
人间美景盘龙洞，明月清风梦石莲。

水帘洞

群洞纵横别有天，参差乱石道无边。
山前披雨瑶池液，水中蓬莱复雾烟。
飞龙游凤雕玉壁，乘风破浪刻神船。
凌空千佛丰姿美，珠滴琴鸣百丈泉。

西汉酒泉胜迹

汉阙高门八面风，天桥云渡帝王宫。
金泉独醉文豪笔，杰士常思铁甲功。
烟雾朦胧翩玉女，龙舟恍惚济仙翁。
魂飞曲苑迷山水，岛托亭台梦幻中。

文殊寺

峰奇峦异小西天，高阁平台绝壁悬。
万佛金身归玉洞，银帘千瀑石流泉。
山花粉蝶迷香舞，林木含声翠鸟翩。
月夜清风听竹笛，曙光初照伴云烟。

焉支山森林公园

焉支山挺耸云天，拔地凌云绕雾烟。
怪石嶙峋游凤雀，纵横异谷虎龙眠。
胭红长岭迷飞蝶，柏松常青峦鸟翩。
瀑落深崖穿壑响，溪鸣曲涧急流泉。

马蹄寺

落荒天马寄神蹄，石窟穿行挂玉梯。
刻风雕龙金字塔，破崖裂谷银光溪。
云吞密洞悬千佛，日复高峰吐万霓。
山色朦胧仙迹隐，炊烟袅袅鸟齐啼。

扁都口

绝壁凌云一峡开，破天万水谷中来。
星河六月看飞雪，花海观霞百鸟徊。
洞穴黑风思古柏，草坟黄土忆荒台。
文人墨客吟边塞，诸葛碑前咏竹梅。

大湖湾

群龙戏闹水晶宫，百鸟齐飞乱碧空。
秋水映天舟唱远，古楼月照独吟风。
廊亭错落披霞丽，桥阁参差挂彩虹。
芦复湖湾听玉笛，清波迷恋钓鱼翁。

遮阳山

八仙三醉露真容，道士登台巧失踪。
壁画文人迷立凤，诗崖墨客恋游龙。
千层危石遮阳谷，万里风云罩险峰。
瀑落溪鸣穿地缝，飞禽走兽伴山松。

贵清山

峡谷参差百里廊，峰回路转万花香。
云腾雾绕迷仙境，明月清风恋社乡。
断涧虹桥通佛界，玉池悬谷伴神堂。
松涛壑响烟穿洞，滴水溪吟泛夕阳。

万象洞

三洞龙宫月伴天，乳岩万像画图悬。
花山日照垂帘瀑，云海霞浮托浪烟。
鳞甲金光藏石窟，玉台银色隐神仙。
瑶池溢水千鹅浴，琼树凝脂百鸟翩。

阳坝亚热带生态旅游风景区

群山皆绿秀风光，泉水常清戏浣娘。
寄曲月牙潭内女，天鹅湖上对歌郎。
飞龙吐玉双峰异，卧虎吞珠一怪冈。
万紫千红沟漫色，花香鸟语在天堂。

云屏三峡

蜿蜒长岭锁雄关，挺拔重峦叠嶂环。
沟涧溪流泉涌急，云烟浮谷雾游闲。
龙门虎口悬天瀑，玉塔瑶池寄洞山。
绝壁复屏松倒挂，高崖姊妹望风湾。

花桥村

山环路绕有桃源，古貌新姿异屋轩。
明月清溪歌舞恋，花红草绿醉田园。
层林日照听山鸟，复水济舟见宅门。
习俗风情多特色，休闲度假自然村。

云崖寺国家森林公园

观音山上洞中天，罗汉崖间怪石悬。
纵立黑狮吞雨雾，青龙横卧吐云烟。
亭台挂月芬芳夜，瀑落池潭翡翠泉。
不尽苍穹林海远，无穷沟壑急风翩。

龙泉寺

天龙戏水破崖悬，裂谷峰开挂凤泉。
雾绕高山飞色雨，云环绝壁彩虹翩。
双桥步月蓬莱梦，歌舞瑶池醉八仙。

林海听涛屏嶂叠，莲台观日急风烟。

松鸣岩

玉女凌空并峙峰，天台立壁幻仙容。
楼亭殿阁参差密，涧瀑沟泉错落重。
虎爪抱岩花烂漫，凤枝挺拔挂云松。
风烟绕谷林啼鸟，曲径环坡雨雾浓。

冶力关国家森林公园

莲峰耸秀石飞来，珠峡添娇壁峙开。
古树盘岩望远客，深潭环谷听轻雷。
神龟探月金泉唱，仙女临风舞玉台。
崖上青苔攀曲径，斜阳复水鸟徘徊。

大峪沟

线峡流云两岸峰，峪沟飞浪雨烟浓。
纵山横岭参差谷，断壁残崖挺拔松。
神女潭中迷浴凤，瑶池波内梦游龙。
舞姿曲韵天仙聚，鸟语花香伴月容。

则岔石林

妖峰屹立吐云烟，怪石嶙峋绝壁悬。
虎峡风鸣烟雨舞，龙门海啸雾岚翩。
灵猴探月金枝上，娇女望郎玉台前。
栈道环崖观落瀑，溪吟谷下急长泉。

郎木寺

白龙江上白帆悬，黑虎峰中黑洞穿。
玉凤凌云神女乐，蛟龙入海戏荷仙。
奇崖挺拔松涛海，怪石嶙峋峡涌泉。
金碧辉煌重赤寺，花香鸟语伴蓝天。

五言绝句

紫轩葡萄酒庄园

不醉葡萄酒，相思在紫轩。
亲人来四海，万里到庄园。

中华孔雀苑

孔雀娇花羽，开屏诱凤凰。
朦胧星雨落，恍惚碧云翔。

武威沙漠公园

沙丘环起伏，亭榭绕参差。
大漠香花卉，浮云到海涯。

古灵台

灵台托碧空，独立揽苍穹。
日月探龙脊，吞烟凤口风。

七言绝句

古梨园

梨园万亩醉花香，一夜东风恋果黄。
恍惚桃源盈玉树，朦胧仙境又春光。

青城古镇

民居古宅鉴沧桑，书院清辉耀庙堂。
飞凤游龙迷绝艺，清风明月醉荷塘。

雅丹国家地质公园

千姿百态玉峰林，怪状奇形石兽禽。

日月齐辉同耀色，精神雨蚀伴风侵。

金塔胡杨林

金波荡漾惜蓝天，沙枣花香绿野怜。
秋月含霜红叶漫，寒风夕照吐岚烟。

敦煌古城

古城高耸复苍斑，遗迹残垣忆塞关。
大漠锁喉戈壁道，风云拂过又添颜。

阳关文物旅游景区

阳关烽燧千年迹，大漠森林万里滩。
汩汩暗泉流广野，皑皑白雪众山看。

张掖国家湿地公园

芦苇茫茫白絮飞，碧波滟潋戏鱼肥。
轻舟荡漾迷香韵，月夜听风醉不归。

王母宫

不思天殿恋尘宫，暮鼓晨钟万籁融。
仙舞瑶台山恍惚，风鸣石窟月朦胧。

当周草原

游云千里碧空长，万顷柔波阔草场。
袅袅炊烟歌曲伴，清风续续逐牛羊。

桂枝香・官鹅沟国家森林公园

山娇岭秀。醉鸟语花香，峰叠林翠。万里参差峡谷，石奇崖异。瀑垂千尺深渊响，见沟间、潺潺流水。白云飘绕，蓝天一线，啸风沉底。　凤阁上金巢泛丽。望梯级悬门，群峦相峙。断壁青龙出海，吐珠闲戏。浓烟密雾重帘雨，梦瑶池、八仙舟济。玉台贤聚，书岩添页，月圆诗意。

浣溪沙・刘家峡

万马奔腾一峡开，滔滔急水谷中来。玉龙横卧凤登台。　日照蓬莱浮海角，瑶池悬月在天涯。仙山玉瀑挂高崖。

玉楼春・八坊十三巷

十三巷曲徘徊绕，错落八坊多寺庙。亭台楼阁苑中园，曲径回廊花木俏。　东宫馆雅清溪抱，独醉秋风圆月皓。碧云飞舞彩虹悬，古迹新姿今昔貌。

三十·黑龙江省

哈尔滨市

五言律诗

哈尔滨冰雪大世界

欲展和平鸽，凌空耀塔光。
龙门天地阔，冰岛海河长。
石舫高桥下，花园过曲廊。
开屏银孔雀，戏水玉鸳鸯。

太阳岛风景名胜区

太阳怜绿岛，柔水惜蓝天。
林岸长廊绕，花坛曲径连。
虹桥滨畔跨，姊妹踩溪泉。
飞瀑垂珠雨，瑶池挤玉莲。

龙塔

飞碟九霄悬，游龙独戏天。
无穷看景色，不尽望云烟。
捉月平台上，扶星曲道前。
环梯听万籁，立顶幻神仙。

金龙山国家森林公园

十八弯山道，孤崖九里川。
奇岩云雾锁，怪石吐风烟。
叠岭芬芳漫，层林翡翠悬。
银帘披峡谷，鸟语艳阳天。

巴兰河漂流

神舟峡谷中，天水落苍穹。
环绕岩崖裂，漂流破壁洪。
溪吟明月伴，鸟语盼清风。
林隐山庄美，炊烟托彩虹。

双子山原始森林公园

遮天涛古木，蔽日啸松风。
复翠峰峦秀，鲜花映碧空。
廊桥穿虎洞，栈道过龙宫。
瀑舞溪泉唱，云台立钓翁。

七言律诗

中央大街

风光欢聚五洲宾，面貌招来四海邻。
千米石街中外胜，洋房百幢古今神。
琼楼常幻天堂梦，岁月沧桑久恋春。
细刻精雕龙凤展，参差挺拔焕然新。

黑龙江省森林植物园

万木参差异类株，百园错落各成图。
天高秋月迷歌凤，广野春花醉舞姑。
波上玉荷香韵异，岭中银雪色光殊。
九龙壁刻山河丽，峡谷深渊隐翠湖。

松峰山

双乳娇姿挺拔峰，参差五岭雅神容。
洞奇穿壁流云密，怪石悬崖绕雾浓。
狮吼立坡望落日，月出登台听吟龙。
棋盘山上留碑刻，拜斗台前翠柏松。

威虎山国家森林公园

怪石嶙峋虎啸峰，山花烂漫浪涛松。
翩翩红叶歌仙女，滚滚云烟舞白龙。
瀑落银溪光九叠，月悬金谷色千重。
天池垂钓神龟伴，峡谷漂舟雨雾浓。

帽儿山

雄冠天坠帽儿山，日月相依峙谷关。
百鸟争鸣高岭上，万花怒放曲坡间。
玉莲鱼伴虹桥绕，亭榭迎风碧水环。
五福树前留梦幻，凌云梯道险岩攀。

凤凰山国家森林公园

峰青峦秀乱云飞，绿木花红艳翠微。
晶莹瀑泉千复叠，高低山地两芳菲。
观天一线藤悬谷，望海三关日月依。
雨后西崖迷暮霁，樵歌东岭醉晨辉。

亚布力滑雪旅游度假区

雄鹰展翅九霄看，万里银川白鹤欢。
溅玉飞珠娇子戏，游天跨海越峰峦。

天恒山

临山望水寄相思，木叶无边梦幻奇。
鸟语花香娇万物，清风明月雅千姿。

石刀山

峙空一刀石飞来，凌顶千云绕岳台。
明月清风舟渡海，朝霞暮曙玉门开。

念奴娇·太阳岛公园

太阳岛上，日先照、吐艳百花层叠。无际红松光泛赤，绿色草坪波沸。万朵荷花，飘香十里，出水天仙悦。冰封北国，银装妖娆看雪。　浪急高阁凌云，长廊探碧，吟曲听风绝。池畔台前鱼往返，小岛雨烟吞没。瀑落三江，雾重四海，幽径多雕物。广场群艺，乐园添翠悬月。

齐齐哈尔市

扎龙国家级自然保护区

遥遥白鹤乡，绿色叠屏廊。
错落奇潭泽，参差怪树冈。
听风唯广野，观鸟有高房。
鱼戏推云浪，轻烟托月光。

蛇洞山

怪石嶙峋聚，峰峦起伏遥。
龟蛇翻海浪，狮虎闹江潮。
楼阁悬崖俏，亭台立谷娇。
诗碑仙境里，佛像在云霄。

音河水库

玉龙天际卧，碧水九霄中。
灵鸟云头过，轻舟济海空。
山峦重挺拔，汹涌叠潮洪。
万木迎风啸，清流伴钓翁。

龙沙公园

瑶池岸畔望江楼，寄水蓬莱看鹤游。
错落山泉迎日月，参差花木伴春秋。
龙吟壁破飞帘急，虎啸崖开落帐悠。
艺术冰雕奇异景，观光宇宙济轻舟。

榆树崴子

榆林泛碧叠屏廊，花草争鲜复锦妆。
度假江心留石岛，休闲沙地有龙庄。
舞池寄足天仙聚，歌女迎宾客满堂。
独上云亭观四野，飞来百鸟护禾桑。

明月岛

明月悬天岛上看，寄波清影水中观。
沙丘起伏龙池绕，林木参差石径盘。
楼阁风云仙女乐，廊桥烟雨玉荷欢。
花香鸟语桃源里，浪击飞珠日照丹。

红岸公园

迎旭桥中看日出，睡莲池上幻姑翩。
花香鸟语迷仙境，亭阁参差醉雨烟。

朝阳山

一峰独秀托朝阳，错落群峦伴月光。
灵鸟野鸡花木里，泉飞瀑泻涧溪长。

爱华林场

茫茫绿木远波涛，滚滚青云海岸遥。
百鸟争鸣花草艳，峰峦起伏伴天骄。

罗西亚大街

异域风情雅大街，洋楼各式貌奇佳。
精雕细刻浮墙画，挺拔精神岁月怀。

牡丹江市

牡丹江雪堡

皓雪精雕堡，寒冰细刻楼。
长城悬月色，高塔日光浮。
海峡风云急，江心水浪柔。
天桥通世界，宇宙有飞舟。

六峰湖

六峰环碧水，滟潋一湖波。
翔鸟迎风唱，涛松伴月歌。
深山沉绿影，曲道绕青坡。
垂钓披烟雨，神龟欲渡河。

神仙洞森林公园

绝壁云穿洞，高崖玉带环。
风鸣松海里，啼鸟野花间。
垂钓凌波阁，漂流石窟还。
鱼仙留梦幻，恍惚到神山。

莲花峰

莲花挤异容，石笋聚奇峰。
长夜迷秋月，深山恋古松。
廊桥烟雨密，天岭雾云浓。
一线高崖裂，清流伴玉龙。

镜泊湖

百里长湖漾碧波，高峰千仞曲峦坡。
飞帘复帐天垂瀑，断谷崖开壑流河。
错落池潭闻雨泣，参差木叶听风歌。
火山遗迹沧桑忆，地质奇观岁月过。

牡丹峰国家森林公园

牡丹争艳耀高空，天岭云环举目穷。
木叶参差风卷浪，山花烂漫滚潮洪。
风亭寄壁探星月，龙阁悬崖挂雨虹。
登塔常思仙足迹，望江有感钓鱼翁。

三道关

夫妻立石鹊桥边，落水蟾蜍井为天。
山上虫鸣迷草丽，林中鸟语恋花鲜。
飞来峰上观云舞，回到崖中看风翩。
三道关边多古迹，长城绝壁月光泉。

莲花湖

碧波百里一帆舟，目尽荷莲伴浪柔。
峡谷参差烟雾涌，湖湾曲折雨烟游。
层层林木遮天日，坡道条条石岛浮。
群鸟争鸣香韵漫，仙姿玉立伴亭楼。

金光寺

红墙绿树寄山坡，掩映生辉伴鸟歌。
起伏卧龙迎日出，飞来游风戏流波。
东崖观月溪吟曲，西岭听风浪啸河。

殿宇辉煌尊玉佛，瑶池泛碧聚天鹅。

七言绝句

牡丹峰滑雪场

摩托环坡险道飞，马爬犁急绕途归。
冰川万里豪娇子，沟坎千重健儿威。

江滨公园

繁花似锦复虹霓，密树成林伴鸟啼。
日月风云争秀丽，清波留梦一帆迷。

东宁洞庭风景区

绝壁临波百丈峰，插天笋石伴千松。
草坪绿浪漫沙地，碧水河湾乱玉龙。

佳木斯市

五言律诗

水源山公园

争鸣观百鸟，万步恋花香。
高阁游明月，清风过曲廊。
金猴迎贵客，银鹤伴娇娘。
娱乐田园里，桃源在水乡。

四丰山风景区

巨龙悬峡谷，天瀑泻潮洪。
明月帆舟伴，清泉送雨虹。
云环桥恍惚，雾绕塔朦胧。
香韵山花漫，游鱼戏钓翁。

乌苏镇

隔江邻异国，滨畔小村庄。
百步过街道，三人宿厂房。
天涯观日出，海角月悬望。
一网冰滩上，鲜鱼聚客商。

七言律诗

三江自然保护区

曲折河槽湿地环，沉浮沼泽草原间。
清风拂过蓝天色，明月飞来白雪颜。
沙鸭群翔临道口，海雕独往到边关。
野生大豆含烟雨，水柳成林曲折湾。

大亮子河

古木红松色泛天，参差崖谷碧空悬。
鹰山探月环云雾，树岛凌波复雨烟。
孔雀开屏迎日出，鸳鸯戏水伴浮莲。
争光白桦三江景，亮子漂流一片船。

富锦国家湿地公园

绿野遥遥湿地长，蓝天碧水两茫茫。
荷池垂钓披枝叶，捕捉鱼鹰复草塘。
坐筏近听风啸急，登亭远望鸟闲翔。
如诗恍惚无穷海，似画朦胧不尽疆。

街津口

独立寒江挺拔山，青波绿岭小村环。
斩龙石断风云过，射雁崖开日月还。
披雨望郎峰阁上，盼夫迎雪浪桥间。

松沟泛色群鱼戏，泉眼流金绕谷湾。

三江口

黑水奔千浪，黄波涌万泉。
奇流双色聚，十里异光翩。

大力加湖

蜿蜒江水过，湿地雾朦胧。
荒草留群鸟，游鱼沼泽中。

晨星岛

绿岛浮波错落星，浪流曲折水天青。
芬芳花草迎风月，林木参差复翠屏。

东极宝塔

日出霞红塔抱金，月悬光皓伴风吟。
地宫神兽河图献，龙凤归巢恋古今。

谢池春·七星峰国家级森林公园

笋石参差，绝壁悬崖高峭。立三江，天涯独眺。甘泉长寿，望清流翁笑。月明悬、七峰光皓。　层林涛海，雾涌岚飞风啸。鹤争鸣，花香日照。台阶登谷，落珠帘云抱。有仙姑、石亭观鸟。

大庆市

大庆龙凤湿地自然保护区

迎风花絮远，追日伴高天。
戏水凌灰鹤，亲波白鹭翩。
草原披海色，沼泽月光悬。
恍惚三江浪，朦胧万里烟。

鹤鸣湖湿地温泉风景区

鹤鸣天水落，烟雨复浓妆。
明月携波浪，清风拂草场。
济舟湾口远，云渡海空长。
神女瑶池伴，桃源万里疆。

林甸北方温泉欢乐谷

药泉温浴幻瑶池，嬉戏千人水托姿。
龙骨石门悬月异，天轮凤羽挂风奇。
廊桥九曲观光好，百折湖湾览景宜。
大厦凌云仙境里，多情歌女寄相思。

林甸北国温泉

瀑落飞珠涌浪泉，琼浆玉液托云烟。
逍遥度假佳宾梦，快乐休闲贵客缘。
北国夜空娇月色，江东冰地日光鲜。

古街独特新风貌，大厦披辉错落悬。

连环湖景区

星湖错落月留光，水域蜿蜒伴夕阳。
鸟语花香重景色，金枝玉叶复屏廊。

渔歌子·杜尔伯特大草原

碧海茫茫阔草原，白云滚滚泛长天。千鸟乱，百花鲜。清风明月伴桃源。

伊春市

茅兰沟

曲径盘云阁，高桥跨壁峰。
波涛千里水，风啸万株松。
音籁空山响，馨香隔岸浓。
日光穿薄帐，月色复潭重。

溪水国家森林公园

峰峦云雾绕，沟涧瀑泉流。
古木烟岚伴，春风送浪舟。
亭台望鸟戏，阁榭看鱼游。
舞乐花中苑，歌欢水上楼。

透龙山风景区

九峰争挺拔，交错卧娇龙。
梦幻仙姑洞，相思玉女松。
线天悬双壁，群岩立姿容。
明月山村夜，情歌曲意浓。

日月峡国家森林公园

月光迷卧虎，日色醉腾龙。
西岭观云浪，东山望雾松。
花香飘万谷，雪韵漫千峰。
怪石争姿貌，天然两佛容。

汤旺河国家公园

山峦起伏碧空悬，溪浪蜿蜒玉带翩。
群石参差留怪貌，密林挺拔出奇烟。
清风明月龙吟瀑，溅玉飞珠虎啸泉。
雪岭冰崖浓雾绕，云游峰谷峡观天。

五营国家森林公园

天桥俯视碧云峰，脚下山峦滴翠松。
塔上观涛林海貌，谷中听籁石崖容。
驱车越岭惊狮虎，穿壑飞船醒凤龙。
日照杜鹃鸣百鸟，溪湖垂瀑雾烟浓。

仙翁山森林公园

杜鹃花艳复霞虹，水绕群峦映碧空。
秋雨绵绵山恍惚，纷纷冬雪树朦胧。
峰湾登谷望悠雾，壑顶凌云听急风。

绝壁观天光一线，龙门岩裂幻仙翁。

乳影岛

竹筏徘徊绿岛游，逐波出没艇漂流。
清风暖树三春好，明月寒溪独胜秋。
鸟语迎宾登凤阁，花香伴客济龙舟。
山重水复神仙境，日色霞光托蜃楼。

大黑顶山森林公园

一峰黑顶碧空悬，玉叶金枝古木千。
异石参差浮险谷，危岩错落过奇泉。
银龙探洞思日月，金凤凌波恋玉莲。
绝壁风鸣溪水急，花香鸟语彩云翩。

凉水自然保护区

峰峦错落耸云霄，沟壑纵横托雾桥。
古木千年争秀色，珍禽百种展姿娇。

白山头旅游疗养度假村

风云独秀白头山，花草馨香一水环。
玉宇琼楼江岸近，轻舟济浪过峰湾。

鸡西市

神顶峰

顶峰先日出，人在曙光中。
叠嶂山峦赤，重屏木叶红。
云烟天恍惚，江海水朦胧。
抱月嫦娥怨，含情送晚风。

月牙湖

半月伴弯湖，清波托玉珠。
花香林隐道，鸟语草迷途。
亭阁飞云异，楼台挂月殊。
天桥心岛上，泼墨绘荷图。

哈达河风景区

群山环绕雅，密林秀参差。
云雾飘浮异，烟波荡漾奇。
清风明月好，蝶舞鸟歌宜。
天阁观晨曙，崖亭看石姿。

乌苏里江

千里江河碧波柔，万重峰谷白云悠。
莺歌鹤舞三潭月，浪啸风吟一叶舟。
岭木参差龙凤戏，山花烂漫蝶蜂游。
沉浮星岛蓬莱聚，日落瑶池托蜃楼。

麒麟山

青峰独秀玉麒麟，三柱香奇雾在晨。
卧佛拜天仙境里，林中飞鸟遇花神。
凤桥九曲迷秋夜，独立龙亭醉暮春。
迎客松前留梦幻，蓬莱岛近望日沦。

鸡西动植物园

环山绕岭听禽鸣，绿草花红看兽争。

明月寄波千鹤过，清风逐浪百舟行。
亭台吟曲流泉韵，石洞鸣雷落瀑声。
原木攀爬岩壁险，莺歌燕舞伴乡情。

蜂蜜山

野花烂漫耸香山，木叶参差谷岭间。
石海长廊容貌异，岩坡曲径怪峰湾。
仙人床上仙人去，佛祖堂中佛祖还。
一线天开云挤峡，骆驼崖险虎门关。

虎头要塞

虎头要塞五重山，屏嶂天然沼泽环。
隧道贯通千里地，风云遗迹见苍斑。

兴凯湖

滟潋莹光复万金，清风荡漾水流琴。
月悬千里秋波夜，浪扑沙礁万籁音。

珍宝岛

江中翁岛幻蓬莱，浪里瑶池圣母来。
一棹轻舟雨雾里，听风赏月独登台。

鹤岗市

中俄黑龙江三峡

崖开云雾涌，壁破急江流。
叠嶂春光日，重峦月夜秋。
密林飞鸟乐，深涧戏漂舟。
泼墨芬芳处，相思独放喉。

太平沟黄金古镇

千年留古镇，新貌九龙洲。
景色观山鼎，风光看峡沟。
飞云惊滚涌，济浪险漂流。
月下林间路，虫鸣野外楼。

兴龙峡谷

挺拔娇三峡，奔腾急水重。
白云环密岭，绝壁托青松。
瀑落明泉景，清风伴月容。
花香迷曲径，鸟语雾烟浓。

鹤岗国家森林公园

重峦叠嶂啸江洋，鸟语花香锦绣妆。
峰谷参差云滚滚，溪河交错雾茫茫。
清风过壑空山远，明月悬崖广野长。
瀑下漂流惊十里，民间歌舞在农庄。

小兴安岭原始森林公园

九峰百景碧云中，十八弯奇不见终。
瀑美溪柔宵月皓，山清水秀夕阳红。
漂流唯恋蓬莱客，垂钓瑶池独醉翁。
恍惚深崖狮虎啸，游龙戏凤闹苍穹。

名山岛

黑龙岛上木成林，碧水江中百舸临。

登塔晨曦光复出，凌波暮曙色浮沉。
沙滩明月迷歌女，滨畔清风醉客心。
异国多情添乐趣，民间习俗伴乡音。

桶子沟

烟雨茫茫泣木林，瀑泉滚滚涧沟吟。
清风明月千峰碧，鸟语花香万籁音。

双鸭山市

七星峰

破天望利剑，裂谷见危峰。
仙女娇姿貌，神驼雅体容。
狼吟云雾涌，虎啸浪涛松。
玉帝遗金印，三江聚玉龙。

安邦河国家湿地公园

无边青湿地，瘦骨老藤门。
木屋探花苑，烟波托凤轩。
亭观翔鸟舞，看海草飞翻。
云浪千堆雪，清风恋小村。

七星河湿地国家级自然保护区

芦荡追花絮，烟波一浪遥。
长空浮日耀，深水月沉娇。
翔鸟披晨曙，游鱼拥夜潮。
轻舟千里挂，垂钓上云桥。

友谊公园

观鱼登凤阁，听鸟上龙轩。
山石悬崖谷，溪泉过洞门。
长廊叹色异，高索险惊魂。
碧草柔波远，花香滴翠园。

北秀公园

四季花香苑内园，鸟鸣百处到桃源。
峰环岭绕云中阁，明月清风水上轩。
石屋闲观珠瀑吐，竹楼静看浪烟吞。
草场歌舞娇儿女，翠柏苍松隐小村。

益寿山公园

登山举目看云飘，俯首临崖望水遥。
十里草坪穿曲径，河池百米跨长桥。
花香烂漫千人戏，鸟语翱翔闹九霄。
石上听风迎日出，波中明月碧流娇。

青山国家森林公园

挺拔三山独秀峰，二沟交错雨烟重。
悬天石佛戏云浪，入海洪潮闹玉龙。
托岛秋波沉夜景，寒宫落水月浮容。
凌崖古寺多香客，滴翠流金谷上松。

雁窝岛

交错纵横多沼泽，飘游荡漾复风烟。

天鹅迷恋千波岛，仙鹤惊叹万顷田。

紫云岭

杜鹃花艳彩霞重，云雾环崖紫气浓。
明月清风千里碧，金枝玉叶百屏峰。

幸福湖

重峦叠嶂挂天屏，明月清波闪烁星。
鸟语花香迷滴翠，观鱼池畔恋风亭。

七台河市

桃山湖

两岸青山秀，一潭绿水娇。
晨云披雪浪，暮雾复洪潮。
明月长空挂，清风托曲桥。
花香百里外，千棹济舟遥。

桃山公园

蟠桃仙女失，尘土出香山。
燕语迷千色，莺歌醉万颜。
长廊依榭阁，曲径过峰湾。
月下溪流急，轻风木叶闲。

吉兴河水库

高渠环山水，长虹吐瀑泉。
听风唯在阁，观月独登船。
虎啸三江雾，龙吟四海烟。
依山屏嶂翠，举目岸齐天。

石龙山国家森林公园

古木参差耸九天，峰峦起伏碧空悬。
虎牛怪石吞云雾，龙凤奇岩吐雨烟。
山抱瑶池歌女幻，蓬莱水托梦神仙。
鸟鸣十里相思谷，瀑下漂流万丈泉。

仙洞山公园

破壁蜿蜒瀑落长，参差古木复屏廊。
滔滔雾海空中滚，袅袅云烟壑内扬。
石室神龟金壁立，月宫仙女卧银床。
奇形怪状浮星岛，一线天间舞绣娘。

西大圈森林公园

千里漂流峡谷间，万重急水过峰湾。
奇岩错落长龙卧，怪石嶙峋曲径攀。
密叶参差涛树海，徘徊禽兽闹群山。
繁花烂漫迷香韵，云雾庄中客忘还。

绥化市

绥化西湖公园

西东湖泛碧，瀑布挂云天。
仙女扬花雨，神龙吐乳泉。
卧狮探日出，盼月凤飞悬。
木叶风鸣乐，波涛送雾烟。

金斗湾旅游区

漂流缓急中，舟济伴鸣风。
绿水沉林影，蓝天挂雨虹。
波前山恍惚，浪后雾朦胧。
池泳娇姿戏，沙滩醉钓翁。

金龟山庄

金龟拜月月齐天，献寿银龙寿为仙。
孔雀相思留玉宇，凤凰梦幻伴神泉。
浓云密雾闲风托，绿水青山急瀑悬。
古木参差涛碧海，廊桥溪过绕禾田。

绥化森林植物园

林海波涛万里廊，溪泉浪涌百重光。
亭中客醉琼花色，桥上人迷玉荷香。
明月悬空池落影，清风托水石浮妆。
赏心悦目天然景，燕舞莺歌伴夕阳。

绥化人民公园

栈道环崖听鸟鸣，码头亲水望鱼争。
廊桥九曲探风月，蟋蟀林边唱几声。

黑河市

锦河大峡谷

阴阳双峡谷，情侣两崖峰。
月下娇姿立，风前卧俏容。
花香留百岭，鸟语伴千松。
鱼跃蛙鸣乐，泉流戏石龙。

卧牛湖

安宁柔水碧，牛卧惜清波。
明月邀星舞，清风伴浪歌。
高峰云雾戏，小艇闹天河。
瀑落惊千鸟，花香百里坡。

五大连池风景区

礁石熔岩秀水融，波涛汹涌溢潮洪。
睡莲错落瑶池里，复叠飞泉虎口中。
明月沉湖留怪影，山悬奇色伴清风。
玉潭起浪垂天瀑，鸟语花香乐钓翁。

老黑山

独秀高峰老黑山，盘崖曲径顶巅攀。
卧龙喷火岩中口，立凤吞烟谷下湾。
仙女宫前云雾急，水帘洞里瀑泉闲。
松林万顷鸣千鸟，一线天悬绝壁间。

二龙泉

二龙吐水绕山过，三口飞珠汇涧河。
公主凌云吟孔雀，姑娘驾雾凤凰歌。
峰峦环浪迎风月，入洞森林伴玉荷。
石上流泉琴曲乐，桥头落瀑急长波。

大黑河岛

绕波环浪卧神舟，明月清风伴岛洲。
热闹非凡云海里，多情异俗各春秋。

沾河漂流

两岸峰峦挺拔娇，急流千里泻洪潮。
飞珠溅玉云中海，越谷穿崖浪上漂。

水龙吟·山口湖风景区

青山绿岭迷人，漂流万里逍遥醉。翱翔雁聚，惊飞白鹤，鸳鸯戏水。两岸奇峰，参差怪石，花香四季。望重峦叠嶂，清风明月，浮云急、相思寄。　　木叶波涛海丽。鸟儿歌、雾岚吞翠。辉煌秋色，长空悬画，日红霞美。尽染层林，珠帘瀑异，渔翁归喜。过虹桥、小岛金龟护守，八仙舟济。

三十一·北京市

天坛公园

长道到天庭，双坛伴月星。
朦胧仙阁近，恍惚在云亭。
古柏重千嶂，青松叠万屏。
连房神圣静，寝殿帝王宁。

北京房山世界地质公园

人类古家园，留看洞骨猿。
山容岩化址，地貌石溶源。
日月池潭过，溪河瀑水奔。
画廊莲托佛，峡谷雾云吞。

中国延庆世界地质公园

乌龙盘峡谷，滴水石壶悬。
云绕千峰岭，波环一月天。
长城穿壑壁，岗叠石浮莲。
洞室先人迹，山屏木叶翩。

八大处

三山悬八刹，十二景添华。
塔立春光隐，云浮古木遮。
峰围庵寺院，入殿圣人家。
神洞藏珠宝，金楼挂彩霞。

大栅栏

千座大栅栏，厢房隔道宽。
店牌望食谱，商号物名看。
古饰招人喜，新妆诱客欢。
长街多特色，层阁叠楼叹。

九渡河镇

鳞龙山看日，揽景凤凰驼。
明月西湖伴，清风恋夏荷。
长城归鹤望，深洞听流波。
习俗真情感，民间古迹多。

中华世纪坛

圣火照天明，高桥宇宙横。
广场千色韵，厅大百音声。
穿越时空道，凌云日月争。
自强新世纪，四海五洲情。

正阳门

四门穿石拱，通道过三桥。
曲折城墙俏，牌楼挺拔娇。
吞云流凤口，龙首吐烟飘。

岁月辉煌史，沧桑耸九霄。

翠微山

翠微山顶秀，曲径绕斜坡。
岭上参差木，蜿蜒谷下河。
七园迎蝶舞，百鸟伴风歌。
古寺留香火，祥云玉洞过。

玉泉山

起伏龙鳞绕，蜿蜒过玉泉。
步移迷景貌，回首醉云烟。
楼阁怜风落，亭台惜月悬。
翠峰斜塔影，皓雪伴银莲。

鹫峰国家森林公园

双峰高展鹫，万木远齐天。
崖谷吞明月，清风石吐烟。
危岩流玉瀑，绝壁出龙泉。
亭阁飞云过，长波洞济船。

燃灯塔

塔立探云海，钟玲碧空鸣。
清波悬色影，铜镜照天明。
力士仙人斗，神龙玉凤争。
千年封铁柱，榆树顶间生。

十渡

曲波过十渡，水远挂千泉。
裂谷浮藤索，峰开托线天。
金滩迎日照，月伴石崖悬。
巨佛龙岩卧，孤帆浪上翩。

黑龙潭

十八潭三瀑，千崖百万泉。
朦胧云吐雨，恍惚谷吞烟。
狮虎争丘岭，龙蛇闹海天。
曲流寒日月，石穴半空悬。

莲花山森林公园

红莲天泛色，赤海浪浮香。
沟内仙人庙，坡中佛圣墙。
清风听谷壑，明月看屏廊。
飞瀑留神水，青松玉女妆。

夏都公园

双湖双色镜，玉带玉廊湾。
分水穿桥岸，漂舟过洞山。
音泉云瀑里，庭院草坪间。
塔上观灯景，花迷月夜颜。

妫水公园

登台明月望，临水伴清风。
曲径花坛外，长廊阁榭中。
荷园烟雨密，湾港急潮洪。
舟去云波托，浮桥立钓翁。

故宫

故宫披霞碧空悬，高殿涂金色泛天。
错落琼楼红韵涌，参差玉宇紫光翩。
飞檐翘脊祥云绕，明月清风伴瑞烟。

凤美沧桑还久碧，古今龙壮耀千年。

长城

万里长城万籁音，千山一统阻来侵。
峰峦起伏高墙远，峡谷参差曲壁深。
明月清风迎虎啸，红霞赤曙伴龙吟。
桑田沧海留奇迹，古往今来感动心。

颐和园

玉宇云辉万寿山，琼楼霞耀泛千颜。
雨烟伴浪漂浮急，桃柳迎风荡漾闲。
三叠石亭悬晓日，廊桥九曲月沉湾。
游龙戏凤迷仙境，一叶轻舟入画间。

明十三陵

十三陵墓绕群山，一水蜿蜒百里环。
玉凤飞檐观世界，神龙悬脊望尘寰。
青松挺拔沧桑色，翠柏参差岁月颜。
楼阁亭台云雾济，嫔妃皇后地宫间。

八达岭

峰峦高卧古城墙，峡谷蜿蜒玉石廊。
岔道堡楼弓箭守，雄关铁炮护都疆。
战台恍惚狼烟滚，隘口朦胧血雨扬。
翠柏青松添壮丽，清风明月复浓妆。

石花洞

七层玉洞乳花悬，折叠银鳞石幔千。
高壁锦旗光色泛，后宫帘帐隐神仙。
清风欲拂山间瀑，明月疑沉涧内泉。
错落亭楼迷佛圣，参差笋柱巧擎天。

古北口镇

古街纵一四横中，老庙三堂二步宫。
余脉峰峦关口入，河源多水域区通。
长城悬谷迎悠月，曲道盘崖伴劲风。
旧镇新村添景貌，果园庄子又年丰。

琉璃渠村

釉光明媚过街楼，彩瓦亭台七色浮。
石径盘峰悬寺庙，洞门穿道绕山丘。
长廊环苑观林木，曲水看鱼瀑布流。
村北茶棚迷万善，庄园花果醉香沟。

北海公园

瑶池明月两重天，琼岛清风万木翩。
白塔披霞光七彩，绿波复曙碧云千。
曲廊探苑依龙阁，亲水长堤伴凤船。
阅古楼中书画胜，玉盘接露立铜仙。

卢沟桥

俯首临波戏月仙，横眉狮舞伴风翩。
银龙跨海双边景，金凤游江万里泉。
玉柱寄桥千片翅，石墩过浪百条船。
碑亭留迹知今古，春夏秋冬惜往年。

什刹海

三海溶流碧水长，贯穿千景绕河廊。
东风春岭沉浮色，秋月西湖滟潋光。
寺观庙庵添锦绣，楼堂殿府复辉煌。
柳堤飞雪含烟雨，荡漾荷花滴翠香。

圆明园

万春园里幻花仙，九岛波中梦海船。

水韵清风吞雾雨，香山明月吐云烟。
朦胧金雀蓬莱舞，恍惚瑶台玉女翩。
柳绕荷庄松柏翠，亭楼殿宇挂霄天。

北京胡同

包罗万象异胡同，错落东南西北中。
日月山川重恍惚，江河湖海叠朦胧。
纵横云雨依花草，往返禽鱼伴兽虫。
名目繁多迷古色，奇容怪貌恋新风。

北京动物园

狮吼山寒虎啸天，熊迷翠竹豹登巅。
猴探木叶羊依草，牛卧池潭鹿颈悬。
鸟语花香蜂蝶舞，清风明月瀑飞泉。
牡丹亭下长廊曲，古阁凌云复雨烟。

北京植物园

牡丹仙子浴芬芳，芍药浮台浩石香。
月季山中涛赤海，春桃岭上泛红泉。
风过木叶千层浪，临岛溪河百里船。
神像殿堂围卧佛，龙亭凤阁寄云天。

景山公园

座镇三门锁景山，高悬七色锦楼颜。
亭台观月寒宫近，石阁听风古木间。
金碧辉煌龙殿耸，银光闪烁瀑泉环。
牡丹园里浓香济，荷泛清波过谷湾。

香山公园

青烟袅袅复香山，古木涛涛泛色颜。
寺庙崖中斜径绕，宫门坊下曲廊环。
玉华岫上风云迹，月影琉璃塔顶间。
瀑落泉飞鸣峡谷，翠微亭外见峰湾。

玉渊潭公园

碧波荡漾复蓝天，绿木参差翠浪翩。
日照云溪迎鸟语，柳桥映月伴风烟。
草坪玉石雕浮像，花苑亭台刻画悬。
山岛相依屏嶂挂，玉湖一棹唱归船。

紫竹院公园

竹浪滔天万里洋，百花争艳秀屏廊。
清风飞絮云追日，明月流金雪压霜。
玉女弄箫听万籁，神仙戏水望千光。
曲桥亭榭相思韵，托岛荷花石苑香。

海淀公园

小湖波碧挤荷花，山谷群芳复彩霞。
神像托盘今昔立，仙人承露在天涯。
双桥高挂思明月，独恋清风伴日斜。
龙眼飞珠天落瀑，泉过乳岛石披纱。

西海子公园

柳堤穿水两湖间，波托长廊绕浪湾。
跨岸玉桥明月落，清风过岛石亭环。
苍松翠柏千年色，鸟语花香十里颜。
郎棹轻舟姑伴曲，泉流瀑泻裂浮山。

北京南海子郊野公园

朱雀迎宾恋野风，瑶台鸟语醉寒宫。
望湖一浪云烟里，石屋听涛万丈洪。
鹿戏荒郊人共处，古园同在闹禽虫。
晨光溪谷迎飞雁，国色天香梦幻中。

百花山国家级自然保护区

白云深处耸峰峦，吐雾吞烟石骨寒。
古木擎天迎孔雀，高崖托日凤吟欢。
金蟾望月冰岩卧，出海银龙雪浪看。
鸟语花香绿野阔，琼楼玉宇复霞丹。

云蒙山国家森林公园

重峦叠嶂映山红，木叶参差泛碧空。
鬼哭狼嚎寒峡谷，吟龙鸣凤暖春风。
守门天狗探鹰石，护屋神龟望月宫。
瀑落虎潭花雨急，悬崖绝壁雾朦胧。

古北水镇

鸳鸯湖内戏鸳鸯，水镇城中水镇妆。
游览桃源添玉宇，蓬莱度假有天堂。
月悬高塔相思夜，梦幻长亭日照疆。
飞瀑流泉花世界，英华书院品茶香。

康西草原

茫茫草地岸齐天，碧海波涛不尽边。
明月招来歌舞女，清风拨动玉琴弦。
牛羊往返游千里，万丈峰峦起伏翩。
骏马奔驰留梦幻，济舟垂钓恋雨烟。

玉渡山

玉峰挺拔柱三香，碧水蜿蜒百丈廊。
明月清风留峡谷，花红草绿在天堂。
溪流石上千层雪，五里坡间木叶扬。
飞瀑落崖进虎口，二龙出海吐霞光。

燕京八景

（一）太液秋风

明月惜秋波，清风怜浪歌。
云轩仙伴舞，碧水恋香荷。

（二）琼岛春阴

峰峦悬翠柏，琼岛挂天屏。
蓬莱添山水，春风伴画亭。

（三）金台夕照

群岭托三峰，重峦卧九龙。
金陵迷夕照，烟雨伴涛松。

（四）蓟门烟树

登楼明月近，临阁伴清风。
林木参差秀，烟岚托碧空。

（五）西山晴雪

夕照西山雪，银龙舞海天。
良辰光色聚，红叶月明前。

（六）玉泉趵突

甘泉出洞中，过石伴清风。
远水流云急，闲波托雨虹。

（七）卢沟晓月

临桥三月望，波远色朦胧。

落水晶星伴，流光托彩虹。

（八）居庸叠翠

壁裂崖含翠，残墙锁谷沟。
云台飞雨急，风啸海天愁。

七言绝句

京杭大运河

千帆浪过又春秋，朝夕波回万里流。
沧海桑田今古迹，清风明月伴涛悠。

恭王府

辉煌富丽银銮殿，古木参天锦翠园。
溪瀑廊桥龙凤阁，清风明月伴云轩。

国子监街

成贤街上雅牌楼，九庙园中翠柏留。
古色新妆多韵味，人来客往数风流。

烟袋斜街

烟袋留香店铺邻，斜街古韵又秋春。
精雕细画迷工艺，食宿风情醉客宾。

德胜门

听风独上九霄楼，观月高墙数仲秋。
梦幻云中仙女舞，相思溪水绕城流。

北京钟楼

十里钟声悦耳听，九霄楼阁伴繁星。
清风泣泣神仙语，明月娇娇答画屏。

北京鼓楼

凌云挺拔秀高楼，立地雄伟鼓韵悠。
岁月报时知四季，风霜雨雪伴春秋。

密云水库

燕山环抱一明珠，玉带蜿蜒独绕湖。
天坝锁江云雾里，琼楼玉宇宿仙姑。

古崖居

谷破朦胧聚古居，石穿恍惚结寒庐。
相依洞穴留堂室，梦幻猿人世纪初。

江水泉公园

花鲜草碧在天堂，木绿山葱伴月光。
秋色平湖舟上笛，溪吟风唱步长廊。

香水苑公园

清风明月醉歌迷，鸟语花香恋柳堤。
滨道长廊留伴侣，石桥亭榭听吟溪。

百泉公园

木叶参差聚鸟鸣，蜿蜒溪水伴舟行。
假山石破飞云瀑，绿草花红恋月明。

词

水调歌头·龙庆峡

两岸青山秀，一峡碧波流。峰峦起伏天险，往返白云悠。三尺有弯见景，百步闻声听鸟，千里玉龙游。击

石惊潮浪，动地鬼神愁。 金钢寺， 翠塔，日照瀑悬柔。高索到仙境，世
鸡冠谷，乳花楼。银銮殿内栖凤，两 外棹轻舟。
剑九霄浮。五彩冰灯锦绣，七色辉煌

三十二·香港特别行政区

港岛区

皇后像广场

琼楼林立秀，玉宇俏参差。
花雨辉煌貌，灯光灿烂姿。
客来多异国，人往各洲奇。
不见娇皇后，擎天圣树宜。

金紫荆广场

维港环三面，金花耀一方。
白云浮异色，蓝海落奇光。
长道留新貌，娇容在广场。
草坪多客闹，灯聚览辉煌。

美利楼

恍惚在琼楼，朦胧海市游。
清风迷夜静，明月醉歌悠。
滟潋银波去，金光闪烁留。
新潮添古韵，梦幻有神州。

瀑布湾公园

九霄银瀑落，仙女散琼花。
曲壁飞泉折，悬崖石断斜。
漂流思海角，穿越盼天涯。
绿岛披烟雨，金滩复彩霞。

兰桂坊

蜿蜒斜道聚琼楼，曲折长街玉宇留。
酒绿灯红迎客到，辉光耀色伴人流。
尖沙恍惚尘寰梦，湾仔朦胧世界游。
临近桂坊先醉意，不归朝夕恋春秋。

浅水湾

泳妆宜夏又宜冬，浅水沙滩浅浪重。
清风明月怜女貌，游龙戏凤惜姑容。
西沉红日霞光密，赤曙东浮色影浓。
镇海楼前仙圣立，塔灯七彩入波溶。

赤柱

日出朦胧赤柱悬，朝霞暮曙两重天。
黄金光闪沙滩远，蓝海波涛密雨烟。
冲浪雄鹰翔雅势，水掀娇女俏姿翩。
广场歌舞人间喜，集市长街贵客千。

凌霄阁

鲲鹏展翅欲飞翔，玉凤归巢寄托冈。
探日庭中仙境梦，凌霄阁上幻天堂。
花香观海依明月，听曲清风伴曙光。
百丈高楼图画里，千人披露裹云妆。

香港动植物公园

鸟语花香木叶翩，鹿鸣虎啸美猴悬。
巨龟探海惊闲鳄，长蟒初醒挂洞天。
明月凌崖迎落瀑，清风绕谷伴飞烟。
凤鸠冠丽山鸡闹，孔雀开屏乱玉莲。

香港公园

齐啼百鸟乱翱翔，月下秋波滟潋光。
溪瀑环回沉石色，池潭错落挤荷香。
歌声恍惚凌云阁，花雨朦胧溢海洋。
悦耳钟鸣天上响，塔台独揽满园妆。

维多利亚公园

绿草无边阔广场，碧波滟潋影屏廊。
花灯恍惚琼楼伴，梦幻娇姿盼女王。
穿越泳池江海戏，溜冰翩舞乐天堂。
清风明月迷仙境，春夏秋冬醉黛妆。

都爹利街

街小人流往返千，高桥上下百阶悬。
花岗岩石云梯秀，煤气灯明鉴故年。

跑马地

奔腾骏马展英姿，喝彩欢呼百万师。
错落夜灯明白昼，惊天动地伴风驰。

山顶广场

起伏高峰托广场，蜿蜒曲径挂长廊。
空中购物迎仙客，云里天姿伴舞郎。

添马公园

茫茫草地百花园，湖水滔滔万里源。
歌舞广场环马舰，茶香伴客到云轩。

赛西湖公园

七仙戏水赛西湖，波涌双池绘夏图。
曲径蜿蜒浮卵道，园亭错落步香途。

柴湾公园

百花齐放万重香，一叶孤舟伴月光。
急瀑翻山穿石过，流泉泛碧挤荷塘。

满江红·香港海洋公园

临海依山，滔滔浪、水都飞雪。灯闪闪、流星萤火，色光亮灭。吐雾吞云龙凤喜，遮天蔽日鲲鹏悦。望碧空、七彩雨纷纭，清风拂。　鳄鱼怒，熊猫屈；金龟戏，银雕说。有鲟来伴客、见狮波越。车滑疯狂浮落险，悠闲船过奇沉没。见秋千、百丈欲凌霄，邀明月。

九龙区

星光大道

烟雨海滨妆，星光大道长。
环波耸玉宇，绕水挂屏廊。
牌匾名人胜，贤模武士强。
风流邀舞女，浪漫伴情郎。

荔枝角公园

荔枝果园香，垒石太湖冈。
卵径游人乱，飞禽闹草场。
精雕仙渡海，细刻聚贤堂。
月夜观灯饰，清风绕曲廊。

汉花园

赏石汉花园，云台览月轩。
风来看竹苑，浪过见泉源。
桥上闻鸣雨，廊中听鸟喧。
草坪亭阁立，瀑落托龙门。

黄大仙祠

金碧辉煌列殿堂，雾烟弥漫佛添香。
善男信女知如意，祈福求财盼吉祥。
三圣厅中留景色，九龙壁上恋风光。
峰峦环绕红云复，溪水蜿蜒紫气扬。

九龙公园

千姿百态塑雕廊，四海三江瀑雨扬。
曲径蜿蜒浮怪石，长空异鸟乱翱翔。
高台花草芬芳漫，木叶参差聚广场。
娇女泳池齐博浪，英姿武术健儿郎。

尖沙咀海滨花园

漫步长廊梦幻中，朦胧碧水伴苍穹。
东观日出迷光曙，西望霞飞醉彩虹。
明月秋波重滟潋，参差古木复清风。
花岗岩道环新港，滨畔登台夜听洪。

九龙寨城公园

衙门左右古城墙，楼宇沟深往返廊。
狮子山中浮日色，凤凰台上月重光。
花探曲径亭飞曲，乱石流泉雪复霜。
半阁魁星思泼墨，龙庭四季伴馨香。

启德邮轮码头公园

花园景色挂苍穹，五彩缤纷在碧空。
云上舞台仙聚万，草坪多鸟九霄中。
鸳鸯戏水风前月，孔雀开屏雨后虹。
独揽码头灯耀夜，朝阳晚曙醉朦胧。

香港文化中心

舞台恍惚女神翩，梦幻歌厅曲乐仙。
明月清风声韵伴，金枝玉叶恋婵娟。

海港城

宾来客往港湾城，五彩缤纷鼓乐声。
玉宇琼楼新世界，金枝玉叶恋风情。

女人街

俏姿秀骨丽人街，玉宇琼楼景貌佳。
夹道透香留梦幻，相思落魄在天涯。

摩士公园

异树参差泛海天，蜿蜒曲水瀑分泉。
溜冰场上翔娇雁，赛马池中勇士千。

海心公园

神岛飘浮碧水中，参差木叶泛苍穹。
海心石上依伴侣，明月双圆伴晚风。

斧山公园

小径迂回碎石浮，蜿蜒曲水浅波流。
清池泛碧荷花挤，明月双圆两海游。

凤德公园

水帘洞里闹猴王，火焰山中铁扇藏。
活佛移山留五指，龙神借浪瀑披墙。

园圃街雀鸟花园

莺歌燕舞玉姿殊，宾迷客醉百鸟图。
洞门日照光重入，石屋月悬泛碧珠。

新界及离岛区

宝莲禅寺

佛国冈峦托，峰巅禅寺悬。
空中浮玉殿，云上挂花莲。
紫气徘徊顶，金光泛滥天。
朱门祈巨圣，壁画忆千年。

迪欣湖活动中心

碧波娇荡漾，湖岸雅环廊。
明月晶莹色，清风滟潋光。
天垂花雨密，池泛玉荷香。
绿木重屏嶂，灯多曲径长。

西贡海鲜街

海鲜唯西贡，垂涎醉客还。
沙滩迷日照，悬月恋波湾。
群岛云雾里，孤舟浪烟间。
风光仙境胜，留香眼乱颜。

大埔海滨公园

瑶池托海船，梯石落神泉。
滨畔云波梦，廊桥幻月仙。
彩虹花七色，碧水日光千。
漫步风情道，凌云玉塔悬。

日出公园

石窟观双日，辉煌七色光。
瑶池浮小岛，笋柱倒姿长。

恍惚乘飞碟，朦胧驾鸟翔。
草坪花世界，滨畔乐天堂。

香港湿地公园

廊桥悬岸远，曲径听波吟。
沼泽青芦苇，泥滩赤树林。
屿山高谷立，狮岭断崖深。
溪畔藏龟鳄，长空往返禽。

天坛大佛

金光灿烂佛悬峰，神色辉煌紫气重。
白玉台中浮俊貌，青铜莲上托娇容。
天坛登顶迎飞月，石级凌云伴卧龙。
日复万千缘客聚，人心所向又秋冬。

香港迪士尼乐园

青春歌舞乐尘寰，万色千光宇宙颜。
翻山越岭盘曲径，飞檐走壁叠廊环。
大街恍惚临仙境，小镇朦胧到海湾。
铁道纵横穿古堡，神龟对话画图间。

沙田公园

卵石门前蔽日廊，杜鹃园内健身房。
草坪飞燕清风托，明月浮池复色光。
瀑落山丘披帘帐，峰峦立塔挂云妆。
百花齐放迎宾苑，万木参差会客场。

元朗公园

依山古木泛蓝天，傍水高台看碧莲。
高瀑破崖狮虎吼，小桥探浪涧吟泉。
塔中看鸟翔金雀，园内观花粉蝶翩。
曲径朦胧重雨雾，长廊香韵寄云烟。

香港宝鼎

宝鼎浮光日照红，月悬紫气伴青铜。
千斤稳立尘寰迹，三足安宁世纪中。

北区公园

登轩观景万重屏，赏月廊桥独揽亭。
卵石沉浮惊曲径，百花齐放瀑泉听。

天水围公园

天水流金伴月娇，瑶池花雨托云桥。
亭台独揽香园景，滨畔迷宫幻九霄。

青衣公园

红叶飘浮落羽松，流波倒影赤鳞龙。
草坪卵石蜿蜒径，明月清风伴色容。

青马大桥

跨江越海挂天桥，穿岛悬湾立岸娇。
日照辉煌云彩里，风光锦绣月中雕。

聚星楼

古塔凌云揽海楼，沧桑闲看迹斑留。
雨前日照清风韵，月下观光锦绣州。

三十三・澳门特别行政区

五言律诗

妈阁庙

玉狮神庙守，仙阁看天龙。
小径纵横石，参差古木容。
海船波浪复，墨迹手书重。
香客祈朝夕，风情习俗浓。

岗顶剧院

高堂石拱中，恍惚进迷宫。
戏院琼楼异，歌厅玉宇同。
音飞明月伴，曲寄借清风。
独醉千人梦，花灯一院红。

大炮台

碧草浮空翠，山峦绿木悬。
云头立高塔，巨炮卧台边。
明月携波舞，清风托雾翩。
城墙临绝壁，碉堡断崖前。

宋玉生公园

大道重林荫，蜿蜒小径深。
草坪飞鸟挤，石柱瀑倾沉。
明月秋波唱，清风古木吟。
鸭闲惊鲤乱，泉急听悠琴。

石排湾郊野公园

花卉香千里，长空百鸟鸣。
鸳鸯双戏水，孔雀一屏争。
岭上清风伴，池中盼月明。
椰林沉海底，怪笔仔多情。

澳门旅游塔

云顶观光塔，江城咫尺间。
廊桥秋月复，亭阁野风环。
恍惚金鹏立，朦胧玉凤还。
空中悠漫步，仙境有梯攀。

青洲山

江中浮绿岛，碧水托青山。
恍惚云烟里，朦胧雨雾间。
清风涛木叶，明月照峰湾。
独揽琼洲色，亭台望雁还。

望厦山

莲花悬碧海，仙岛水中浮。
滚滚青云过，滔滔白浪流。
奇岩观玉宇，怪石望琼楼。

卧佛烟波托，朦胧日月悠。

七言律诗

大三巴牌坊

天门屹立耀牌坊，石级高悬到丘冈。
远眺凌云金字塔，登台近看画图廊。
精雕兽貌围神像，细刻花容托月妆。
艺术非凡长岁月，古今风格鉴辉煌。

澳门博物馆

沧桑见证澳门殊，岁月回归异宝珠。
习俗发扬留特色，超凡工艺定规模。
古城文物多宝贵，学术精华有宏图。
生动诱人光合景，真情欲望梦前途。

白鸽巢公园

凤凰山聚凤枝翩，白鸽分巢鸽舞天。
小径纵横花挤草，参差乱石谷崖悬。
清风送曲相思客，明月留情梦幻仙。
门洞寄身魂恍惚，闲看诗赋古今缘。

螺丝山公园

螺丝山伴螺丝石，曲径坡斜曲径悬。
台后茫茫沙海望，亭前滚滚看云烟。
古桐迎日浮轻浪，月伴秋波济小船。
鸟语花香时季色，银霜白雪泛光天。

卢廉若公园

怪石参差狮子岭，蜿蜒碧水玉荷塘。
亭台错落迎晨曙，楼阁纵横伴夕阳。
五叠瀑泉披雪色，云桥九曲月浮光。
风涛木叶烟岚急，垂柳相依瘦骨扬。

黑沙水库郊野公园

壁断崖高耸九天，红花绿草托岩千。
夕阳挂顶霞云乱，鹭鸟凌空闹雨烟。
古木参差探日出，秋波荡漾望归船。
峰峦起伏环滨畔，月下观星织女翩。

渔人码头

琼楼玉宇到天宫，阁榭亭台梦幻中。
南北纵横迷古貌，东西交错醉新风。
逍遥吃喝千秋过，玩乐悠闲万事空。
歌舞码头游艇曲，多情仙女伴神童。

七言绝句

港务局大楼

花岗岩上立琼楼，卷拱回廊特色留。
举目风光千古貌，女儿墙雅百花柔。

亚婆井前地

古宅徘徊石级廊，参差老树展风光。
亚婆井址沧桑迹，久别民居再聚堂。

郑家大屋

错落纵横复院廊，精雕细刻叠厅堂。
中西结合留风格，内外相依特色妆。

岗顶前地

高层古宅隐沧桑，绿色街灯掩素妆。

斜巷朦胧枝叶复，月前少女步幽廊。浮雕白玉娇姿像，月伴清风古木翩。

卢家大屋

古香古色主人房，新貌新型会客堂。
梦幻人间添玉宇，琼楼错落雅辉煌。

妈祖文化村

玉雕神女缅怀波，清风明月伴浪歌。
富丽堂皇宫殿闹，龙飞凤舞戏嫦娥。

何贤公园

鸟语花香盼早春，清风明月伴湖滨。
亭台楼阁迷闲客，姑唱童嬉乐路人。

金莲花广场

金莲独放漫天辉，万色千光赤曙飞。
五彩缤纷留梦幻，朝迎日出月晚归。

艺园

龙飞凤舞水晶宫，七彩缤纷万道虹。
石径蜿蜒雕像立，草坪左右画廊中。

观音莲花苑

蓬莱岛上立观音，白玉披金日月临。
轻拂衣裙疑缓步，仙容神貌暖人心。

纪念孙中山市政公园

廊桥探水月沉波，楼阁听风瀑伴歌。
木叶参差天泛碧，草坪复翠鸟群多。

花城公园

廊桥探水伴荷花，山石流泉复彩霞。
亭阁凌云明月近，九龙壁上见天涯。

路环山顶公园

蓝海波涛影碧天，水浣沙滩黑云烟。

三十四·台湾地区

五言律诗

台北 101

恍惚苍穹近，朦胧劲竹升。
清风环极顶，明月挂高层。
广野云烟滚，长天雾海腾。
迷宫仙境梦，良夜伴花灯。

龙山寺

山门龙凤戏，玉道吐莹光。
翘脊朦胧舞，飞檐恍惚翔。
目迷泉水色，人醉桂花香。
细刻辉煌殿，精雕锦绣堂。

台北观音山

参差峰十八，千万鸟飞翔。
曲径环坡岭，溪泉瀑落长。
朝观重雾色，夕望复霞光。
卧佛观音俏，灯明雅夜妆。

十分瀑布

逆斜岩壁断，倒泻瀑帘悬。
越级银珠沸，浮台泛玉莲。
碧云深谷济，日照彩虹渊。
万马奔腾急，漂流过石千。

慈湖

两湖依小溪，滴翠一长堤。
明月流光醉，清风拂影迷。
晨曦迎赤日，夕曙伴红霓。
吟曲舟中客，桥亭听鸟啼。

石门水库

小丘双对峙，巨坝锁江流。
玉凤含飞雨，神龙入海游。
听风仙岛上，亭内看帆舟。
绿木藏鸣鸟，青山伴浪柔。

白沙岬灯塔

山浮灯塔立，水浅浴场宽。
远眺风云急，高瞻日月寒。
清波涛海峡，白浪涌沙滩。
梦幻瑶池泳，金童玉女欢。

竹围渔港

拱桥高跨海，渔港岸堤长。
日出红波泛，风过白浪扬。
码头迷景色，街道醉风光。

漫步唯良夜，闲亭一里廊。

中山公园

碧波环小岛，翡翠水中亭。
湖内舟吟客，桥上夜数星。
云柔霞曙看，音乐月圆听。
风返香花海，迷望雨后屏。

小琉球岛

出没琉球岛，花岩立石瓶。
清风迎巨浪，明月伴繁星。
日色千层曙，霞光万里屏。
翔鸥鸣快乐，看海到茅亭。

垦丁公园

目望三面水，回看耸刀山。
怪石飞来聚，奇潭错落环。
白沙流暗浪，红火漫深湾。
佳乐高崖瀑，灯明海港颜。

藤枝森林游乐区

峰峦群起伏，古树密参差。
石径攀岩险，藤枝步道奇。
山崖风月好，洞穴乳泉宜。
木屋听啼鸟，天池浴女姿。

泰安瀑布

瀑从天上落，石破乱银龙。
曲壁披帘帐，平台挂月容。
瑶池堆雪塔，冰窟叠莲峰。
风急穿山过，崖高雨雾浓。

八卦山

峰峦娇起伏，错落雅楼亭。
俯瞰城区貌，高瞻海域星。
清风推树浪，明月挂山屏。
玉佛莲花座，喷泉乐曲听。

清境农场

登山迷日出，济水恋龙舟。
秋月和风爽，春花细雨柔。
冬妆光韵泛，夏景色香流。
歌舞良宵醉，廊桥伴侣游。

凤凰谷鸟园

古木参差密，天然赏鸟园。
山峦泉瀑沸，谷底涧溪奔。
绝壁云烟吐，高崖雨雾吞。
竹林迷步道，月挂凤凰门。

太平山森林游乐区

古木参差秀，高崖彩瀑翩。
登峰观曙海，日出看霞天。
栈道长空挂，深渊铁索悬。
湖中舟济乐，波远托云烟。

明池森林游乐区

明池留梦幻，碧水伴相思。
怪在浮云雾，阳光不照奇。
廊桥探浪巧，亭榭寄波宜。
鸟唱高山听，风摇古木姿。

鲤鱼潭

轻舟一棹浮，万里碧波流。

明月闲光济，清风托浪悠。
环湖添步道，绕水聚亭楼。
日复金星耀，相思滟潋柔。

三仙台

长虹长卧海，一岛耸三山。
怪石迎潮急，奇岩伴水闲。
龙吟闻洞窟，虎啸听峰湾。
日月流光返，神仙足迹还。

太武山

高山悬古寺，远水托轻舟。
峭壁仙人洞，瑶池海市楼。
千株奇树立，怪石九霄浮。
日照同天赤，清风月伴秋。

敖江

无穷千里水，不尽一江流。
落畔高山影，悬堤大厦浮。
红云迎海雁，白浪送渔舟。
明月清波浣，霞虹托蜃楼。

七言律诗

阳明山

云蒸雾漫雅仙山，草绿花红秀石颜。
恍惚清风临谷急，朦胧明月伴峰闲。
小桥流水飞帘瀑，舟泛长湖过岛湾。
梦幻高台龙凤宿，相思鸟语木叶间。

自由广场

宝顶雄伟金字塔，牌楼气势展辉煌。
鲜花吐色环宽道，碧草含颜曲径长。
瀑过假山声复窟，小桥流水月重光。
歌甜舞美风情曲，玉宇琼楼绕广场。

士林官邸

内外花园异色融，娇姿雅貌合西中。
院庭艺圃悬娇像，溪瀑廊桥复彩虹。
古木参天天恍惚，落池秋月月朦胧。
福山环抱风光胜，鸣鸟相思伴闹虫。

西门町

说唱琴书舞会堂，庭园台阁客包场。
逛街快乐娇风貌，漫步逍遥俏黛妆。
戏院繁华迷景色，影楼热闹醉风光。
通宵白昼花灯聚，日夜同辉岁月常。

云仙乐园

云索飞车渡八仙，虹桥跨海半空悬。
蓬莱出没滔滔浪，往返瑶池片片船。
坝上朦胧龙凤舞，亭中恍惚月人翩。
层林鸟语虫鸣草，挂壁银帘伴雨烟。

大尖山风景区

一峰独秀伴长天，绝壁凌空万丈悬。
凤秀宫中居佛圣，龙船洞里宿神仙。
云梯远望瑶池托，高看苍穹挂谷巅。
瀑落银河飘白练，花红木绿石吞烟。

淡水老街

临水琼楼找旧情，伴街玉宇古风惊。
晶波日落千层色，悬月河光万里莹。
登岸码头人海盼，济舟湾港客宾迎。

闹区长巷多商铺，灯火辉煌聚笑声。

角板山公园

花木扶疏荫蔽天，拱门翡翠叶根悬。
清风明月春秋景，密雾浓云日夜烟。
峡谷探波迷瀑雨，寻梅角板幻神仙。
吊桥独揽峰峦舞，曲水漂游万里船。

高美湿地

草泽茫茫挤岸堤，滔滔海浪涌潮溪。
月悬沙地银光复，日照金辉叠石泥。
千丈河床波唱远，风云万里鸟长啼。
蜃楼恍惚霞吞曙，回看蓝天雨后霓。

大坑风景区

古藤连结趣登山，曲径通幽巧步闲。
鸟语花香千叠色，蝉声悦耳百重颜。
溪坑瀑落浓云里，日月悬崖密雾间。
灯火辉煌宵醉客，竹林迷道不思还。

珊瑚潭

群峦起伏绕天湖，星岛沉浮水托珠。
荡漾清波音韵异，月明滟潋色光殊。
山林添碧辉煌画，花草留香锦绣图。
恍惚风云神镜返，朦胧舟济幻仙姑。

西子湾风景区

椰树参差海岸宽，碧波荡漾浅沙滩。
晴光广野微风暖，阴色长空细雨寒。
日落霞虹金港望，月悬银浪雪花看。
弄潮宾客天堂乐，叙爱言情伴侣欢。

莲池潭

泮水荷香粉蝶翩，莲潭夕照幻花仙。
相思长伴春秋阁，龙虎朦胧塔久连。
九曲廊桥探两洞，一弯溪浪渡双天。
半屏山上留神迹，五里亭中复雨烟。

旗津半岛

两山夹峙港门开，一水奔腾白雪堆。
海峡沙洲龙蜷卧，码头滨畔艇徘徊。
庙间妈祖沧桑渡，灯塔山中日月回。
僻静浴场西子浣，银滩潮涌伴仙来。

澄清湖

港岛神湖胜景迷，曲桥探水辨东西。
高丘观海惊波浪，长岸看莲惜柳堤。
银涌蓬莱星月色，瑶池金沸日光霓。
陇梅春晓浓香韵，密树成林听鸟啼。

鹅銮鼻公园

交错纵横步道寻，参差起落玉礁林。
浴场邀客亲情意，幽谷迎宾友谊心。
沧海亭前望浪远，探波好汉石边深。
奇峰洞穴天然景，高塔听风万籁吟。

和平岛

皇宫殿里万人头，礁谷平台百栋楼。
怪石洞中看浪涌，奇岩湾内望波流。
朦胧烟雨天涯过，恍惚风云海角游。
潜水观光仙岛里，济舟垂钓到神州。

兰潭

碧波千顷绕陵冈，潭畔高楼伴夕阳。

月夜流音迷滟潋，秋风荡漾醉浮妆。
轻烟恍惚遮仙舞，密雾朦胧隐鸟翩。
垂钓悠闲探滴翠，渔舟歌韵入屏廊。

玉山公园

群峦环抱玉山峰，孤峭凌云独秀容。
绿竹清风金凤唱，月明皓雪舞银龙。
秀姑坪上奇岩叠，雅窟池中怪石重。
恍惚断崖飞急瀑，朦胧峡谷吐烟浓。

参山风景区

卧狮昂首望峦坡，木叶参差海浪歌。
绝壁亭台烟雨挂，高山湖泊托天波。
赏花梦幻神仙伴，亲水相思盼月娥。
金碧辉煌悬佛殿，梨山瀑丽溢香河。

古坑草岭风景区

蓬莱瀑布洞崖悬，绝壁雄风耸九天。
裂隙峰中云雾舞，断魂谷上雨烟翩。
参差妙石浮霄际，奇水蜿蜒落壑渊。
竹海浪涛遮日月，花坡草岭有溪泉。

奋起湖风景区

三面环山起伏松，一洼壑口裂开峰。
风烟滚涌环崖密，云雾飘浮绕谷浓。
怪石参差留足迹，奇岩错落聚姿容。
高台观日红霞近，天堑攀登百丈重。

松萝湖

烟雾朦胧复白纱，云过雨密碧湖遮。
参差古木观光影，秋波滟潋看彩霞。
鸟语相思金凤殿，花香梦幻月娥家。
清风荡漾翩仙女，红韵飘浮伴日斜。

白杨瀑布

蜿蜒隧道神仙洞，天水飞扬托蜃楼。
万里听声徊恍惚，朦胧千层望光流。
悬崖曲径浓云涌，绝壁平台密雾游。
漫步吊桥渊底小，溪泉浪上见轻舟。

华西街夜市

牌楼展古风，夜市逛仙宫。
酒绿灯红处，逍遥快乐中。

士林夜市

巷弄纵横异，人流挤曲街。
多情宾客伴，洋溢色光佳。

乌来温泉

泉水瑶池液，温汤浴美人。
透明迷过客，清澈醉来宾。

高雄港渔人码头

风光迷海上，景色码头佳。
漂浪轻舟乐，歌声寄海涯。

石壁峡谷

裸露长岩壁，蜿蜒碧水深。
风来波伴曲，雨过瀑留音。

苦花潭

瀑落雨烟翩，飞歌石上泉。

奇岩林立万，怪潭苦甘千。

风美瀑布群

石阶流曲瀑，飞玉溅珠花。
岩道蜿蜒谷，溪床翡翠霞。

神仙谷

白练悬空舞，探花翠鸟歌。
高崖披水幕，峡谷过双河。

琵琶湖

双湖风韵醉，泉涌独迷声。
亭榭思亲水，临波钓客情。

通梁古榕

古榕生异地，奇荫广宽阴。
日照参差秀，清风听籁音。

金门公园

琼林祠庙雅，寺内石门关。
独揽群峦小，文台有塔山。

台北“故宫博物院”

白墙绿瓦故宫辉，耸立牌坊典雅威。
瓷玉金铜岁月久，画文碑帖古今稀。

承天禅寺

白墙绿瓦承天寺，玉石桐花泛雪光。
楼殿立崖风月伴，曲阶神道踩云廊。

拉拉山

群峦起伏白云山，密树参差绿海湾。
明月朦胧烟雾里，清风迷恋草花间。

寿山岩观音寺

寿山护庙有仙龟，神井甘泉健体宜。
楼阁亭台花木里，观音济世乐慈悲。

芦竹五福宫

依山傍水虎头冈，四柱三楼竖木坊。
错落高低留特色，飞檐翘脊展风光。

赤嵌楼

雕梁画栋脊檐飞，沧海桑田古迹辉。
广阔庭园多特色，御龟碑列显神威。

高雄 85 大楼

巍峨楼塔展高雄，锦绣摩天日月中。
独立凌云今古胜，九霄往返逛仙宫。

基隆屿

火山喷石壁崖高，披雨迎风水浪号。
异草奇花添景色，月悬日照伴波涛。

望幽谷

遥遥堤岸海滨环，波浪滔滔绕岛湾。
滩上石台观日出，晶莹浅水月光颜。

情人湖

千山环翠一心湖，密雾浓云绕碧珠。
日月探波留梦幻，风云亲水恋仙姑。

嘉义公园

林木参差滴翠廊，楼亭错落古姿妆。
朦胧烟雨千层色，花草迷人独醉香。

向天湖部落风情

金波荡漾响天湖，滟潋银光谷托珠。
飞舞芒花秋月伴，桃源歌乐戏春姑。

鹿港小镇

鹿港风光小镇中，肴佳特色不相同。
酸甜苦辣逍遥客，玉女金童戏醉翁。

风柜斗

梅开争艳雪纷纷，日出辉煌伴彩云。
山水诗情留画意，朦胧天女浣花裙。

樟湖风景区

千年神木古今稀，峭壁奇岩怪瀑飞。
化石娇容迷错落，溪流海远不思归。

剑湖山世界

园中有苑剑湖山，欢乐波涛梦幻间。
恍惚漫游天地换，朦胧飞越变尘寰。

西螺大桥

横跨长河复赤霓，凌空独揽浊流溪。
清风往返听音韵，影落明波伴月迷。

龟山岛

龟山朝日看晨光，摆尾摇头望夕阳。
目睹巨鲸掀海浪，洞中奇石怪风凉。

鸳鸯湖

浓云密雾锁天湖，古木盘根复翠殊。
恍惚流光翩玉女，朦胧夕照舞仙姑。

八仙洞

纵横错落迷仙洞，浪啸风鸣看海潮。
石道通幽云雾复，悬空木栈水帘飘。

莒光楼

飞檐翘角莒光楼，独醉雕梁画栋浮。
神色雄伟迎日月，非凡气宇伴春秋。

念奴娇·日月潭

龙湖泛翠，拂清风、滟潋莹光珠色。浪里日圆吞吐戏，半月波中浮出。梦幻瑶池，蓬莱恍惚，古木参差碧。八仙舟济，独迷神岛常客。　桃米溪畔相思，牡丹花艳，醉坐凉亭忆。孔雀开屏姿貌俏，喧闹山鸡羞急。梅丽芬芳，荷香玉洁，观景高台立。蜿蜒步道，廊桥楼榭争陌。

浪淘沙·黄岐半岛

半岛伴波涛，逐浪天高。惊看日出两圆娇。迷恋望乡亭外景，怀古思遥。　巨手石仙招，塔立云霄。洞中水涌海来潮。举目无穷烟雾济，闲听咆哮。

三十五·五彩缤纷咏自然人生

五言律诗

暮临

暮日度空归，浮云举首来。
红霞从露去，白浪逆风回。
画丽心胸畅，歌豪月雾开。
禾青园绿处，瑞兆落尘埃。

怀友人

荆溪携手嘱，两载各东西。
日盼鱼书醉，更思梦传迷。
情知莲并蒂，乐在共锄犁。
月尽年终望，天涯恋故泥。

怀月

潺潺溪水过，步步跨虹梁。
举首阴云聚，横眉避月光。
萤飞明路短，蟀叫暗宵长。
叠发知珠露，孤眠梦桂香。

寂夜思

寂寞念依邻，荒丘事业贫。
微风残病树，密雾困憔人。
屈体寒山久，飞魂冷月泯。
心惊思梦乱，路遥客家亲。

秋熟

鸡鸣鸟唱声，转首穗齐横。
飒飒三千作，隆隆五万耕。
娇儿穿垄运，老妇复壶迎。
喜看丰收果，归仓粒粒情。

欲晓

急雨扑窗声，随风入五更。
朦胧思皓月，寂寞盼天明。
野径层云黯，孤舟点火清。
拂晓溪溢处，万物唤心情。

独步

鸟聚啼春晓，游人踩露桥。
疾风惊物沸，急浪震堤摇。
日照思乡近，时光伴路遥。
情波江上尽，欲望看今朝。

心疑

久待今缘定，倾心慕永生。
寒江波逝逝，冷涧底清清。
自负昔君意，谁伤故友情。

虽知良夜短，更念画中盟。

赶集

三三集市盟，故地梦商城。
妇幼丝绸舞，翁夫酒肉争。
千轮扬目返，万步赞歌迎。
忘渴残阳下，霓灯照客行。

梦妻

依门盼雾开，驾鹤送人回。
挽问游童路，屈邀舞月台。
杯空争桂露，目尽谢婆媒。
欲步携同乐，金鸡梦醒来。

退居

对月樽杯唱，行桥舞影江。
天寒花木静，霜冻发须降。
复去园居地，归回赋度窗。
更思前室伴，梦恋晚年双。

荷莲洁

风摇枝不折，雨打叶悠悠。
白日银光泛，清香月夜流。
出泥空玉体，断茎尽丝头。
对对添新兆，津津雅味留。

赞奉献

雨猛洪波漫，风狂破岸堤。
浪前兄弟堵，姐妹后填泥。
少妇扶童幼，翁婆次子携。
万人平水患，禾稼绕清溪。

三民信仰

变幻春秋史，精神力量联。
平均田地主，统一国家权。
挞虏驱除尽，扶农合作连。
三民知信仰，主义共和先。

刊读感

——贺中华诗词学会成立三十周年

风云思点墨，执笔恋山河。
继往吟三十，开来一七歌。
春秋常焕发，岁月易蹉跎。
沧海同舟济，情缘逐逝波。

踏露赶市

鸡鸣喧小贩，拂晓闹街摊。
寄足争鲜物，存烟待早餐。
吆呼声悦耳，嬉笑语人欢。
客散晨曦泛，耕耘见露干。

残桥浮碧

千斤桥埠石，百里水西东。
阻浪斜波落，潭涡直下通。
群鱼潜丈底，曲尺托舟空。
长夜残寒月，沉浮雨后虹。

轮埠闹客

巨石探浜岸，长波溅玉珠。
月光浮水异，日色复浪殊。
埠上捶衣女，乘风月下姑。
鸣声轮笛近，客拥急招呼。

千瞻锦绣空欢喜，万里归船鸟卉盟。

中秋盼月

沙飞叶舞送轻舟，举酒相邀闭月愁。
电闪雷鸣迷梦路，山摇地动醒神州。
黑云滚滚吞星尽，白浪滔滔复岸流。
自古浮云遮蔽日，疾风骤雨败中秋。

春晨

青山倒洗漾溪楼，叶挤桃芽柳绿头。
杜宇高歌千鸟聚，姑蜂细语百花留。
风和日丽长田地，水秀山新阔苑州。
去落泥巴三二日，丰年欲望故乡秋。

独赏

欲坠残阳月露骄，长郊万物显春潮。
屋畦绕户花争眼，园树频头叶戏腰。
阵阵风和青地远，茫茫雨润绿山遥。
荷池挤冒尖尖叶，各扮姿容试比娇。

小村春雨

茫茫大地春愁雨，阵阵风吹草更低。
涧泻长河推浪滚，园飞密叶挤流泥。
堤决鲤散空腾悦，巢废鹰驱落地凄。
夜漫更深眠又醒，龙桥上步水连溪。

感事

草撂今程烦琐事，孤行绕步暮春情。
曲弯五岳通天道，长远三江日月明。
室友佳音相对去，歌谣美酒伴独征。

滆湖清晨（耙草记）

轻烟薄雾茫茫水，独借东风破浪舟。
万里桃源沉峡谷，蜃楼海市泛千流。
长空鸟绕梢篙把，浅底鱼溜草耙收。
转首云帆扬载去，东湖再造又春秋。

强风十级伴秋雨

席卷风云暗一州，急雷猛雨水奔流。
滔滔跃泻决堤岸，滚滚吞淹破浪舟。
瓦草翻飞童叟惧，池园沸溢鲤花愁。
巍峨五岳伤残体，独有娇儿护涝秋。

登白龙山

跨越龙山看雁迁，扬衫草动劲风旋。
清青底浅鳞池水，影映情深日海天。
片片花飘丰果穗，层层叶落壮山田。
玉魂破雾三江滚，一览新州梦月圆。

采石二首

（一）

密聚雯霞迎曙日，金钎银铲战山腰。
飞烟吐火惊鹰起，壁裂天崩撼地摇。
龙恶提精东海沸，泼猴棍打南宫烧。
浮云滚滚朝夕去，绿叶葱葱岁月消。

（二）

轮转辙辙千载石，风呼啸啸一帆飘。
尘泥落水多流汗，破土崖峰瞬时夭。
独舞单锤钢铁立，惊天动地鬼神遥。

曲肢俯体人憔悴，平海移峰壮志骄。

醉月

青山远远海沿长，绿水晶星闪闪光。
童女翩翩邀舞伴，村姑默默盼情郎。
秋波南梦含心苦，月露霜天吐桂香。
步乱魂飞歌不尽，举樽望月更思乡。

别友难

急束阴风夜啸惊，嫦娥奈度鹊桥情。
西施皓月孤舟棹，赤壁东风亡曹营。
虎入平川龙困屿，飞沙曲道雨雷惊。
呼天不应伤肠断，蕾落污泥叶咽声。

七八年八月三十日晚
观看电影越剧《红楼梦》

寄育篱花总易凋，荣华富贵欲逍遥。
风刀雨剑无情屈，雾雪冰霜有意刁。
道义漫天抛玉锁，仁缘遍地铁枷烧。
悲歌苦曲红楼梦，泪洗沙洲看换朝。

自嘲

天涯海角苦而骄，踏浪中流雾岸辽。
风卷云飞空变幻，歌迷舞醉尽逍遥。
横眉炯炯驱闲事，俯首亲亲诽语招。
英看孤珠滴涧水，披星戴月创今朝。

少年行

美酒千樽终不醉，江州万里盼青年。
相逢壮志同堂聚，巧遇豪言各地连。
举首南山苍雾漫，回眸北水绿波涟。
英雄贡献讥洪尉，圣士廉明著史篇。

忠业

虎胆横生怕逆流，朝朝自励信心修。
三旬喜友鸳鸯枕，一度迷壶孔雀楼。
图乐昏昏虚岁月，自强日日富春秋。
呼风唤雨知渊广，动地惊天历九州。

酷暑嘲

暑日从来续炎潮，今朝不火草焚焦。
枝阴烤透鹰蝉去，灼浪蒸深鲤鲫漂。
舒适凉风悠续续，温泉汩汩乐逍遥。
笑看古扇芭蕉叶，莫道儿孙话阔骄。

丁亥七月十五祭

十五逢时盼月明，凄凉七月夜心惊。
云翻虎豹吞星没，浪卷蛟龙吐雨倾。
鬼雾妖烟哭旧别，阴曹地府笑新生。
香钱纸火焚天亮，祖辈灵前告慰诚。

双节同乐

云清月皓中秋夜，水静波明四海边。
舞秀歌甜分日喜，风和日丽乐同天。
家安户富全堂孝，梦在民兴遍地缘。
巧遇节双难忘事，重逢二九补来年。

乡村小木匠

手把双肩卷木花，眯单一眼看直斜。
割开两处安千户，斜入三方置万家。
线抖高低除腐旧，凿挥里外造荣华。
雕龙刻凤逍遥侣，礼炮声中走土沙。

最美中国梦

长江丽水泛东流，阔道前程焕劲头。

盛世宏图持日月，国强理想展春秋。
求廉法政思民意，反腐章规为梦谋。
华夏科研时代路，百花齐放在神州。

田园新村

民楼厂舍聚新村，不辨工农两处奔。
果苑围林迟鸟醒，花坛环户蝶先昏。
廊桥远埠观鱼闹，歌舞场宽听鸟喧。
明月清风溪水美，曲琴书画在亭轩。

裕禄勤政

挖河排涝阻风沙，盐碱根除治害夸。
刻苦以身求建国，勤劳心系为安家。
奉公廉洁分优劣，执政清明定正斜。
高尚尽忠成事业，精神无畏不从奢。

记二〇一六年特大水涝

患难摧残不惜情，东风无奈水回行。
雨来堤外茫茫海，浪过滔滔泽内城。
鱼扑斜门闻喊闹，沉舟击岸听呼声。
孰知数日三时变，抗涝消灾众志诚。

秋夜

层层玉露草萤微，片片追云碧海飞。
广野凉风人梦幻，相思寒夜少秋衣。
断声孤雁望空远，疏菊斜枝见影依。
绿水蓝天双复月，轻舟一棹不思归。

五港环渡

蛟龙一爪破滩田，裂地纵横五港泉。
野径朦胧人盼渡，萧条风雨待归船。
晨呼暮唤交头望，漂棹流光见月悬。
汉口环回憔悴叟，残舟惊客夜难眠。

关皇险渡

高岸斜坡渡险关，长流朝夕泛圩湾。
枯绳旧辫双回返，朽木残舟独往还。
风雨祈求波浪难，冰霜祷告路途艰。
悠悠岁月临汀急，唯见滔滔复水闲。

剧院风情

室内平台变幻光，锦袍花脸扮浓妆。
鸣锣喧鼓兵戈勇，虎跃龙腾武艺狂。
喝彩千人添近位，欢呼万语又加场。
门前闲客贪余戏，常挤残檐简陋房。

观暮

夕阳风卷下，暮度彩霞还。
五岳青云尽，三江皓月闲。

求学

朗朗吟秋夏，声声唤夜晨。
朝书新岁月，暮绘亮星辰。

惜画鸟

凌空穿日月，到处戏风云。
欠势千般秀，多姿一样欣。

乘车过周将军石雕像

欲上云霄展，肢强体不从。
来年弓剑悟，射虎斩蛟龙。

登高

广野知丘壑，天高辨雨云。
心明攀万尺，步稳让三分。

遛感

怀友寒心事，孤村梦幻伶。
千云迷雪浪，万步醉松亭。

知屈难

雨暴心中虑，风狂野外伤。
凌云巢鸟急，千里目无光。

颂后来

坎坷崎岖路，蹉跎岁月流。
来年结硕果，往日鉴千秋。

迎晨

帘动见窗开，清风送曙来。
鸡啼檐鸟唱，日印满楼台。

静夜思

床前灯闪忽，夜半盼来宾。
久待楼堂静，心痴恋故人。

无题

雁递鱼书止，相思鸟语贫。
端阳望水逝，月下立憔人。

梦

秋寒望雁去，归日满园春。
良夜相思曲，徘徊月镜人。

思妹

床前暗月光，不梦夜愁长。
点刻朦胧忆，掀眉唤饭香。

清风素月

目穷明万里，孤月伴波翩。
滟潋清风醉，相思入梦千。

八哥语

笼内依人育，饥中粒粟迷。
闻言跟舌笑，朝夕仿声啼。

好帮手

风狂窗折挂，浪怒破门摇。
护槛翁添絮，邻童泼水瓢。

辛亥革命

武昌枪一发，帝制数年终。
民国初希望，人生起点中。

神州行·苏州采风交流会

良友千人会，名师一日逢。
姑苏文杰聚，独听寒山钟。

老街风貌

古街留古韵，乡俗伴乡民。
青瓦商家聚，争舟渡客频。

怀老木桥

九跨泛清波，浮连古木多。
风帆折腰过，踏板月人歌。

徐家小桥

墩孔溪流急，悬空古石条。
缺栏惊陡岸，风雨叹人飘。

洋茅墩隐

波来墩落影，浪去露滩头。
出没鱼鹰伴，沉浮戏济舟。

送友人服兵役

棚床不育万年松，四海风云看巨峰。
壮志地天知事业，人生时有再相逢。

怨春雪

茫茫一片玉龙游，滚滚银河万里流。
寂寞空庭虚幻日，朦胧目短几分愁。

寒意两首

（一）

苍苍五岭一疏村，阵阵饥寒苦自吞。
雨夜孤眠听瓦漏，粗衣暖聚盼篱门。

（二）

落日飞霞映漫波，峡云破暮困西陀。
壶空玉兔昏昏舞，梦里鱼书片片歌。

栽秧

左右匀棵点土青，徘徊稳步绘蓝屏。
东风染绿三千顷，燕雀黄莺吵不停。

赞帕

金丝玉帕鸟双啼，翠蝶银花月下迷。
碧水风摇莲并蒂，锦鱼藻动各东西。

月季怀

日照花红夜放鲜，朝观暮赏梦争妍。
寒霜腊雪残枯叶，蕾满春风向月圆。

无趣

细雨绵绵聚泪流，凉风续续笑孤游。
心思杳远情无主，夜漫更深梦乱头。

相见难

棒散鸳鸯各自飞，双蝶戏蕊恋依依。
锄耠俯体添新岁，乳发篱花一日稀。

忘嘱

风云不辨误西东，常看南山挺拔中。
梦幻知心非事事，相思别恋泪空空。

长夜

户外风声入耳惊，床前夜静梦中情。
朦胧路遇伤心事，寂寞更长盼晓明。

中秋云和月

夜露层层忽亮莹，白云滚滚月穿明。
今宵不误嫦娥醉，舞袖追迷出没情。

望春雪

昨日逢春日照天，今晨舞雪复村田。

时光巧遇朝宵季，不辨冬春总认年。

字绣吟

千丝万缕凤飞针，一夜七仙鹊渡心。
目尽悠悠山复阻，含情脉脉欲知音。

春雪伴春雷

昼夜飞雪陷地邱，朝阳一日化溪流。
三声巨震惊灵物，片刻冬春乱季秋。

腊八粥

腊八佳餐八粥香，青萝果竽肉蔬粱。
东邻右舍邀声续，老少羹盆饱又尝。

小园初夏

泛水荷菱茎叶争，白裙小蝶马兰迎。
含羞月季思常放，急得蛙歌一两声。

风浪马公荡

九曲浮虹南北纵，千层巨浪返西东。
飞舟急看云波里，榭隐芦堤碧叶中。

马公荡生态湿地公园

九曲廊桥伴岛亭，柳堤环水隐渔汀。
清风拂过香荷动，白鹭惊飞乱翠屏。

情深意长

手提肩担护堤争，老少同心互助情。
不惧风狂拦急浪，惊天动地敬人生。

天下为公

为公天下众心诚，崇拜三江四海盟。
联共联俄多道助，民生民族自由声。

废庵荒冢

庵废桑苍佛圣遗，荒丘桃瘦少风姿。
乌鸦啼过峰茅顶，残烛稀烟入梦悲。

临津济浪

济舟浪急环三埠，暗卧泥墩冒几芦。
烟雨朦胧愁岸远，沉浮千棹望亭呼。

临街返渡

白浪掀舟往返溪，凌波人急望长堤。
冰霜雨雪闲街客，早伴晨曦晚送霓。

天珠塘雨

百米环回月镜明，荷菱挤叠一池争。
闲看小渠涓稀水，夜听轻风细雨声。

如梦令·醉歌——小园惊雷

落枕梦游霄殿，夜半醒惊天变。盼旭日东升，提杖扣门雷电。雷电，雷电，雨打叶残花倦。

长相思·人心留

涧水清，谷水清，细细长流密语声。南山笑脸迎。　　月亦明，镜亦明，默默相思不聚情。秋波恨远行。

卜算子·送友服兵役

志愿绘蓝天，欲望心存语。国盛

民兴代代忠，事迹芬芳处。　　树榜样神兵，四海边疆护。胜任功成载册书，再忆英雄路。

十六字令・毛毛雨

听，泣泣微波念故情。惊回首，泪洒发珠醒。

卜算子・病中吟

立岸浪滔滔，目望南山瘦。往事逶迤岁月糟，复遇狂风骤。　　处处论春秋，日日增年寿。寂寞相思自古愁，睡去心平候。

清平乐・雁去

雁飞南去，恋念鸣声许。列队云天该到处，转首遥遥望故。　　蓬莱理海修田，瑶池凤绣龙编。春暖花开漫地，归回一览新鲜。

醉花阴・除夕夜

有意从来相遇好，把酒寒宵闹。醉舞地天翻，雨雪秋千，眼看梅花小。　　岁岁节欢今又到，叶落人先老，冷慄卷西风，莫不黄昏，儿女新年俏。

浪淘沙・雨

雷怒震山颠，雨倒吞田，风狂席卷苦人间。试问苍天何作业？惨毁春园。　　万户太平年，岁月神仙。八方喜乐艳阳天。气概惊呼云雾散，道义仁缘。

鹧鸪天・度夏

万里长空烈日煎，茫茫大地起飞烟。吴刚贪酒寒宫里，玉兔嫦娥不舞翩。　　风续续，水绵绵。清凉一枕笑神仙。而今暑酷逍遥度，不问春秋冬夏天。

鹧鸪天・赞红装

几代倾城丽韵流，情亲喜聚美浆留。红装显耀厅堂闹，舞袖香飘晕九州。　　心易碎，语难收，千年素女后人求。茫茫天地宽多少，肺腹云波孔雀楼。

蝶恋花・早游

海曙霞徘风卷草。绿水池中，倒影游人笑。树挂丝轻飘落沙，清波浣帕西施俏。　　巧遇依依离别早。挽手相邀，日照知途渺。燕绕多情贫雀吵，琴弦作伴诗书稿。

渔家傲・记梦

风啸云涛烟卷雾，星河隐没雷公怒。恍惚嫦娥携玉兔。吴刚苦，殷勤斧落空杯负。　　戏水鸳鸯交颈聚，开屏孔雀娇姿舞。难忘流言闲语妒。相思误，鹏程万里三山阻。

满江红・邀月

皓色当空，云无几、蓝蓝碧彻。

波闪烁，滟光明亮，爽风心悦。酒醉牵衣萤伴舞，情痴踏草邀花说。乐趣中，和睦问千家，人安切。　　往来日，今昔路，君主去，嫦娥别。巧时相遇短，喜忧加屈。晴雨缺圆云月事，悲欢弃聚红尘阅。猛抬头，不再鹊桥亲，思怀烈。

水调歌头·望月幻故

久慕三江月，兴步赏中秋。荆溪荡漾波尽，闪滟对银楼。我欲驾云到处，踏遍琼宫殿阙，唯见桂花愁。把酒青天远，古乐楚歌悠。　　巍巍岳，茫茫地，阔洋洲。英雄可有遗憾？不朽在名留。水上清风气爽，雅景山间览胜，光照普金球。万物时生死，梦幻伴长流。

望海潮·中秋自吟

怒云风暴，势吞星月，嫦娥避走宫倾。波涌浪翻，堤崩水泻，残容暗换魂惊，笑体健单行。正孤身学艺，四海无朋。一马驰奔，飞尘已去雾江清。　　杯空酒醉心明。愿飘游自立，寂寞谋生。旬又过三，空号误度，才疏事业虚争。看日落阴晴。跨楼阁目尽，难控呼声。万里山河，前人何苦拜神灵？

沁园春·中秋闲作

阵阵秋风，毛雨浓浓，续续返东。仅凭栏举目，心神恍惚；烟波荡漾，千里朦胧。壮丽山河，云残地黯，屋透灯光一线红。长闲等，白须加体欠，难怨苍穹。　　千年豪杰魂忠，代代有，江洲欲望同。笑堂堂汉子，三旬无勇；书生老去，梦想当中，仰首呼号，惊悲怒躁，破盗娇儿谋略攻。披衣急，愧凄凉自立，日出叹翁。

贺新郎·花甲忆

乳发须眉护，笑谈中、光阴似箭，六旬虚步。记忆少年群童聚，活泼英姿胜虎。曲舞戏，青春丰富。坎坷行程常为怪，滚泥潭、自立辛勤路。虽劳累，愿安度。　　风云不止苍天误。盼同心，备加努力，欲临脱苦。伴故顽疾千丈落，反复儿缘重组。理想毅，无须焦虑。只待持平身后事，续难贤？奉献三分妒。昂首叹，寿长悟。

念奴娇·雪

寒风入驻，卷沙尘，密蔽青天吞色。战败银龙翻滚滚，玉甲珠花积壁。皓虎狂奔，白茫大地，五十年今忆。时逢三日，堵填荒冢亭陌。　　遥望千里南方，冰封余尺，似北疆群饰。复盖庭园争辨户，路宿飞禽僵立。老叟依门，相煎困厄，不认东西急。江山需画，日悬光耀明极。

念奴娇·醉歌——追月

滔滔白浪，任风吹、滚涌掀舟堤裂。朗朗长空，云几处，看好青天明彻。玉宇琼楼，松峰寿鹤，起舞轻衣悦。东风得借，路遥心切追月。　孤岛烟雾蓬莱，忧欢悲喜，五岳飞行绝。户外听声迎贵客，玉兔嫦娥飘越。举首长叹，萤光自暗，默默羞人说。人生如梦，醉歌狂乐情别。

雨霖铃·“海葵”风雨

狂风呼发，卷飞茅瓦，浪涌舟没。长眠雨瀑焦虑，方天地处，雷光惊突。挽手相依，户室竞窗毁门裂。勿奈助，千里迷途，夜黯深深不安切。　多情莫笑心伤彻。正三更，又落凉秋月。今宵梦醒何惧？蒙举首，晓看残物。旷野茫茫，万里桃源美景虚别。便纵有，种种情思，草木连根掘。

调笑令·月恋

明月，明月，白云青天出没。中秋团聚情深，唯有相思老人。人老，人老，目送逝波光皓。

摸鱼儿·清明暮游荷香园

看春风，拂衣离急，麦苗层复波浪。黄花万亩千金耀，环绕乐庄奔放。天地亮。长柳道、飘摇逗诱游人量。车来互让。见古瓦平房，单墙画板，雅静较宽敞。　牛羊帅，绿草丛中角抗。薪棚闲马雄壮。闻声家犬迎新客，击舍鸭歌鸡唱。猴笑望。君要去、池桥亭岛西施舫。貂狐暗访。过小拱秋千，乡肴野味，久不愿遗忘。

浪淘沙·战洪魔

堤外水茫茫，圩内汪洋。无情风雨泡田庄。枝折花残庭院损，涝患心伤。　一线警民强，公仆临乡。操劳日夜系希望。决战洪魔还绿苑，果熟禾香。

蝶恋花·风雨袭中秋

风雨疯狂连日夜。雾滚云翻，扑地倾盆下。叶落枝残花瘦谢。溪河浪急无秋夏。　盼月相思阴广野。不见寒宫，玉兔嫦娥怕。寂寞长宵留梦吓。朦胧伐木吴刚寡。

念奴娇·木桥溪韵

长虹久卧，跨溪岸、历尽雨霜风雪。指点波涛东逝去，回首日残临别。竞渡帆舟，埠汀浪挤，捞网渔人悦。顽童劈水，浣姑嬉笑聊舌。　堤上炉灶茶客，畅言今古，檐外招餐喝。锣诱戏迷琴伴唱，小女呼争尤物。兴步凌空，高瞻远瞩，独揽寒秋月。纳凉夜语，繁星依恋云洁。

蝶恋花·茅庵怀读

溪绕茅庵菱泛翠。树挺基高，浅底游鱼戏。垂柳轻摇烟雨醉。蜂鸣蝶舞迷花异。　老舍新泥前后挤。庭内旗飘，琅琅书声寄。岁月蹉跎迎学子。承源师表人文启。